10
18

12, AVENUE D'ITALIE. PARIS XIIIe

Sur l'auteur

Né en 1968, Fabrice Bourland vit en région parisienne. Dans les années 2000, il a été collaborateur puis rédacteur en chef d'un magazine consacré à l'actualité de la nouvelle. Il a également dirigé aux éditions Nestiveqnen la collection « Nouvelle Donne », puis la collection « Fractales/Fantastique ». Les textes de ce grand admirateur d'Edgar Poe, Jean Ray, Stevenson ou Hoffmann ont été publiés dans différentes revues, collectifs et anthologies. Fabrice Bourland signe avec *Hollywood Monsters* une nouvelle aventure d'Andrew Singleton et James Trelawney, ses « Détectives de l'étrange ».

FABRICE BOURLAND

HOLLYWOOD MONSTERS

INÉDIT

10/18

Grands détectives

créé par Jean-Claude Zylberstein

Du même auteur
aux Éditions 10/18

LE FANTÔME DE BAKER STREET, n° 4090
LES PORTES DU SOMMEIL, n° 4091
LA DERNIÈRE ENQUÊTE DU CHEVALIER DUPIN, n° 4207
LE DIABLE DU CRYSTAL PALACE, n° 4260
LE SERPENT DE FEU, n° 4488
► HOLLYWOOD MONSTERS, n° 4674

Avec le soutien du CNL Centre national du livre

ISBN 978-2-264-05888-1

À Félix

« Tout ce que nous savons,
c'est que son existence [la Sixième Grande Race]
commencera silencieusement, si silencieusement
en vérité que pendant des milliers d'années
ses pionniers – les enfants d'un genre particulier –
seront considérés comme d'anormaux *lusus naturæ*,
comme d'anormales étrangetés, physiquement
et mentalement. »

Helena BLAVATSKY, *La Doctrine secrète*,
volume 3, « Anthropogenèse », 1888.

« Je me sens d'humeur folâtre ce soir.
J'ai des envies d'aller danser dans la lande
avec les sorcières ; j'entends l'appel
de la Camarde. Voilà près d'une semaine
que je n'ai pas eu mon cadavre. »

Raymond CHANDLER, *Adieu, ma jolie*, 1940.

Avant-propos de l'éditeur

La chronique de la vie d'Andrew Fowler Singleton comportait, jusqu'à il y a peu, de sérieuses lacunes. De son vivant, le détective écrivain avait toujours obstinément refusé de rédiger sa biographie, et, à ceux de ses admirateurs qui le sollicitaient pour faire la lumière sur telle ou telle zone d'ombre de son passé, il se contentait la plupart du temps de les renvoyer aux récits de ses aventures. Or, depuis la découverte par Mr William H. Barnett, notaire à Northampton, de nombreux manuscrits inédits – lesquels notre maison s'est fait une règle de publier dans les meilleurs délais –, force est de reconnaître que les informations dont nous disposions étaient loin de briguer à l'exhaustivité.

En 1978, soit six ans après la mort de Singleton, on se souvient qu'Ebenezer Plunkett, vénérable professeur de l'université de Toronto, à qui l'on doit une savante monographie sur la place de l'huître perlière dans la littérature anglo-saxonne, s'était attelé à établir, à partir des écrits alors disponibles, et au regard de ce que Singleton lui-même avait dévoilé durant les rares interviews accordées à la presse ou la radio, une chronologie serrée de l'existence du grand homme.

Il ressortait de cette étude qu'Andrew Singleton et son associé, James Trelawney, avaient voyagé dans de nombreux pays à l'occasion de leurs folles équipées, mais que, depuis leur départ de Boston en mars 1932 pour les rives de la Tamise, ils n'étaient retournés aux États-Unis qu'à deux reprises avant le début de la guerre – en septembre 1933 et au printemps 1936 –, se cantonnant chaque fois à la côte atlantique ou, à tout le moins, aux métropoles du Grand Est.

Qu'en était-il du reste de ce vaste territoire ? Quid *de la Californie, en particulier, et* quid *de Los Angeles, cette mégalopole aux cent visages, la « Babylone du* XX*e* *siècle » ?*

Connaissant l'engouement d'Andrew et de James pour le septième art, il est vrai qu'il eût été curieux que nos compères n'eussent jamais foulé, à un moment ou à un autre, l'asphalte de Sunset Boulevard. Il y a quelques années un historien du cinéma ne nous avait-il pas informé de la mention d'un certain Singleton dans une missive adressée en janvier 1939 par le réalisateur Tod Browning à son ami Bela Lugosi ? Il y était question, par le truchement d'une fort énigmatique formule, d'un jeune étranger (rappelons qu'Andrew était citoyen canadien, par conséquent sujet de la Couronne britannique !) et de son acolyte qui venaient « de déjouer une machination effroyable que nul scénariste de Hollywood n'aurait osé imaginer ».

Ni plus ni moins !

Rien ne permettait alors de garantir qu'il s'agissait là de nos deux héros. Et ce n'est donc pas le moindre des mérites du récit que nous livrons ci-après, outre celui de prouver que Singleton et Trelawney ont effectivement accompli à la fin de 1938 un périple sur la côte Ouest jusqu'ici passé sous silence, que de restituer par le menu l'étonnant, que dis-je ? le renversant, l'étourdissant combat que les fidèles amis ont livré dans le ventre de la « ville monstre ».

Stanley Cartwright.

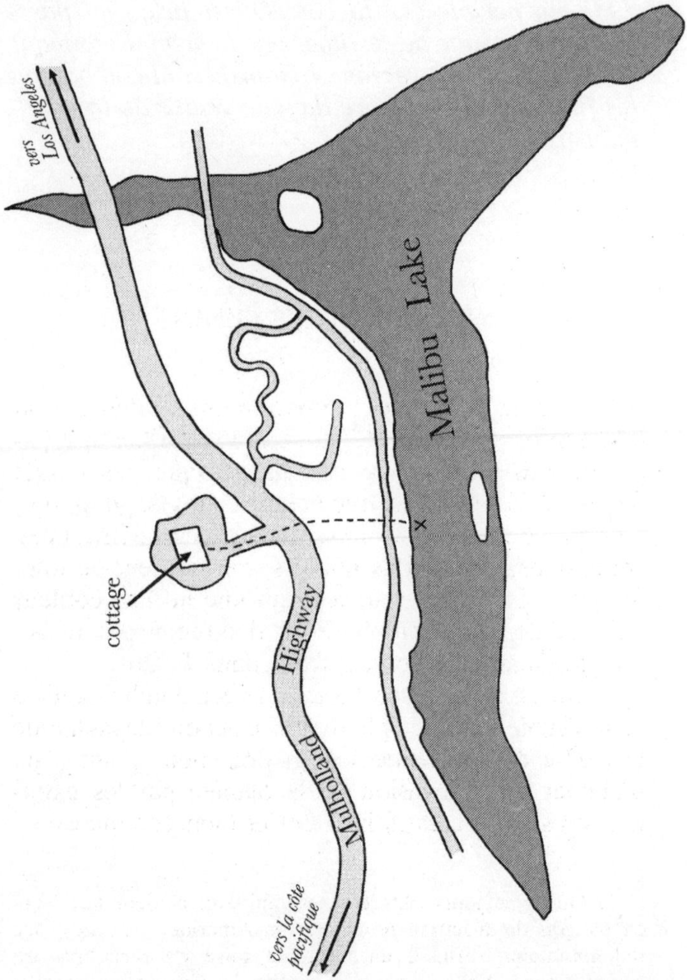

Plan des environs du Malibu Lake

I

LONDRES APRÈS MINUIT

Quand la porte de l'appartement s'ouvrit à la nuit tombante, en ce 11 novembre 1938, j'aperçus de mon divan, dont je n'avais presque pas bougé depuis trois semaines, une créature au visage inquiétant qui se dressait sur le seuil. Ses yeux démesurés, sphériques comme des hublots, me fixaient de loin. Sa peau caoutchouteuse accusait une infâme couleur grise et, de son groin oblong et disgracieux, sourdait un grognement à donner froid dans le dos.

N'eût été l'élégant costume en tweed dont le monstre était affublé et l'exemplaire du *Times* qui dépassait de la poche de son pardessus en drap noir, j'aurais pu imaginer que l'invasion de la planète par les extraterrestres avait cette fois-ci bel et bien commencé[1].

1. Quelques jours plus tôt, les journaux avaient fait leurs choux gras de la terreur provoquée en Amérique par une pièce radiophonique, diffusée en direct et mise en scène par un certain Orson Welles d'après le roman *La Guerre des mondes* de H.G. Wells, qui donnait à croire que les Martiens étaient en train de débarquer sur la Terre. (*N.d.É.*)

— Tu n'es quand même pas sorti avec ce masque à gaz sur la tête en ce jour du souvenir de l'Armistice ! grinçai-je.

— Fichtre non ! se défendit James qui, après avoir ôté son barda, pénétra dans la partie du salon qu'éclairait le feu de cheminée. C'est celui de Miss Sigwarth. Elle tonnait qu'elle ne pouvait plus le voir en peinture et j'ai manqué le recevoir sur le nez alors que je passais devant sa porte. Je suppose que c'est la minute de silence de ce matin qui lui a mis les nerfs en pelote.

— À moins qu'elle ne te trouve plus séant encapuchonné dans cet appareil.

Notre brave logeuse n'était pas la seule à se faire du mauvais sang. À bien des égards, les mois qui venaient de s'écouler avaient été éprouvants pour un grand nombre d'hommes et de femmes à travers tout le continent.

Depuis la crise des Sudètes, qui avait accouché à Munich d'un accord de dupes pour les démocraties européennes, chacun savait pertinemment que la guerre avec l'Allemagne n'était que différée et qu'elle demeurait aussi inéluctable qu'un nouveau jour de pluie. Les représentants des gouvernements britannique et français n'avaient réussi à négocier pour leurs compatriotes qu'un fragile sursis de paix. Combien de temps cela durerait-il ? Deux mois ? Six mois ? Un an ? Et cela justifiait-il que l'on jetât un pays, la Tchécoslovaquie, en pâture à une meute de loups enragés ?

Aux abords de la capitale anglaise – preuve que la tension était on ne peut plus palpable –, l'aviation avait été mise en état d'alerte dès la fin du mois de septembre, et les dispositions étaient prises pour pouvoir se défendre à tout moment contre une attaque aérienne. Des tranchées avaient été creusées dans les parcs du centre-ville, on avait ceinturé les plus beaux édifices de sacs de sable ou de plaques de tôle, et, au-dessus de la Tamise, on commençait à voir fleurir une dizaine de *blimps*, ces ballons dirigeables dont le rôle était d'empêcher le survol de la capitale par des avions ennemis.

Point d'orgue de ces bouleversements, qui témoignaient chaque jour davantage de l'imminence du conflit, des centaines de milliers de masques à gaz avaient été délivrés par les autorités et les citoyens étaient censés vaquer à leurs occupations avec, en bandoulière, une besace contenant l'encombrant dispositif et son tuyau chenille.

Pour autant, en cette période à l'avenir politiquement incertain, les criminels de tout poil n'avaient point suspendu leurs viles activités. Au contraire même, les crises diplomatiques paraissaient agir comme un puissant ferment sur les intrigues intestines les moins avouables. Rien qu'entre le début du mois de juin et le milieu d'octobre, James et moi avions élucidé le mystère de « la Disparue qui revenait de nulle part », dont les journaux s'étaient abondamment faits l'écho, nous avions démêlé l'énigme des « Crucifiés de Primrose Hill », envoyant sous les verrous pour de longues années le patibulaire Nolan Weston et toute sa bande, et nous venions une vingtaine de jours plus tôt de conclure avec brio l'affaire dite de « l'Héritier des Bradshaw ». Sans doute cette enquête-là me resterait-elle en mémoire entre toutes, car si elle me valait d'avoir sauvé la vie à mon partenaire, alors qu'il se trouvait dans le viseur d'un as de l'arbalète, elle avait surtout failli me voir pousser mon ultime soupir en tombant d'un balcon du manoir de Benington House, près de Stevenage, dans le comté de Hertford.

Fort heureusement, j'en avais été quitte pour une foulure à la cheville et quelques légères contusions, qui constituaient le motif de ma mise au repos. Si ça n'avait tenu qu'à moi, je serais volontiers demeuré encore une année entière sur mon canapé, en pyjama bleu et en robe de chambre à ramages, mais, ce matin-là, le Dr Crosfield s'était montré inflexible : à présent que ma guérison était en bonne voie, il importait, pour qu'elle fût complète et définitive, que je sacrifie à davantage d'exercice, si possible à l'air de la mer, et soumette mon teint cireux aux rayons du soleil. Comme, touchant ce dernier point, ce n'était certes pas le climat londonien qui allait m'en offrir de sitôt l'occasion, le médecin avait réussi à persuader mon compagnon d'organiser au plus vite un départ en vacances forcé.

Toute la journée, donc, James s'était mis en quatre pour sélectionner la destination la plus favorable à ma convalescence. Une carte de l'Europe étalée devant lui – tandis que je manifestais ma mauvaise humeur en refusant de surseoir à la lecture d'une anthologie des poèmes de Keats –, il avait décidé que nous passerions les vingt prochains jours dans un palace du sud de la France. À l'heure du thé, son hésitation ne portait plus qu'entre le *Majestic* de Cannes et l'*Hôtel du Palais* à Biarritz. Après tout, nous n'avions pas beaucoup profité des plaisirs de la vie ces derniers mois, et le seul engagement auquel nous étions liés dans un avenir proche était celui de passer la semaine avant Noël au château de B*** à Étampes[1]. Depuis qu'Amélie de Brindillac et Jacques

1. Voir *Les Portes du sommeil*, 10/18, n° 4091.

Lacroix avaient convolé en justes noces quatre ans auparavant, nous n'avions eu que trop peu l'opportunité de passer des moments en leur compagnie.

— Ça y est ? Tu as les billets ? demandai-je, contrarié.

— Oui, et je suggère que tu commences au plus vite à préparer tes valises. Notre bateau lève l'ancre de Southampton demain aux aurores. Mais, pour embarquer à temps et acquitter les dernières formalités, il nous faut attraper l'express de minuit une à Waterloo Station.

— Waterloo Station ? Southampton ? Ce n'est pourtant pas l'itinéraire le plus court pour se rendre sur la Riviera. Ni au Pays basque français.

— En effet. Seulement, en chemin, j'ai acheté la dernière édition du *Times*, rétorqua-t-il en tapotant l'exemplaire roulé dans la poche de son manteau. Et les informations provenant du continent ne sont pas réjouissantes.

— Veux-tu être plus clair ?

— En Allemagne, après les violentes émeutes des deux derniers jours, Hitler serait en passe de faire appliquer des mesures d'exception contre les Juifs. Plusieurs milliers d'entre eux auraient déjà été arrêtés et envoyés dans des camps[1].

— Qui croit-il tromper ? m'emportai-je. Il prend comme prétexte l'acte isolé de ce jeune garçon pour

1. Le 7 novembre 1938, l'attaché d'ambassade d'Allemagne à Paris, Ernst vom Rath, fut tué de deux balles de revolver par un jeune Juif polonais d'origine allemande de dix-sept ans. Le régime nazi attribua l'assassinat à la communauté juive allemande tout entière et organisa, en représailles, les 9 et 10 novembre sur l'ensemble du territoire du Reich un pogrom massif, demeuré tristement célèbre dans l'histoire sous le nom de « Nuit de cristal ». (*N.d.É.*)

vilipender la population juive et la contraindre à fuir son territoire. Ce soulèvement porte tous les indices d'une méticuleuse organisation.

— Attends ! Ce n'est pas tout. On apprend qu'en Italie Mussolini aurait des vues sur Nice, la Corse et la Savoie.

— Je ne pense pas que le Duce se hasarderait à un pareil projet…

Mon camarade se rapprocha du canapé et, fouillant l'intérieur de son habit, en extirpa une enveloppe. Elle arborait un insigne dont je ne distinguai de ma place que la couleur rouge sang.

— En fin de compte, enchaîna-t-il, il m'a semblé que la frontière franco-italienne n'était pas le lieu de villégiature le plus approprié. Et comme pendant ce temps, en Espagne, l'armée républicaine subit sans relâche les coups de boutoir des insurgés franquistes…

— Cesse de tourner autour du pot, Jim, et dis-moi enfin pour où sont ces billets ! l'exhortai-je en essayant de saisir l'enveloppe qu'il s'amusait à brandir hors de ma portée. N'oublie pas que j'ai bien failli casser ma pipe en te sauvant la vie ! Tu dois me ménager.

— Disons que j'ai eu sur le chemin comme une illumination.

— Tiens donc !

— La nuit était tombée, je venais de traverser Trafalgar Square et marchais en direction de l'agence *Thomas Cook & Son* sur le Strand. C'est alors que, derrière l'un de ces étals disposés à tous les coins de rue où des mutilés de guerre vendent pour quelques pence des bouquets de coquelicots des Flandres, j'ai aperçu son visage parmi tous les portraits placardés sur la façade du cinéma Tivoli.

— De qui parles-tu ?

— Janet Gaynor. La photo était tirée d'un de ses films.

— *L'Aurore*, de Murnau ?

— Non, celui qu'on a été voir l'an dernier. L'histoire de cette actrice débutante qui rêve de devenir vedette. Avec Fredric March.

— *Une étoile est née.*

— Parfaitement ! Eh bien, il m'est apparu que c'était *là* qu'on devait aller, et nulle part ailleurs.

— Où ça, *là* ?

— À Los Angeles, pardi !

— Quoi ? Tu veux qu'on parte sur-le-champ jusqu'en Californie ?

— Du côté de Long Beach, Venice ou Santa Monica, il y a des adresses qui valent celles de la Côte d'Azur. En novembre, les températures sont encore très clémentes, et pour le soleil, nulle crainte à avoir : il brille là-bas trois cent vingt-cinq jours dans l'année. J'ai donc consulté les brochures de la Cunard-White Star, la compagnie des transports maritimes, et j'ai pu réserver *in extremis* deux cabines sur le prochain transatlantique. Et tu sais quoi, Andy ?

— Comment le devinerais-je ?

— Nous voguerons demain à bord du *Queen Mary*, celui-là même qui, au mois d'août, a repris au *Normandie* le titre de navire le plus rapide du monde. Dans cinq jours, une fois débarqués à New York, on saute dans un avion et, moins de seize heures après, tu pourras lézarder sur les plages de sable blanc, bercé par le clapot du Pacifique.

Un bruit à la fenêtre détourna mon attention. Dehors, une pluie cinglante s'était mise à tomber.

— Et puis, ce sera l'occasion de faire une surprise à ce cher Stuart Dauncey ! enchérit-il. Il n'en croira pas ses yeux de nous voir rabouler.

— Mais Amélie de Brindillac ! Et Jacques Lacroix ! Tu y as songé ?

— J'ai aussi pris les billets du retour jusqu'à Cherbourg. De là, nous prendrons le train pour Paris. Nous serons à Étampes largement pour la date prévue.

Il avait fomenté son coup de manière magistrale, sans négliger aucun détail.

— Moi qui rechignais à partir loin de Montague Street, me voilà servi ! me contentai-je d'ajouter en cherchant des doigts ma canne en bois d'érable qui ne me quittait plus depuis mon accident.

Si l'usage de cet accessoire m'avait été préconisé pour soulager ma cheville, j'estimais qu'il me donnait un petit côté dandy qui n'était pas pour me déplaire. À se demander même comment j'avais pu m'en passer durant toutes ces années.

James avisa son complet-veston à motif pied-de-poule d'un air réprobateur. Ainsi apprêté, il avait la mise d'un authentique Anglais.

— Pour ma part, je m'en vais de ce pas opérer un tri dans mes affaires. C'est qu'il faut que je sois à mon avantage quand je croiserai Janet en chair et en os. Ou Carole Lombard…

II

OÙ L'ON FAIT CONNAISSANCE AVEC STUART LATHAM DAUNCEY

Même en cherchant bien, je dois avouer que les deux premières semaines de notre séjour californien se déroulèrent sans encombre.

Au moment où le Douglas DC-3 s'était posé sur le tarmac de l'aérodrome de Glendale, j'avais réussi à faire valoir auprès de mon camarade certaines revendications. En particulier, comme je ne me sentais jamais plus à mon aise que dans le voisinage d'une salle de lecture, j'avais obtenu que l'on préférât, plutôt qu'une ennuyeuse location avec vue sur le littoral, une suite au *Mayflower Hotel*, en plein centre-ville, pour dix-neuf dollars la nuit. Les guides consultés au cours du voyage stipulaient que cet établissement de standing se situait à moins de cent yards de la Los Angeles Public Library, l'une des bibliothèques les mieux dotées du pays, dont l'imposante architecture inspirée de l'Égypte ancienne n'avait rien à envier à celle du British Museum.

La douceur du climat eut vite une action positive sur ma santé physique aussi bien que morale. Mon penchant neurasthénique se trouvait grandement atténué, et je n'étais visité par aucun de ces rêves prégnants ni aucune de ces visions qui avaient accaparé mon esprit durant les deux dernières années, depuis la mort d'Alice et certaines expériences hallucinatoires où je n'avais que trop risqué le salut de mon âme[1]. J'en arrivais à reconnaître que James, en faisant le choix de cette destination, avait été frappé d'une heureuse inspiration.

J'occupais mes heures de la manière la plus agréable. Le matin, je me rendais à la bibliothèque centrale, dont le fonds recelait des documents d'un intérêt véritable, spécialement dans le domaine cartographique datant des XVIIe et XVIIIe siècles, mais aussi dans celui des religions amérindiennes et des sciences occultes. Quant aux après-midi, je les employais à donner la touche finale au récit de l'une de nos enquêtes sur ma machine à écrire portative Oliver ou à m'absorber dans les ouvrages de Jack London.

Juste avant de partir, j'avais en effet jeté dans ma valise deux romans de l'écrivain californien, *Avant Adam* et, surtout, *Le Vagabond des étoiles*, que l'on disait d'inspiration spiritualiste et dont j'avais récemment lu un compte rendu détaillé dans la revue *Light*. Quelle n'avait pas été ma surprise d'y apprendre que l'enfance de London, à l'instar de la mienne, avait baigné dans un milieu saturé de superstition et de quête du surnaturel ! Sa mère était aussi fervente adepte de séances de tables tournantes

1. Voir *Le Diable du Crystal Palace*, 10/18, n° 4260 et *Le Serpent de feu*, 10/18, n° 4488.

que mon propre père l'était devenu à la mort de Leonor Singleton, peu après ma naissance. Quant à son géniteur, il se prétendait mage et astrologue ! Connue pour ses récits sur le Grand Nord, les mers du Sud et ses prises de position révolutionnaires, l'œuvre de Jack London recelait une facette tout à fait inattendue, et il me semblait que ce voyage était l'occasion idéale de me pencher sur le sujet.

Évidemment, pour ce qui était de faire travailler ma cheville, le Dr Crosfield aurait sans doute trouvé à redire, mais j'estimais qu'une promenade de temps à autre dans Elysian Park, à une demi-douzaine de stations de tramway de notre hôtel, en sus de mes échappées à la salle de lecture, subvenait largement à ma ration d'exercice et de grand air. D'autre part, c'était sans compter les nombreuses fois où mon acolyte, qui avait loué un coupé Oldsmobile 1934 et une collection de cartes routières, m'astreignit à l'accompagner à la découverte des plus beaux paysages du comté.

Nous continuions de suivre dans la presse les derniers événements. Toutefois, les six mille miles que l'« Old Lady » et l'appareil de l'American Airlines avaient établi entre nous et notre appartement de Montague Street nous permettaient de maintenir à distance les troubles politiques qui ébranlaient l'Europe et de profiter au mieux de la villégiature.

Quelques jours après que nous eûmes pris nos quartiers, James était capable de se repérer dans la métropole californienne avec la même assurance qu'un Angelin pure souche. Grâce à l'active coopération de Stuart Dauncey, la plupart des night-clubs, bowlings et salles de billard, du Sunset Strip jusqu'à Maple, n'eurent plus aucun secret pour lui et, le soir venu, j'interrompais mes travaux solitaires pour les accompagner à un combat de boxe à l'Olympics ou à un match de football à l'American Legion Memorial Stadium.

James n'avait pas eu l'heur encore de croiser ni Janet Gaynor ni Carole Lombard – uniquement Dolores del Río qui faisait des ronds de fumée avec Errol Flynn à une table du *Brown Derby*. En tout état de cause, depuis que Stuart lui avait révélé que la seconde entretenait une liaison avec Clark Gable et que la première paraissait plus vieille que son âge, il ne jurait plus que par Loretta Young.

Il convient ici que je m'arrête quelques instants sur Stuart Latham Dauncey, notre ancien condisciple de l'université de Boston.

James et moi l'avions rencontré au cours de l'hiver 1930 à la cafétéria du campus, où son allant et sa silhouette sautillante ne passaient pas inaperçus. Stuart était originaire de la ville de Syracuse, dans l'État de New York, et son père travaillait dans le courtage en assurances. Bien que ce dernier ambitionnât pour lui une carrière dans la finance, et qu'il fût donc supposé poursuivre d'austères études en économie, il ne traînait que rarement ses guêtres du côté des salles de cours. Car, à cette époque déjà, Stuart n'avait que le mot « cinématographe » à la bouche.

Je n'avais jamais croisé quelqu'un affichant en la matière une connaissance comme la sienne. En dépit du fait qu'il venait juste de fêter ses vingt et un ans, il semblait avoir vu tous les longs-métrages tournés depuis l'invention du cinéma. Il était incollable sur la filmographie de la plupart des metteurs en scène, les Américains autant que les étrangers, et surtout il savait par cœur les dialogues des premiers *talkies* de ses acteurs fétiches, John Barrymore et Wallace Beery. Mais le rêve ultime qu'il nourrissait tout au fond de lui – son incorrigible côté fleur bleue – consistait à jouer les « juvéniles » dans une fresque historique ou un mélodrame larmoyant.

Stuart Dauncey était un jeune homme allègre au regard espiègle, aux cheveux roux et au nez en trompette, en compagnie de qui, après une séance au *Majestic* ou au *National Theatre*, nous aimions partager des pintes d'*Irish stout* à la table d'une auberge jusqu'à tard dans la nuit. Avec son physique à la Joe E. Brown, il possédait un talent indéniable pour raconter des anecdotes touchant au cinéma ou parodier les sketches de Tom Mix ou de Harold Lloyd, et on ne comptait pas les fois où il avait fait se tordre de rire la salle de la taverne tout entière. Mais, à sa grande déconvenue, Stuart pâtissait d'une voix stridente qui se révélait sans contredit beaucoup trop haut perchée.

Avec l'avènement des films parlants, une parfaite diction et un timbre harmonieux étaient en effet devenus des qualités indispensables pour celui qui aspirait à se lancer dans la carrière de comédien. Et puisque notre ami partait en ce domaine avec un certain handicap, il avait décidé de suivre tous les après-midi, en lieu et place de ceux de l'université, les cours d'un certain Alexander Slocombe qui cumulait prétendument les fonctions d'acteur shakespearien, de professeur en art dramatique et d'orthophoniste.

Nous ignorions si le travail sur ses cordes vocales avait finalement produit des résultats, mais, quelques semaines après que nous eûmes quitté Boston pour commencer, James et moi, une carrière de détectives en Europe, nous reçûmes une carte postale de Stuart.

Il nous annonçait qu'il avait lui aussi lâché l'université et que, au grand dam de ses parents, il était parti tenter sa chance à Hollywood où il avait posé bagages dans une pension de famille de La Brea, régentée par une vieille dame qui, au motif qu'il ressemblait à son petit-fils mort à Verdun, ne lui réclamait qu'un loyer dérisoire.

Depuis lors, au moins deux fois l'an, Stuart nous tenait au courant des progrès de sa situation. Nous fûmes informés par missive lorsqu'il passa du grade de « figurant de masse » – statique et muet, payé cinq dollars la journée – à celui de « figurant intelligent » – rétribué entre sept et dix dollars, sous réserve d'être capable de prononcer au moins une phrase sans bafouiller. De même, nous fûmes illico avertis quand on le promut « acteur de complément », c'est-à-dire habilité à jouer un petit rôle parlant.

Ce dernier échelon était certes le plus aristocratique de la catégorie des figurants, mais il n'augurait en rien d'une carrière d'acteur à part entière, encore moins de vedette du box-office. Loin s'en fallait ! Ces comédiens étaient le plus souvent limités à un type d'emploi auquel un chef de la figuration les avait un beau jour assignés et dont ils ne dérogeaient pour ainsi dire jamais. Certains interprétaient jusqu'à la nausée des hommes d'affaires ou des directeurs de banque, des ministres du culte ou des magistrats, des policiers en tenue ou des professeurs émérites ; d'autres encore se cantonnaient aux rôles de maîtres d'hôtel, d'antiquaires, de chauffeurs de taxi ou d'éternels amis de la famille. À force de jouer les utilités, ces acteurs de complément éprouvaient une sorte d'imprégnation psychique et finissaient par se prendre réellement pour le professionnel qu'ils étaient à l'écran. Dans ces conditions, il n'était pas rare que l'un d'entre eux abandonnât les plateaux de manière définitive pour se consacrer dans la vraie vie au métier qu'il avait incarné sans discontinuer.

Stuart, lui, s'était vu spécialisé dans le type du journaliste jovial et porté à la rigolade. Lorsque, après plusieurs années de ce régime, il comprit qu'il ne décrocherait jamais le rôle de « jeune premier » auquel il se croyait destiné, il postula de guerre lasse auprès des gazettes. Et ce fut donc dans le cours naturel des choses qu'il se retrouva à occuper une place de rédacteur aux pages culturelles du *Hollywood Citizen-News*, à la rubrique « Derniers échos », laquelle consiste, dans la Cité des Anges plus que partout ailleurs, à instruire le lecteur des potins les plus croustillants.

Ce qui aurait pu être vécu par n'importe quel autre aspirant comédien comme la cruelle mise en bière de ses illusions de jeunesse se révéla au contraire, dans le cas de Stuart, le prélude d'une florissante carrière. Il fit montre d'un humour caustique et d'une érudition hors de pair, en conséquence de quoi le directeur de la rédaction, moins d'un an après l'embauche de son nouvel échotier, alloua à ce dernier, en plus de ses billets quotidiens, une rubrique plurihebdomadaire de trois colonnes et demie dans laquelle il l'encouragea à lâcher la bride à ses talents de satiriste tout autant que de cinéphile.

Au moment de notre arrivée à Los Angeles, Stuart Latham Dauncey signait donc dans le *Citizen-News* d'impayables papiers où il dépeignait sans ambages les manies et les outrances de Hollywood. De la diva éternelle à l'éphémère starlette, du producteur qui ne se sépare jamais de son boulier chinois au réalisateur insomniaque, en passant par le scénariste exténué d'écrire deux histoires à la fois, le chef machiniste forcément irlandais ou le régisseur qui finira dingo avant la fin du film, nul n'était à l'abri de ses traits. Cependant, et c'était à son honneur, il ne manquait jamais une occasion de rendre hommage aux petites mains des studios, ces oubliés, ces obscurs, ces sans-grade dont, il n'y avait pas si longtemps, il partageait encore l'ingrate condition.

À la lumière de tous ces éléments, chacun accordera qu'il n'y avait aucune raison pour que notre troisième et dernière semaine en Californie du Sud ne se déroulât pas comme les précédentes. Et lorsqu'en ce dimanche 4 décembre 1938, midi ayant sonné depuis quinze minutes, Stuart Dauncey fit son entrée dans notre suite du *Mayflower*, rien ne laissait présager la façon dont allait se conclure cette journée.

III

OÙ L'ON EN VOIT DE DRÔLES SUR MULHOLLAND HIGHWAY

— Je vois que notre vacancier a bel appétit, claironna Stuart Dauncey du vestibule, la porte de l'appartement étant restée ouverte.

Au même moment, un serveur en habit déposait sur une table basse, devant le canapé de mohair dans lequel j'étais occupé à fumer, un assortiment de charcuteries, de poissons fumés, de viandes froides et de légumes crus, le tout accompagné d'une carafe de café et d'une bouteille de lait froid. Quand il eut fini, le garçon regagna la sortie à grandes enjambées, puis referma la porte derrière lui.

Stuart, qui avait attendu que ce dernier eût disparu, s'avança dans le living d'inspiration Art déco. Il arborait un immense sourire, ce qui, compte tenu de la singulière élasticité de ses traits et du diamètre d'ouverture buccale dont il était capable, ne constituait pas chez lui une mince opération ; ses pommettes saillaient fortement tandis que ses yeux se fermaient presque en entier, lui donnant un faux air asiate, et deux minuscules fossettes se creusaient à l'endroit de la commissure des lèvres, qu'il avait fines et délicatement ourlées. N'eussent été ses cheveux pommadés et d'un roux plus foncé, notre ami affichait la même figure alerte que nous lui avions connue plusieurs années auparavant.

— Et cette cheville, Andy, comment se porte-t-elle ? demanda-t-il en même temps qu'il abandonnait en passant son feutre et son pardessus sur le dossier d'une chaise.

— Beaucoup mieux, je te remercie. Encore un jour ou deux, et il n'y paraîtra plus. Puis-je profiter que tu es debout pour te demander de bien vouloir fermer cette fenêtre, s'il te plaît ? Ça n'arrête pas de corner dehors depuis tout à l'heure.

Stuart s'exécuta et fit coulisser le panneau donnant sur South Grand Avenue, à l'arrière du *Biltmore Hotel*. L'autre croisée du living, qui était déjà baissée, laissait apercevoir une partie des jardins de la bibliothèque.

On pouvait derechef s'entendre correctement.

— La faute à un accident survenu au carrefour de Hill Street, à deux blocs d'ici, expliqua-t-il. Une Packard a voulu jouer aux autos tamponneuses avec une rame de tramway, la ligne qui file vers Westlake. Du coup, les flics ont interdit à la circulation une portion de la Cinquième Rue.

Stuart s'installa dans celui des deux fauteuils clubs qui se trouvait le plus près du plateau chargé de victuailles.

Ce jour-là, notre ami était vêtu d'un élégant complet de flanelle bleu pétrole sur une chemise crème. De la poche poitrine dépassait un carré de soie blanche et, autour de son col empesé, était nouée une cravate aux audacieux motifs verts et rouges.

— C'est déjà un casse-tête de conduire dans le centre en temps normal, enchaîna-t-il en allumant une cigarette qu'il venait de tirer d'un paquet d'Old Gold. Quand tu penses qu'il y a un demi-siècle Pershing Square était bordé de cabanons dignes d'un décor de western ! Du moins, c'est ce qu'on raconte. Ah, du café ! Tu permets ? Je n'en ai pas pris une seule goutte encore depuis ce matin.

— Je t'en prie, mais explique-moi ! Qu'est-ce qui me vaut l'honneur de ta présence un dimanche à midi sonné, habillé sur ton trente et un ?

Stuart se servit un grand volume de café avant de jeter dans la tasse la moitié du sucrier. Puis il désigna derrière lui la porte de la chambre de James avec le manche de sa cuillère.

— En fait, je suis venu rendre une visite de courtoisie à notre bourreau des cœurs. Hier soir, sur les coups de dix heures, je l'ai quitté au moment où il conviait à sa table du *Dinty Moore's* un duo de brunes à faire damner tous les saints. Je brûle de connaître comment sa soirée s'est terminée.

— Qu'avais-tu de si urgent à faire en ce qui te concernait ?

— Un type, qui le tenait d'un type qui le tenait d'un troisième, affirmait que David O. Selznick avait enfin dégoté sa Scarlett O'Hara. Je n'avais pas d'autre choix que d'aller sur-le-champ m'enquérir à Culver City du bien-fondé de cette rumeur.

— Tu fais référence à l'héroïne d'*Autant en emporte le vent* ? On parle en effet de ce film dans toute la presse.

— Et pour cause : le premier tour de manivelle sera donné dans une semaine, et jusqu'à hier Selznick n'avait toujours pas trouvé son interprète principale.

— Alors ? Qui est l'heureuse élue ?

— *Non lo so !* Il s'agissait de la énième fausse alerte. Ha, ha ! Louis B. Mayer et les administrateurs de la MGM n'ont pas fini de se voir pousser des boutons.

Les séances d'orthophonie délivrées par le mystérieux Alexander Slocombe à Boston avaient eu des effets très bénéfiques sur la voix de mon interlocuteur. Pourtant, il m'était arrivé de constater que les stridulations avaient tendance à se manifester de nouveau, bien qu'à un degré moindre, dès lors que sa conversation s'enflammait un brin.

— Quoi qu'il en soit, repris-je, il m'est impossible de te renseigner avec certitude quant à l'issue de cette soirée. Comme tu peux t'en apercevoir, James est encore en train de dormir, mais à en juger par l'exceptionnel niveau sonore de ses ronflements, je présage qu'il est content de lui. Sans doute a-t-il réussi à décrocher un rendez-vous avec l'une de ces beautés. Ou peut-être les deux, qui sait ?

Stuart éclata d'un rire franc qui découvrit des rangées de dents saines, mais à l'implantation légèrement affranchie des règles. Derrière lui, sur le mur, un grand panneau en bois peint représentait, dans les tons grèges et bruns, un couple de danseurs de tango en ombres chinoises. Les silhouettes, stylisées, étaient tout en arrondis et en sinuosités, à telle enseigne qu'on aurait pu croire que les personnages émergeaient des volutes de sa cigarette ou que celles-ci, en s'élevant dans la pièce, adoptaient un semblant de forme humaine.

— Ah ! Cela faisait longtemps que je ne m'étais pas amusé comme ces deux dernières semaines, lança-t-il d'un ton joyeux. On se croirait revenu à nos vertes années, pas vrai ? Quel dommage que vous deviez repartir bientôt !

Après avoir écrasé son mégot dans le cendrier sur pied disposé entre nous, il se redressa dans son fauteuil et croisa la jambe droite sur celle de gauche à quatre-vingt-dix degrés. Les motifs de sa paire de chaussettes n'avaient rien à envier à ceux de sa cravate.

— En parlant du bon vieux temps, dit-il, il y a une question qui me trotte dans la tête. Chaque fois que j'en parle à Jim, il se contente de botter en touche.

— Je t'écoute.

— Eh bien, avez-vous songé à revenir aux États-Unis tous les deux ? Je veux dire, une bonne fois pour toutes ? L'Europe se trouve au bord du gouffre, une guerre risque d'éclater qui est partie pour durer des années. Quelle raison avez-vous de demeurer là-bas ? Vous pourriez rentrer au bercail.

— Le bercail ? Aurais-tu oublié que je suis né à Halifax, en Nouvelle-Écosse ?

— Non, bien sûr. Mais tu conviendras que l'avenir est en Amérique, pas sur le Vieux Continent. Roosevelt a été réélu haut la main, son programme du New Deal est en passe de remettre l'économie sur les rails, la Prohibition n'est plus qu'un mauvais rêve. Le vent de la modernité s'est levé sur le pays, Andy, et il n'est pas prêt de retomber.

— Es-tu certain qu'il souffle dans le bon sens ? J'ai appris qu'à ce jour plus de trente États sur quarante-huit que compte l'Union ont promulgué des lois de stérilisation forcée à l'endroit des fous et des déficients mentaux. Tout ça ne me semble pas très *moderniste*, dis-moi !

Pour être tout à fait honnête, ma critique n'était pas exempte d'une certaine partialité. Si, depuis le début du siècle, les États-Unis s'étaient faits les chantres des théories eugénistes, nombre de nations occidentales leur avaient emboîté le pas, et on ne comptait plus les scientifiques et dirigeants de tous bords qui se déclaraient partisans de stériliser par la contrainte les « arriérés » et les faibles d'esprit. Au nom du bien de l'humanité, cela s'entend, et dans le noble dessein d'enrayer la progressive dégénérescence de notre espèce qui sinon serait inéluctable[1].

— Mais pour revenir à ta question, ajoutai-je, je crois qu'il serait préjudiciable pour James et moi de nous précipiter. Nous avons gagné une certaine réputation en Europe, alors qu'ici, tout reste à faire. Et puis, en tant que citoyen canadien, le serment d'allégeance qui me lie à la Couronne britannique me défend de fuir au moment où ça commence à sentir le roussi.

Il me tendit son paquet d'Old Gold en opinant du bonnet, comme pour me signifier qu'il saisissait parfaitement. J'acceptai une cigarette, il en préleva une à son tour, puis me présenta la flamme de son briquet laqué vert.

— As-tu constaté, Andy, comme l'enquêteur à la mode *british* semble avoir perdu la faveur du public ces derniers temps ? déclara-t-il en exhalant un majestueux nuage de fumée bleue en direction du plafond. Il est vrai que, dans vingt-huit jours,

1. Le premier État américain à avoir adopté une loi sur la stérilisation contrainte fut l'Indiana en 1907. Celui de Washington, le Connecticut et la Californie suivirent en 1909. En dehors des États-Unis, le canton de Vaud en Suisse et la province de l'Alberta au Canada mirent au point leurs propres lois en 1928, le Danemark en 1929, l'Allemagne et la province de la Colombie-Britannique en 1933, la Norvège, la Suède et la Finlande en 1934, l'Estonie en 1937. (*N.d.É.*)

nous serons entrés dans l'année 1939. Les goûts changent si vite !

Je me retins de manifester mon amusement. Stuart rivalisait d'ingéniosité quand il avait une idée derrière la tête. Dans le cas présent, j'ignorais où il voulait en venir, mais je gageais que son histoire d'enquêteur avait un rapport avec le fait qu'il aurait souhaité nous voir demeurer en Amérique. Peut-être même nous installer dans la Cité des Anges.

— Tu as lu Dashiell Hammett ? dit-il.

— J'ai lu Dashiell Hammett.

— *Le Faucon maltais* a déjà eu les honneurs de deux adaptations, dont la dernière avec l'exquise Bette Davis. Bon, je te le concède : dans le rôle du détective, Warren William ressemble à un lévrier qui se prendrait les pattes dans son holster, mais on dit que c'est ce genre d'ambiance-là qui est l'avenir. À la sauce américaine.

Se déployant pour atteindre son couvre-chef sur le montant de la chaise, il le disposa de guingois sur son crâne de manière à se donner un air ombrageux, la cigarette pendue aux bords des lèvres.

— La casquette à double visière et la pipe en écume de mer seront bientôt reléguées aux oubliettes, pronostiqua-t-il. Place au feutre mou et à l'imper qui empeste la clope !

— Il me semble que tu vas un peu vite en besogne. J'ai lu ce matin dans le journal que la Fox s'apprêtait à démarrer le tournage du *Chien des Baskerville*. Avec Basil Rathbone et Nigel Bruce.

— Hum, un bouillon assuré ! Et puis, encore faudrait-il que Rathbone en ait fini avec *Le Fils de Frankenstein*. Les studios Universal, qui comptent relancer à grands frais la vogue de leurs films d'épouvante, ont pris un tel retard dans leur plan de tournage qu'ils envisagent d'œuvrer jour et nuit jusqu'à la Saint-Sylvestre. Ils n'ont pas intérêt à traîner, l'avant-première est annoncée pour le début de l'année.

Il plongea le nez dans sa tasse de café et vida d'une traite ce qui restait du contenu, avant de revenir à la charge.

— Crois-en les spécialistes de ce côté-ci de l'Atlantique, mon vieux ! Demain, les « privés » à la manière de Sam Spade occuperont le devant de la scène. Le personnage de Hammett exerçant à San Francisco, Los Angeles manque de héros au caractère bien trempé pour lui conférer ses lettres de noblesse. Ah, si vous vous établissiez dans cette ville, Jim et toi, je suis sûr que les récits de vos aventures feraient un malheur !

— Hé ! Je t'assure que je n'ai rien d'un « dur à cuire », Stuart. Désolé.

— Désolé de quoi ? prononça une voix à l'autre bout de la pièce.

James avait surgi hors de sa chambre en caleçon long et en maillot de corps. Ses cheveux blonds étaient hirsutes, et sa mine brouillée attestait que la soirée avait été riche en émotions.

Comme Stuart s'était retourné d'un seul mouvement, son feutre avait glissé sur son nez.

— Te voilà enfin ! s'exclama-t-il en rattrapant son chapeau pour le garder à la main. J'expliquai à Andy que j'étais curieux de savoir comment ta soirée d'hier s'était terminée.

— Ah çà ! ronchonna mon camarade. Lynnie et Wanda s'étaient bien gardées de me prévenir qu'elles étaient actrices.

— Actrices ? Toutes les femmes le sont plus ou moins. Surtout à Hollywood.

James s'avança jusqu'à la table basse. Ayant saisi la bouteille de lait, il en approcha le goulot de sa bouche et ingurgita une formidable rasade dont il contint les débordements d'un revers de la main.

— J'ai déjà vu William Boyd sous les traits de Hopalong Cassidy boire de la sorte en descendant de cheval, commenta Stuart à mon intention. Mais il s'agissait d'une gourde d'eau-de-vie. Que s'est-il passé ensuite avec tes baladines ?

— Quand je leur ai confessé que j'étais détective, elles m'ont tellement pressé de questions que j'ai fini par raconter quelques-unes de mes enquêtes les plus savoureuses. Rien que de très normal, en somme. Le tout sans esbroufe, avec retenue et simplicité, vous imaginez bien. Tout allait pour le mieux jusqu'à ce qu'un directeur de casting fasse son entrée. Aussitôt qu'elles l'ont aperçu, elles ont pris la poudre d'escampette pour aller roucouler à sa table. Ces types sont une calamité. Pourtant, celui-ci était affreux, gras et chauve, et il n'en avait que pour son assiette de corned-beef au chou.

Mon acolyte troqua la bouteille de lait contre une tranche de langue marinée au vinaigre d'une couleur brun rosé qui s'en fut directement dans son estomac.

— Quelle humiliation ! poursuivit-il. Un échec cinglant qu'il convient de conjurer au plus vite. J'hésite entre une diète d'une semaine, un marathon de poker ou un plongeon au milieu des alligators à Lincoln Heights. À moins que quelqu'un ait une meilleure idée ?

— Il faut que je réfléchisse à la question, répondit le journaliste. En te laissant hier soir en aussi favorable posture, j'étais loin d'imaginer que je te retrouverais à ce point… désarçonné.

Nous nous esclaffâmes de concert. Au vu de son numéro, James aurait mérité une nomination pour la prochaine cérémonie des Oscars.

— Il y a bien une chose à laquelle je viens de penser, reprit Stuart en abandonnant pour de bon son feutre sur la tablette de la console, au pied d'une lampe en vitrail Tiffany. Seulement…

— Seulement ?

— Il est encore question d'actrices.

— Dis quand même !

— Eh bien, mon pompiste chez qui j'ai fait le plein en chemin, par ailleurs beau-frère d'un des jardiniers de la résidence d'été de Gloria Swanson, m'a remémoré un événement d'une portée considérable : à partir de deux heures cet après-midi, Dorothy Lamour sera la reine des concours de bienfaisance qui se tiendront sur la plage de Malibu Colony.

— Dorothy Lamour ?… La vedette de *Toura, déesse de la jungle* ?

— Elle-même. Et aussi de *Hula, fille de la brousse*.

James accueillit l'information d'un long sifflement.

— Elle ne sera pas la seule artiste à participer. Une pléiade d'autres pin-up devraient lui prêter main-forte.

— Qu'est-ce que c'est que ces concours de bienfaisance ? questionnai-je en saisissant une tranche de pastrami et un bouquet de chou-fleur.

— Une collecte de fonds organisée par le syndicat des acteurs à l'intention de nos déshérités à nous, ici, à Hollywood : les anciennes gloires du muet qui, du jour au lendemain, se sont retrouvées au chômage à l'arrivée des *talkies*. Cet après-midi, une foule de compétiteurs aguerris auront à cœur de relever des défis, et ce faisant d'alimenter les paris dans le public. À pas moins de cinq tickets la mise de départ.

— Et ça marche ?

— Du feu de Dieu ! Il faut admettre que certaines attractions ne manquent pas de piquant.

— Qu'est-ce à dire ? s'enquit James.

— Lors d'un de ces meetings, en juin dernier, Gypsy Rose Lee s'est effeuillée devant un parterre de soupirants avant de sauter dans les rouleaux. C'était à celui qui la rejoindrait le premier et la ramènerait sur le sable. Elle n'avait conservé sur elle que ses sous-vêtements. L'épreuve était sponsorisée par la Warner Brothers Company pour promouvoir un de ses nouveaux modèles de soutiens-gorge.

— Mazette ! À Malibu Colony, tu dis ? Et quelle heure est-il ?

Stuart jeta un œil à sa montre-bracelet.

— Si tu roules pleins gaz, tu as encore le temps de faire rajouter ton nom à la liste des concurrents.

— Précisément le genre de défis dont j'avais besoin ! Tu viens aussi ?

— Ç'aurait été avec joie, mais je dois être dans cinquante-cinq minutes au terminal de Santa Fe pour l'arrivée du City of Los Angeles. Katharine Hepburn y occupe une cabine de wagon-lit. Et, selon un confrère du *Motion Picture Herald* qui a surpris à Chicago sa furtive montée dans le rapide de l'Union Pacific, le bellâtre qui partage sa couchette n'est pas Howard Hughes. Vous imaginez le topo ? Toute l'histoire du cinéma pourrait en être bouleversée. Ça vaut le coup d'y sacrifier une partie de son dimanche.

— Dans ce cas, nous te raconterons tout à notre retour, Andy et moi.

— Hé ! Pourquoi est-ce que je t'accompagnerais ? protestai-je.

— Parce que le Dr Crosfield m'a demandé de t'avoir à l'œil et que tu n'as pas bougé d'un quart de mile ces trois derniers jours. Qui plus est, on a toujours besoin d'un copilote quand on dispute un contre-la-montre.

James s'éclipsa dans sa chambre. Quand il réapparut quelques instants plus tard revêtu d'un pantalon large, d'un sweater à col montant et de son blouson d'aviateur, je remarquai qu'il n'avait même pas pris la peine de lacer ses chaussures de sport. Il trottina jusqu'au canapé et, après m'avoir tiré par le bras pour me faire lever, il m'escorta jusqu'à la porte qui donnait sur le couloir du douzième étage. J'eus seulement le temps d'agripper la poignée de ma canne et de décrocher mon manteau à la penderie de l'entrée.

— Mettez le cap sur l'océan ! s'égosilla Stuart en soulevant l'assiette anglaise pour la déposer précautionneusement sur ses genoux. Parvenus à Pacific Palisades, vous n'aurez plus qu'à suivre l'autoroute côtière jusqu'au lagon de Malibu.

C'est ainsi que la journée fut consacrée aux nombreuses activités sportives organisées dans le cadre de la collecte annuelle de la guilde des acteurs, festivités dont une grande partie, vu la saison, se déroulait sous les lampions et au milieu des braseros.

Comme Stuart l'avait laissé entendre, Miss Lamour et les autres naïades se prêtèrent de bonne grâce à un tas d'animations plus incongrues les unes que les autres. Elles furent notamment les marraines d'une course en sacs qui manqua de peu de finir en bataille rangée, d'une tentative de record du monde de pyramides humaines, d'un concours de fox-trot, boogie-woogie et lindy-hop sur une scène installée pour l'occasion. La « Princesse au sarong » procéda elle-même en fin de programme, sous les flonflons de l'orchestre, à une remise de trophées consacrant les trois meilleurs challengers, toutes compétitions confondues. À ce jeu, mon camarade arriva deuxième, battu sur le fil par un prof de culture physique de l'Athletic Club, disciple des méthodes d'Earle Liederman et de Charles Atlas. Pour le trio d'heureux récipiendaires, outre une coupe à l'effigie d'une sirène dont la poitrine était à peine dissimulée sous une opulente crinière cuivrée, la récompense consistait en une invitation pour la fête organisée le lendemain soir au *La Conga*, dans North Vine Street, en compagnie de Dorothy Lamour et des autres acteurs de *St. Louis Blues*, la comédie musicale dont Raoul Walsh avait achevé le tournage quelques jours auparavant. Ambiance garantie, smoking exigé.

L'après-midi étant ensoleillé, pas loin de dix-neuf degrés – quinze pour la température de l'eau –, je m'étais installé sur un transat de plage, ma canne fichée dans le sable. Plus tard, je déménageai mon attirail de quelques foulées en direction d'un feu de camp où, au cours d'un récital improvisé des plus grands succès du moment, un crooner coiffé d'une casquette à la Gatsby interpréta quatre fois de suite *Sweet Leilani* de Bing Crosby au ukulélé. Par chance, je disposais d'un paquet de cigarettes Raleigh ainsi que de mon édition du *Vagabond des étoiles*, que j'avais eu l'heureuse idée d'oublier la veille à l'intérieur de l'Oldsmobile.

Le roman de Jack London se déroulait en grande partie dans la prison californienne de San Quentin, à quelques centaines de miles seulement du rivage où je me trouvais. Vigoureux réquisitoire contre la peine de mort et les sévices infligés aux détenus au sein de ce pénitencier, il mettait en scène le professeur Darrell Standing, condamné pour meurtre et contraint d'endurer le supplice de la camisole – un harnais qui enveloppe les chairs de manière si serrée qu'il est à peine possible de respirer. Alors que le héros cherchait un moyen d'échapper à la douleur, il se découvrait le pouvoir de sortir hors de son corps et de revivre ses incarnations passées. J'avais lu dans l'article de *Light* que London, pour écrire son ouvrage, s'était inspiré de la vie d'Ed Morrell, anarchiste et ancien bandit, qui lui aussi avait connu la camisole. Un jour que la souffrance était insoutenable, le prisonnier avait senti son esprit déserter son enveloppe physique et se soulever au-dessus de sa paillasse. Savourant cette extraordinaire sensation de liberté, Ed Morrell s'était rendu compte qu'il était capable d'évoluer dans le monde extérieur, partout où il le désirait. Il répéta quotidiennement ces expériences de « voyage astral » et, grâce à cette singulière échappatoire, il réussit à supporter son calvaire jusqu'à sa grâce inopinée, survenue en 1908.

Ce n'est qu'à huit heures passées, alors que le ciel et les flots avaient uni leurs ténèbres et que le départ de Dorothy Lamour sonnait le glas des réjouissances, que James fut enfin déterminé à lever l'ancre, serrant contre lui son magnifique trophée.

Galvanisés par cette journée si bien remplie – surtout pour ce qui me regardait –, nous allâmes souper dans une taverne à huîtres dont un voisin de transat m'avait loué les mérites, située aux environs de Point Dume, dans la partie occidentale et presque entièrement sauvage de Malibu. Après nous être sustentés de fort correcte manière, nous convînmes, plutôt que de retourner à Los Angeles par la côte pacifique, de traverser au nord les monts Santa Monica afin de rallier la route 101.

Ce que nous n'avions pas prévu, c'est qu'au fur et à mesure que nous nous enfoncions dans les collines, la température de l'air étant tombée d'un coup, la brume commença à se lever, ainsi qu'un amas de nuages menaçants venus de l'océan et qui laissaient craindre la pluie pour le lendemain. De sorte que, vers les coups de dix heures et demie, malgré ma vigilance et la carte Shell posée à plat sur mes genoux, notre Oldsmobile emprunta un mauvais chemin.

— Zieute cet écriteau ! fit James après avoir stoppé la voiture sur le bas-côté et désigné un petit panneau de bois planté à l'entrée d'une sente. Il est inscrit : « 31104 Mulholland Highway ». Ce n'est pas la route qu'il fallait prendre.

— C'est ici qu'on a dû se tromper, présumai-je en posant l'index sur le plan au croisement de deux lignes.

— Que *tu* t'es trompé !

— Si tu ne roulais pas aussi vite avec cette brouillasse !

— Qu'est-ce qu'on fait maintenant ? Demi-tour ?

— On devrait pouvoir récupérer notre itinéraire en continuant sur Mulholland Highway. À environ six miles, après un plan d'eau baptisé « Malibu Lake », il faudra tourner à gauche et emprunter une voie du nom de « Cornell Road ».

James jeta un regard sur le circuit que je proposais. Il acquiesça sans chicaner et redémarra.

La route faisait des lacets à n'en plus finir. En contrebas de la corniche, au fond du vallon, on apercevait une couche de brouillard plus compacte encore qui peinait à s'élever, sans quoi nous aurions été contraints de nous arrêter. Par endroits, on avait l'impression d'avancer au-dessus des nuages, alors même que, selon les relevés topographiques sur la carte, notre altitude dépassait rarement les mille cinq cents pieds.

Tantôt la visibilité s'améliorait, et nous pouvions discerner le bitume loin devant nous – et, entre deux nuées sombres, l'astre lunaire à la gibbosité croissante –, tantôt elle redevenait laborieuse, les lanternes du véhicule se montrant impuissantes à déchirer les peluches de vapeur au-delà de quelques yards, et on devait rouler au pas.

Minuit approchait. Nous ne croisions plus aucune voiture sur la route. La vie semblait comme arrêtée, saisie dans le froid et la brume. À l'exception du ronronnement de notre auto, il régnait partout dans la nature un silence assourdi. Au bout d'un temps, nous finîmes par traverser un chapelet de maisons, mais, là encore, on se serait sans succès usé les yeux à essayer d'apercevoir âme qui vive.

Je baissai légèrement la vitre de la portière. Une bouffée de chèvrefeuille et de sauge envahit mes narines. Même les odeurs paraissaient irréelles.

— C'était bien la peine de quitter l'Angleterre pour nous retrouver dans une pareille purée de pois, soupirai-je.

— Mouais ! Encore mieux que les landes du Dartmoor ! Il ne manque plus que le hurlement d'un chien fantôme pour parachever le tableau.

— Nous devrions déjà avoir atteint ce lac.

— Je ne le vois nulle part.

— Ce doit être ça, fis-je en signalant sur notre droite, par-delà le ravin, une légère déchirure dans l'étendue de ouate blanche à travers laquelle on distinguait les reflets chatoyants de la lune.

Pressé de gagner la pointe du Malibu Lake, James donna un peu plus de vitesse. C'est alors qu'au détour d'une courbe je poussai un cri d'alarme en entrevoyant devant nous une silhouette qui venait de surgir du flanc de la colline, à travers un fourré de broussailles, et s'apprêtait à traverser la route à toute allure.

L'homme, occupé à scruter par-dessus son épaule, ne nous avait ni vu ni entendu, en dépit de nos phares et du bruit du moteur.

Mon compagnon écrasa la pédale de freins. Il réussit de justesse à éviter le choc, la voiture s'immobilisant en travers de la chaussée, mais, emporté par son propre élan, l'inconnu roula sur le capot.

L'espace de quelques instants, le visage de celui que j'avais pris au premier abord pour un être humain fut à quelques pouces du mien, de l'autre côté du pare-brise. Je constatai alors avec horreur que *cela* ne ressemblait à rien de ce qu'il m'avait jamais été donné de voir. C'était une sorte de créature fantastique, mi-homme, mi-bête, échappée tout droit d'un conte populaire, et dont les yeux ténébreux étaient fixés sur moi. Sa face tout entière, ses oreilles, son cou, de même que l'extrémité de ses membres, tout chez lui était recouvert d'une épaisse fourrure. Des poils bruns, longs et drus, pareils à ceux d'un chien… ou d'un loup.

Alors que le monstre avait paru d'abord aussi interloqué que nous, il reprit le contrôle de lui-même et se laissa glisser sur le ventre. Quand il eut touché le sol, tournant brusquement la tête du côté de la colline, il recula de quelques pas dans le halo des lanternes, ce qui me permit de constater qu'il mesurait dans les six pieds de haut. Après cela, les sens en alerte, les babines frémissantes, il braqua son museau tour à tour vers nous, puis vers les broussailles d'où il avait jailli, avant de sauter par-dessus le talus et de s'élancer au creux du vallon, en direction du lac.

En moins de deux, il s'était évanoui dans la brume.

— Tu as vu ce que j'ai vu, Andy ?

— Je… je crois bien… ! bafouillai-je encore sous le coup de l'effarement.

Quand mon camarade se fut remis de sa propre surprise, il bondit hors de l'habitacle pour tenter de poursuivre la créature. C'était peine perdue. Au-delà du ravin, le paysage n'offrait qu'une interminable et semblait-il infranchissable nappe de brouillard.

En reprenant place dans la voiture quelques minutes plus tard, James n'avait pas encore recouvré toutes ses couleurs.

Je voulus ouvrir la bouche, mais il m'était impossible de poser des mots sur ce à quoi nous venions d'assister.

— Un loup-garou ! Bon sang de bois ! *C'était un loup-garou !* proféra James.

Je n'aurais su mieux dire.

IV

OÙ L'ON CONSTATE QU'IL PLEUT AUSSI EN CALIFORNIE

D'ordinaire, la nuit porte conseil. Pour nous, elle amena surtout la pluie. Une pluie battante et ininterrompue, comme il n'en tombe que durant les mois de janvier ou février en Californie du Sud et qui eut pour déplorable résultat de voir se réveiller la douleur à ma cheville. À moins que cela ne fût à mettre sur le compte de l'émotion ressentie la veille quand la voiture avait freiné brutalement devant la créature.

Juste après notre mésaventure, nous n'avions pas fait long feu sur le tronçon de route qui borde le lac. La crainte d'être bloqués sur place par le brouillard nous avait incités à repartir incontinent, et ce ne fut qu'une heure et demie plus tard que nous avions rejoint l'hôtel. S'était ensuivie, jusqu'à ce que la fatigue et une bouteille de bourbon Mohawk Valley vinssent à bout de nos forces, une discussion à bâtons rompus au sujet de cette « chose » qui venait de croiser notre chemin.

En ce lundi matin toutefois, au moment de nous retrouver dans le salon pour faire le point, difficile d'affirmer qu'on y voyait plus clair.

Avions-nous été la proie d'une hallucination – ce qui était rien moins qu'improbable ? Avions-nous été confronté à un authentique loup-garou ? Et que convenait-il de faire désormais ? Était-il possible de retrouver sa trace, si tant est qu'il en ait laissé une seule et que les trombes d'eau qui s'abattaient sur la région ne l'aient pas déjà effacée ?

À se baser strictement sur ce que nous avions vu, il était évident que la physionomie de notre inconnu répondait peu ou prou aux descriptions classiques du lycanthrope – qui, la plupart du temps, ne se transformait en loup que de manière incomplète et conservait la position bipède, un reste d'humanité transparaissant sous son apparence bestiale. Pourtant, d'après ce qu'il était en général admis dans les ouvrages portant sur le sujet, il y avait bien longtemps que cette créature ne battait plus la campagne. Depuis la fin de la chasse aux sorcières plus exactement, dans les années 1700 et des poussières.

La tradition voulait en effet que la lycanthropie fût avant tout affaire de magie noire. Suivant les démonologues de l'Inquisition, le Diable, à l'instant de pactiser avec un mortel, promettait à ce dernier le pouvoir exaltant de changer de forme – en l'occurrence celle d'un animal – ou de se rendre invisible. En réalité, la plupart des procès du Moyen Âge avaient surtout envoyé au bûcher de pauvres hères qui ne se métamorphosaient que dans l'imagination débridée et un tantinet perverse de leurs accusateurs.

Mais les scénaristes de Hollywood avaient récemment remis au goût du jour une autre vision légendaire du lycanthrope, reprenant à leur compte certains éléments de la mythologie et du folklore les plus séculaires. En 1935, avec *Le Monstre de Londres*[1], les studios Universal avaient popularisé la figure d'un humain réprouvé des dieux et de la nature, victime d'une terrible malédiction qui le voyait prendre partiellement l'aspect d'un loup chaque nuit de pleine lune. Condamné à errer jusqu'à l'aube, incapable de refréner ses pulsions barbares, il se livrait alors à mille et une vilenies, ne prenant conscience de ses méfaits, avec effroi et dégoût de lui-même, qu'au moment du retour du soleil.

Or James et moi nous trouvions dans la capitale mondiale du cinéma, tout près de Universal City, à Burbank, le célèbre complexe où ce film avait été tourné, de même qu'une flopée d'autres du même genre où il était question de vampires assoiffés de sang, de momies égyptiennes se réveillant d'entre les morts ou de monstres fabriqués par un savant fou à partir de bouts de cadavres récupérés dans les cimetières[2].

1. Réalisé par Stuart Walker, *Le Monstre de Londres* est la première production hollywoodienne consacrée au thème du lycanthrope. Six ans plus tard, en 1941, *Le Loup-Garou* de George Waggner sera un tel succès qu'il inaugurera une série mettant en scène le personnage de Lawrence Talbot, victime de la malédiction par suite d'une morsure. (*N.d.É.*)

2. Convaincu par le triomphe en salles du *Dracula* de Tod Browning en 1931, Carl Laemmle Jr, alors patron de Universal Pictures, impulsa la production d'un grand nombre de films fantastiques, réalisés par des metteurs en scène pour la plupart originaires d'Europe : l'Anglais James Whale (*Frankenstein*, *La Fiancée de Frankenstein*, *L'Homme invisible*), l'Allemand Karl Freund (*La Momie*), l'Autrichien Edgar G. Ulmer (*Le Chat noir*)

En ville, nous avions eu l'occasion d'apercevoir dans la vitrine de plusieurs magasins des reproductions de ces *« Universal Monsters »*, comme on les appelait ici. En outre, on ne comptait pas les échoppes de farces et attrapes où n'importe qui pouvait se procurer pour quelques dollars un déguisement aussi faux que nature et, pour les Jack Pierce en herbe, un nécessaire de maquillage avec son pot de collodion et des feuilles de caoutchouc mousse.

Dans ces circonstances, avions-nous été les témoins d'un canular ? Profitant de cette atmosphère lugubre, quelqu'un s'était-il travesti dans l'unique but d'effrayer le voisinage ? Une plaisanterie de très mauvais goût, convenons-en, et qui avait été à deux doigts de virer à la tragédie.

L'intensité de ce qui émanait de cette figure pathétique, à la fois humaine et effroyablement sauvage sous son abondante toison de poils bistre, ne cadrait pourtant pas avec une explication aussi réductrice. Il paraissait impossible de feindre une rage pareille à celle que j'avais perçue au tréfonds de ces prunelles noires, tandis qu'elles me fixaient de l'autre côté du pare-brise, et dont l'empreinte s'était comme imprimée en moi.

Nous avions fait monter les journaux du matin – le *Los Angeles Times*, l'*Examiner* et le *Daily News* –, mais il ne se trouvait rien, dans la page des faits divers ou ailleurs, qu'on pût mettre en relation avec ce qui nous intéressait. Seules les prévisions de l'office de météorologie nous apportèrent une certitude : il n'y avait aucun espoir à entretenir du

---

ou encore le Français Robert Florey (*Double Assassinat dans la rue Morgue*). (*N.d.É.*)

côté du ciel pour le restant de la journée. James, qui avait escompté que le déluge cessât rapidement afin d'effectuer une visite au Malibu Lake et quérir sur place des informations, maugréa un moment au carreau de la fenêtre devant le spectacle de la pluie qui ruisselait le long des trottoirs et les voitures rouges des tramways qui soulevaient des gerbes d'eau en faisant tinter leurs cloches.

Toutefois, n'étant pas dans les habitudes de mon camarade de s'apitoyer sur son sort, et puisque la nature semblait se liguer contre nous, il choisit d'en prendre son parti et s'enfonça dans un fauteuil pour écouter le show de Benny Silcox sur la station KFAC. Après cela, alors qu'il pleuvait toujours à seaux et que je m'échinais à circonscrire sur une carte plus détaillée le point exact où l'incident s'était produit, il estima qu'il était temps de se préoccuper de son invitation au *La Conga*. Si le carton précisait que la *party* ne commençait qu'à neuf heures, il n'oubliait pas qu'il lui fallait au préalable dégoter un smoking.

— Mais avant toute chose, tu vas me faire le plaisir de m'accompagner reprendre des forces au *Ye Bull Pen Inn* ! avait-il décrété en s'alarmant du fait que je boitillais de nouveau et que mon teint était redevenu en quelques heures aussi gris que le contenu du cendrier à pied.

Le *Ye Bull Pen Inn* était le nom du snack situé à l'intérieur de l'hôtel, où l'on servait une nourriture très convenable. Quelques années auparavant, l'enseigne se situait à quelques blocs, dans South Hope Street, et elle avait récemment déménagé ses cuisines à cette adresse plus *select*, même si son design rustique inspiré des cantines pour marchands de bétail ne laissait pas de me déconcerter. Le coup de feu de midi étant terminé, il restait de la place un peu partout, et nous nous installâmes dans le dernier box au fond de la salle, face à la baie vitrée.

À l'inverse de James, j'avais le plus grand mal à détacher mon esprit de notre loup-garou, m'obstinant à vouloir trouver une explication acceptable. Alors que nous attendions la commande – une crêpe aux pommes de terre et aux lardons pour moi, trois œufs sur le plat et une demi-livre de bacon frit pour James –, je méditai les propos que Stuart m'avait tenus la veille concernant les studios Universal qui projetaient de relancer la vogue des films d'épouvante. Il n'était pas innocent que le lieu où le lycanthrope nous était apparu se situait à moins de trente miles des plateaux de cinéma. La main des studios ne se cachait-elle pas derrière tout cela ? J'avais entendu dire que certaines *majors* ne lésinaient pas sur les moyens pour faire la réclame d'une nouvelle production. J'ignorais si cette piste méritait d'être creusée, mais, le cas échéant, Stuart était le mieux placé pour démêler la question. Il fallait donc le mettre au courant dès que possible.

À deux pas de notre table, un téléphone à pièces était accroché à l'un de ces énormes piliers revêtus d'un stuc qui imitait la pierre. Je grimaçai en prenant appui sur ma canne derby, puis, après être allé glisser un nickel dans l'appareil, je réclamai à l'opératrice d'être mis en communication avec notre ami au journal. Dès que j'eus enfin Stuart au bout du fil, je lui expliquai sans détour la situation.

Une fois ma mission accomplie, je fis un crochet jusqu'au distributeur automatique de journaux, près des toilettes. À cette heure, les premières éditions du *Citizen-News* et du *Herald-Express* étaient tout juste sorties des presses, et je glissai dix *cents* dans la fente de la machine.

Quand je retournai vers la table, les gazettes sous le bras, un serveur déposait nos assiettes sur la nappe en vichy rouge et blanc.

— Stuart a dû se demander si tu ne travaillais pas un peu du chapeau ? ironisa James en attaquant aussitôt son plat.

— Il est vrai qu'il m'a fallu patienter une bonne minute avant que son hilarité ne retombe. Puis, tout bien considéré, mon idée ne lui a pas semblé si ridicule que ça. Comme je te l'ai dit, les studios Universal tournent actuellement *Le Fils de Frankenstein*, avec Lugosi et Karloff, qui devrait sortir au début de l'année. Selon lui, il n'est pas exclu que le département publicité ait décidé de mettre sur pied une campagne promotionnelle pour le moins originale.

— Mais pourquoi dans ce cas avoir choisi le personnage du loup-garou ? Ni le Dr Frankenstein ni sa créature n'ont quelque chose à voir avec ce joyeux drille, que je sache !

— *Le Monstre de Londres* était le dernier film d'horreur en date produit par le studio. Peut-être est-ce une manière de clin d'œil ? D'autre part, Stuart s'est souvenu d'une chose : en février 1935, durant le tournage de *La Fiancée de Frankenstein*, Boris Karloff s'était amusé à rentrer chez lui entièrement maquillé ; cela avait causé une telle panique quand il était descendu de voiture dans Toluca Lake, à North Hollywood, qu'à l'époque l'incident avait fait le tour des rédactions. Ça a pu donner des idées aux publicitaires ! Stuart se renseigne auprès d'une attachée de presse du studio avec qui il est aux petits oignons.

— Hum ! fit James, dubitatif. De là à envoyer leur lycanthrope se perdre en pleine brume au beau milieu de nulle part ! S'ils voulaient que toute la ville ne parle que de ça, il aurait été plus efficace de dépêcher l'animal un soir de gala au *Cocoanut Grove*.

J'exhalai un profond soupir. Il fallait convenir que l'idée n'avait pas grand sens. Mon unique et maigre satisfaction était que, de la sorte, j'avais le sentiment de n'avoir écarté aucune piste. Au reste, j'avais profité de mon appel pour demander à Stuart de s'informer auprès de leur correspondant local si rien d'horrifique n'avait été signalé ces dernières semaines du côté des monts Santa Monica.

Mon camarade en avait déjà fini avec son plat que j'avais à peine goûté au mien. Il apostropha le serveur pour réclamer une tarte flambée en même temps qu'un exemplaire de l'annuaire de Los Angeles, et le garçon lui apporta l'une et l'autre.

Pendant ce temps, je compulsai les journaux du soir. Tous commentaient la nouvelle menace de guerre faite par Mussolini à la France pour récupérer les anciens territoires transalpins – de la même manière que Hitler, le Duce se mettait à faire de la surenchère. Il était aussi abondamment question de la victoire surprise de l'équipe des Trojans face aux Fighting Irish de Notre Dame, pourtant invaincus depuis le début du championnat, sur le score de treize à zéro.

Dans le *Herald-Express*, propriété de William Randolph Hearst, le très controversé magnat de la presse, je faillis passer à côté d'un article évoquant le mouvement eugéniste californien, dont j'appris pour l'occasion que l'organisation emblématique, implantée à Pasadena, portait le doux nom de « Fondation pour l'amélioration de l'espèce humaine ». Le rédacteur, qui ne laissait planer aucun doute sur son propre point de vue, se flattait que la Californie faisait figure de championne en matière de stérilisations contraintes. Depuis trente ans, les services sanitaires y étaient habilités, après validation du dossier auprès du bureau officiel d'État, à pratiquer les interventions – vasectomies chez les hommes et ligatures des trompes chez les femmes – au sein d'établissements psychiatriques agréés. Le programme s'appliquait en priorité aux « dégénérés », « tarés » et autres « idiots », et le lecteur serait heureux d'apprendre que le nombre de douze mille opérations avait été atteint depuis la promulgation de la loi, le 26 avril 1909.

Il avait cessé de tomber des hallebardes, mais le ciel était toujours chargé de gros nuages noirs qui donnaient l'illusion que le soir déployait ses ombres avec deux heures d'avance. À travers la grande baie vitrée, on avait peine à discerner la silhouette des arbres du jardin public. Au loin, la monumentale pyramide qui coiffait la tour de la bibliothèque, avec ses mystérieux symboles en mosaïque, n'était guère plus qu'une tache aux reflets ambre et bleutés sur le ciel tendu de velours gris charbon.

— « *Chez Athy Baba*, Athanase Barnaby, 4325 Melrose Avenue », s'enflamma soudain James, la tête penchée au-dessus de l'annuaire. « Vente et location de smokings pour les grands moments de la vie. Toutes les tailles et tous les styles. » Cette annonce me paraît coller au poil. Le temps de passer au garage faire redresser la lanterne de l'Oldsmobile, transpirer une heure ou deux à la salle de gym d'Alvarado, dénicher ma tenue dans la caverne de ce Barnaby, puis rentrer prendre une douche, et je serai fin prêt. De ton côté, Andy, à quoi comptes-tu occuper ta soirée ?

— Puisque la pluie a l'air de vouloir se calmer, je vais en profiter pour faire un saut à la salle de lecture. Je suis tombé samedi sur un ouvrage que j'aimerais continuer de parcourir : *The Soul of Jack London*, rédigé par un certain Edward Payne. Après la mort de London, survenue en 1916, le révérend Payne a prétendu qu'il était entré en communication avec son esprit lors de séances de tables tournantes. Son livre en restitue les principaux procès-verbaux[1].

— Drôle de façon de se changer les idées !

— Après, j'irai sans doute au cinéma. Le *Warner Bros Theatre* donne *Les Anges aux figures sales* à la séance du soir. De Michael Curtiz, avec James Cagney et Humphrey Bogart.

— Voilà qui est mieux ! dit-il en finissant d'assécher son verre de Coca. Eh bien, si jamais on ne se revoit pas d'ici ma fiesta, je te souhaite bon film ! Et ne te fais pas de mouron pour notre lycanthrope ! Demain, avec le retour du beau temps, je te garantis qu'on aura vite fait de tirer cette histoire au clair.

— Passe le bonjour à Dorothy Lamour ! lançai-je alors qu'il s'éloignait déjà vers la sortie.

1. Comme ce fut le cas pour l'esprit d'Arthur Conan Doyle, celui de Jack London a régulièrement été invoqué au cours de séances spirites. Durant la guerre, un article du *Psychic Observer* (numéro de février 1941) fit le récit d'une incroyable réunion organisée onze ans auparavant, le 16 juillet 1930. Ce jour-là, devant de nombreux témoins dont l'écrivain progressiste Upton Sinclair, le médium Arthur Ford avait recueilli un message à destination de Charmian, l'épouse de Jack : « Oui. Dis-lui que je l'aime. Suis heureux qu'elle se porte bien. » (*N.d.A.*)

Son blouson sur l'épaule et une écharpe de soie blanche jetée autour du cou, il sifflotait l'air de *Sing, You Sinners* entendu peu avant à la radio.

Quant à moi, n'étant vêtu que d'un complet de tweed, j'opérai un aller-retour jusqu'à l'appartement afin d'en rapporter mon chapeau et un pardessus. Une fois redescendu dans le hall, je passai la porte-tambour et demeurai quelques secondes sous la marquise à contempler le boulevard qui recouvrait peu à peu un visage normal. Le flot des automobiles se faisait plus dense et les piétons se réappropriaient les trottoirs. Devant l'hôtel, le voiturier escortait sous un parapluie grand comme l'Edison Building le propriétaire d'une Bentley rutilante, après avoir recueilli de ce dernier un pourboire à l'avenant. De l'autre côté de la rue, des gamins sautaient à pieds joints dans les flaques, devant la vitrine d'une agence de crédit mutuel.

Je raffermis mon feutre sur la tête et gagnai l'angle du bâtiment, où une volée de marches permettait d'accéder au jardin, légèrement surélevé par rapport au niveau de la chaussée. L'une des entrées de la bibliothèque se trouvait le long de l'allée pavée, vis-à-vis du tronçon sud de Hope Street.

À la vérité, une fois assis à ma place favorite de la Los Angeles Public Library, je ne restai pas longtemps concentré sur l'œuvre du révérend Payne. Nous étions en Californie du Sud, les traditions indiennes et mexicaines étaient encore relativement enracinées, et, alors que je feuilletais l'ouvrage de manière distraite, il m'était tout à coup venu à l'idée d'explorer du côté des légendes du folklore indigène. J'abandonnai donc les comptes rendus de séances spirites pour leur préférer la lecture de plusieurs études d'Alfred Louis Kroeber et John Peabody

Harrington dans lesquelles je collectai un tas de données sur les mythes et fables des tribus salinan, esselen, yokut et uto-aztèques, et surtout des Indiens chumash qui peuplaient jusqu'à très récemment la zone occupée par la mégalopole de Los Angeles, jusqu'aux limites nord de l'actuel comté de Ventura, en passant par la côte de Malibu. Je m'arrêtais notamment sur la légende des « Serpents volants », ou encore celle des Xolxols et des Yowoyows, mais rien en tout état de cause qui aurait pu éclairer ma lanterne à propos du mystère de notre loup-garou.

En me dirigeant vers le vestiaire dans le but de récupérer mes affaires, je me cognai contre un individu d'une cinquantaine d'années, habillé d'une veste de laine et d'un pantalon de flanelle gris. Je l'avais aperçu déjà quelquefois, toujours installé à la même table, dévorant des ouvrages de toxicologie, de médecine légale et des recueils d'affaires judiciaires. Son visage était aussi rond que sa paire de lunettes, sa bouche, mince, sans cesse occupée à mordiller l'embout d'une pipe éteinte, et ses cheveux poivre et sel s'étaient raréfiés au-dessus de son large front.

Je formulai des excuses et m'apprêtai à tenter de nouer dialogue, mais l'individu se défila vers les rayonnages en marmottant je ne sais quoi entre ses dents. J'en conclus qu'il devait s'agir d'un original et poursuivis mon chemin.

Comme j'arrivai devant l'esplanade, les aiguilles de ma montre marquaient sept heures moins cinq. La nuit était tombée depuis belle lurette, et la pluie n'avait pas repris. Sous les lampadaires, deux agents municipaux encore harnachés dans leurs caoutchoucs jaunes devisaient en considérant les bassins qui avaient débordé de toutes parts. Ils évoquaient la crue de la *River* au mois de février précédent, et les inondations qui s'étaient ensuivies, dont les dégâts s'étaient chiffrés à plusieurs millions de dollars. Selon eux, elles avaient été pires que celles de 1924.

Disposant d'encore un peu de temps avant la séance au *Warner Bros Theatre*, j'étais curieux de savoir si mon camarade avait mis les voiles vers North Vine Street ou s'il en était encore à se bichonner, et je pris donc la direction de l'hôtel.

Dans le hall aux volubiles ornementations d'influence mauresque, un des réceptionnistes, le râblé au menton en galoche, débattait avec une vieille dame du contrat fraîchement signé par Peter Lorre pour trois nouveaux opus de la série des « Mr Moto ». J'attendis donc que son assesseur, le grand brun avec des moustaches en crocs, en ait terminé avec son client pour l'interroger sur mon colocataire de la 1204. L'homme dans son uniforme ocre et or composa le numéro, laissa sonner le temps nécessaire pour apprécier la situation et m'annonça sur un ton docte que selon toute probabilité mon camarade n'était pas encore rentré. Puis, ayant jeté un regard fugace sur le registre devant lui, il fit mine de se rappeler qu'on avait laissé un message pour moi. Il me tourna donc le dos pour s'en aller fureter dans un grand meuble à casiers qui occupait toute une portion de mur. Une fois qu'il eut trouvé ce qu'il cherchait, en l'espèce une enveloppe où étaient inscrits à l'encre noire mon nom et celui de James, il se hâta de revenir vers le comptoir.

— Mr Stuart Dauncey a cherché à vous joindre par téléphone, il y a environ trois quarts d'heure. Comme vous et Mr Trelawney étiez absents, il a réclamé que l'on prenne dictée de ce message et qu'on vous le remette en main propre. Il a insisté sur le fait que c'était très important.

Après l'avoir remercié, je reculai de quelques pas en direction du bar, près duquel de confortables fauteuils à oreilles de cuir étaient disposés entre des rangées de plantes vertes en pot. Le coin était rempli de clients occupés à fumer et à bavarder.

Je décachetai l'enveloppe et sortit un carton, rédigé d'une écriture soignée, qui portait l'en-tête fleuri de l'établissement :

> UNE JEUNE FEMME A ÉTÉ SAUVAGEMENT ÉGORGÉE HIER SOIR À MINUIT AU 29091 MULHOLLAND HIGHWAY, SUR LES BORDS DU MALIBU LAKE. UN COUP DE VOTRE LOUP-GAROU ? À MOINS QU'IL NE S'AGISSE DU COMTE DRACULA OU DE L'HOMME INVISIBLE ?
>
> INUTILE D'ACHETER LES DERNIÈRES ÉDITIONS, VOUS N'Y TROUVEREZ RIEN. SUIS JOIGNABLE AU JOURNAL JUSQU'À DIX HEURES.
>
> STUART DAUNCEY,
> QUI CONFIRME QU'IL NE S'EST JAMAIS
> AUTANT AMUSÉ.

Mes pensées dansaient la sarabande. Il me fallut relire trois fois le message avant d'en prendre la mesure. L'adresse mentionnée par Stuart concordait, autant qu'il m'était permis d'en juger, avec la portion de Mulholland Highway que j'avais délimitée tantôt sur la carte routière. Quant à l'heure du drame, cela correspondait également.

Je m'apprêtai à gagner une des cabines téléphoniques du hall, avant de me raviser. Puisque Stuart se trouvait encore à son bureau, il était plus pratique d'aller l'y rejoindre. Je filai vers le comptoir et griffonnai un mot à l'attention de James, lui réclamant de m'appeler au journal dès qu'il rentrerait. Puis je repassai la porte-tambour aussi vite qu'il m'était possible. Au moment de parvenir sur le trottoir, un taxi jaune déposait un couple devant l'hôtel. Il me sembla reconnaître Bruce Cabot dans le grand gars qui tenait par la taille une élégante couronnée d'un chapeau cloche.

Sans attendre que le chauffeur m'y conviât, j'escaladai le marchepied et me laissai choir sur le cuir de la banquette arrière où flottait encore un vague parfum de tubéreuse.

— Au 1545 Wilcox Avenue ! Devant le *Citizen-News*. Et au plus vite ! débitai-je en battant l'air avec la poignée de ma canne.

La voiture démarra en trombe et s'inséra dans la circulation en direction du district de Hollywood.

— Dites ! Votre dernier client, il s'agissait bien de Bruce Cabot ?

— Non, m'sieu. C'était Buster Crabbe.

— Le Tarzan d'avant Weissmuller ?

— Ouais ! Et aussi Flash Gordon.

V

OÙ IL EST DIT QUE STUART DAUNCEY AURAIT FAIT UN EXCELLENT DÉTECTIVE

Le bâtiment du *Citizen-News* est un long parallélépipède à deux niveaux, entre Sunset et Selma, qui offre une plaisante façade beige et bleu à fausses colonnades, agrémentée çà et là de motifs en faïence. C'était la troisième fois depuis le début de notre séjour que j'y mettais les pieds. La dernière, c'était le soir de la Santa Claus Lane Parade, quand nous étions passés prendre Stuart pour aller assister au défilé de chars sur Hollywood Boulevard.

Le taxi me déposa pile à la demie de sept heures devant l'entrée principale, au-dessous de l'enseigne verticale où s'étirait en lettres blanches sur fond noir le nom du journal. Je donnai un dollar au chauffeur en paiement de la course, plus deux *quarters* pour avoir allègrement outrepassé les vingt-cinq miles/heure fixés par le code de la circulation, ce qui m'avait permis d'arriver à destination en seulement onze minutes chrono.

En entrant dans l'immeuble, je n'aperçus qu'une seule des deux jeunes femmes d'habitude chargées de l'accueil et du standard. Les cheveux peroxydés, celle qui se trouvait de l'autre côté du comptoir pianotait sur la tablette du bout de ses ongles laqués en mastiquant du chewing-gum, le regard levé vers le cadran de la grosse horloge.

Il n'y avait presque personne dans le hall, excepté trois hommes en bras de chemises qui bavardaient près d'une porte double et d'un distributeur de boissons.

— Bonsoir. Je dois m'entretenir avec Stuart Dauncey, des pages culturelles.

Elle s'arrêta de mâchouiller et tourna la tête vers moi en soupirant.

— C'est cette raseuse d'Imogene, réagit-elle en réponse à une critique que je ne me souvenais pas d'avoir exprimée. Elle a dit qu'elle sortait juste s'acheter une boîte de biscuits au drugstore d'en face, et il y a maintenant trente-cinq minutes que je ne l'ai plus vue. Elle me fait le coup chaque fois.

— Il est impératif que je le voie tout de suite, la pressai-je. Pouvez-vous le prévenir ?

— Mon service devrait être terminé depuis quatre minutes, trente secondes. Je crois que je vais la tuer. Stuart Dauncey, vous dites ? Et votre nom à vous, c'est quoi ?

— Andrew Singleton.

La jeune femme pivota son siège vers le standard. Après avoir appliqué le cornet acoustique contre son oreille, elle planta une fiche dans le tableau pour activer la ligne, puis approcha la bouche du microphone.

— Stuart vous attend là-haut, assena-t-elle après m'avoir annoncé au journaliste. Troisième porte à droite en sortant de l'ascenseur.

— Je connais le chemin.

Au même instant, une brune efflanquée au visage en lame de couteau, sorte de version féminine de John Carradine, pénétra dans le bâtiment. Je la reconnus sur-le-champ comme étant l'autre employée.

L'opératrice aux cheveux platine débrancha rageusement le cordon du tableau et, tout en accompagnant d'un regard empli d'hostilité l'indolente progression de sa collègue, elle soupesa le cornet en bakélite du téléphone comme si elle préméditait de s'en servir d'assommoir.

Je me pressai vers l'ascenseur avant que la rixe n'éclate. Lorsque la plate-forme s'ébranla, j'eus seulement le temps de percevoir à travers la grille les deux belligérantes qui se lançaient des noms d'oiseaux de part et d'autre du comptoir.

À l'étage, un long couloir menait d'un côté aux services administratifs, de l'autre aux différentes salles de rédaction. J'avançai jusqu'à la bonne porte et poussai le battant.

La pièce, dans laquelle étaient disposés en ordre aléatoire une vingtaine de bureaux, avait commencé de se vider, et, pour la plupart des journalistes présents, l'heure était à la détente. La dernière édition du soir n'était plus qu'un souvenir, le numéro du lendemain avait déjà pris tournure, et les articles les moins tributaires de l'actualité avaient même été envoyés à la composition.

Au fond, devant une cloison vitrée qui donnait sur une salle de réunion désertée, Stuart était l'un des rares encore penchés au-dessus de sa machine à écrire. Il leva la tête pour me faire signe d'approcher et j'empruntai entre les tables l'itinéraire le plus court pour le rejoindre.

Il était vêtu d'une chemise blanche en pilou, d'un veston marron et d'une cravate noire qui, pour les deux premiers du moins, auraient eu bien besoin de passer chez le blanchisseur. Manifestement, l'agenda de Stuart n'incluait ce jour-là aucun rendez-vous requérant une mise plus étudiée. En revanche, comme à son habitude, ses cheveux roux étaient consciencieusement aplatis à la brillantine.

— On t'a déjà dit que, de loin, tu as quelque chose de Leslie Howard jeune ? me lança-t-il d'un air badin. Avec les tifs plus foncés. Mais dis-moi, c'est une impression ou tu claudiques à nouveau ?

— Je suis venu aussitôt que j'ai eu ton message, répliquai-je, ignorant ses remarques. Raconte-moi tout dans les grandes largeurs !

— Ça ne t'intéresse donc pas de savoir avec qui voyageait Katharine Hepburn ? Tu ne m'as même pas posé la question cet après-midi au téléphone.

— J'ai seulement hâte de t'entendre à propos de cette histoire de meurtre.

— Hé, minute, camarade ! Consens au moins à t'asseoir ! De toute façon, Hepburn ne se trouvait pas dans le wagon. Quelqu'un a dû l'avertir qu'il y aurait un comité d'accueil, et elle a changé de train à Cheyenne, ou à Salt Lake City.

Je tirai vers moi une des chaises libres et m'y installai, sans même prendre le temps d'ôter mon pardessus. J'abandonnai seulement mon feutre et ma canne sur le bord de la table.

Le matériel à la disposition de Stuart consistait en une machine à écrire Remington, un téléphone et une lampe de bureau à réflecteur orientable. À quoi il convenait d'ajouter une boîte de dragées reconvertie en pot à crayons, une pile de feuillets dactylographiés, des numéros de *Variety*, *Collier's* et

Photoplay, et un portrait de Clara Bow où l'actrice ressemblait au personnage de Betty Boop.

À sa droite étaient posés l'annuaire gris-vert de Los Angeles et une carte routière de la région au sigle de l'Union Oil Company.

Stuart souleva la machine à écrire pour la déposer près de la pile de revues. Ensuite, il s'entêta à vouloir faire rouler un stylo entre ses doigts, mais il échoua chaque fois. Quand il eut enfin renoncé à ses tours de passe-passe, il se redressa sur son siège, le stylographe glissé derrière l'oreille.

— Quand tu m'as appelé, je n'avais pas beaucoup le temps, un article à taper, le premier d'une série que je me propose de consacrer à l'art du montage, qui est en vérité l'un des arcanes majeurs du cinéma. Tu n'ignores pas qu'en la matière les Russes ont des années d'avance sur nous. Tu as vu *Le Cuirassé Potemkine* de ce grand sorcier d'Eisenstein ?

— J'ai vu *Le Cuirassé Potemkine*.

— Ce film a rendu Hollywood fou de jalousie, à tel point que je formule une théorie : c'est le choc causé par le *Potemkine* qui a déclenché la commercialisation du cinéma sonore en 1927, plusieurs années avant la date initialement prévue. Les producteurs et les metteurs en scène américains se sont dit : « On ne pourra avoir les Soviets qu'au son ! »

— Je t'en prie, Stuart ! Efforce-toi d'aller directement au but !

— Hum, tu as raison. J'avais donc mon article à écrire, mais je ne cessais de penser à ce que tu m'avais demandé, notamment parce qu'il m'était revenu un autre détail qui semblait conforter de prime abord l'idée selon laquelle les studios avaient à voir avec ton aventure de la nuit dernière.

— Quoi donc ?

— Le Malibu Lake a servi à plusieurs reprises de décor pour des longs-métrages depuis son creusement en 1926. Dans le premier *Frankenstein*, tu te souviens de la fameuse scène où Boris Karloff précipite la gamine dans le lac, plus par inconscience que par désir de tuer ?

— Bien entendu. C'est à cause de cela que les villageois, emmené par le père de l'enfant, vont ensuite se lancer à la recherche de la créature et vouloir à tout prix la lyncher.

— Exact. Eh bien, c'est sur la rive du Malibu Lake que cette scène a été tournée. Je le sais car, quand j'étais figurant en 1934 pour un film de la Monogram, j'avais fraternisé avec un type du nom d'Eddie White, originaire de Calabasas, à quelques encablures du bassin artificiel. Son premier engagement avait été pour ce film où il jouait un compagnon du père de la fillette. Depuis, j'ai su que lui aussi avait délaissé les plateaux. Il est retourné vivre dans ses collines et travaille comme aide-cuistot au *Malibu Lake Mountain Club*.

— Donc la piste des studios est la bonne ?

— Vérification faite, non. Mais l'idée était attirante, je te l'accorde.

— Comment peux-tu en être certain ?

— J'ai appelé Carlotta Mallory à la Universal, et elle m'a certifié que, pour le lancement du *Fils de Frankenstein*, le département publicité n'avait rien établi qui sortît de l'ordinaire, juste une campagne d'affichage et des interviews dans la presse. En tout cas, rien concernant de près ou de loin le Malibu Lake.

— Elle te l'a peut-être caché. Après tout, s'ils comptent sur un effet de surprise, personne aux studios n'a intérêt à divulguer à un journaliste ce qu'il en est de leurs intentions.

— Je connais Carlotta depuis le banquet organisé au mois de mars dernier en l'honneur de *Deanna et ses boys*, qui a reçu l'oscar de la meilleure partition musicale. Bon, d'accord, Carlotta ressemble davantage à Marie Dressler qu'à Betty Grable ! N'empêche, je suis sûr qu'elle me fait du gringue.

— Soit. Revenons au crime dont tu parlais dans ton message. De quoi s'agit-il ? Et qui t'a mis au courant ? Je n'ai rien lu nulle part qui puisse s'y rapporter.

Stuart paraissait se distraire follement. Pour enrayer un début de sifflement dans la voix, il fit jaillir une boîte de pastilles Sen-Sen du gousset de son veston. Il versa au creux de la main une quantité de petits grains noirs, puis il les goba d'un coup.

— En veux-tu ? fit-il en me tendant la boîte rouge.

— Non, merci.

— Tu préfères un café ?

— Sans façon.

Il remisa l'étui. L'air s'était soudain chargé d'un fort parfum de réglisse.

— Tu voulais que je me rancarde pour savoir s'il n'était rien survenu d'inhabituel dans les alentours dernièrement. Aussi, comme je n'arrivais toujours pas à me concentrer pour écrire mon article, j'ai appelé le *Malibu Lake Mountain Club* pour essayer de joindre Eddie White. Le service du midi venait de se terminer, il était rentré chez lui, mais quelqu'un de l'office m'a communiqué son numéro. Il habite un bungalow sur la pointe sud-ouest du lac.

— Et ?

— C'est Eddie qui m'a informé qu'un cadavre avait été découvert dans le secteur. En milieu de matinée, alors qu'il empruntait un tronçon de Mulholland Highway pour rallier le club-house sous la pluie battante, il a aperçu plusieurs véhicules de flics stationnés le long d'un petit chemin qui mène à un cottage. Au fil des heures, la nouvelle du drame s'est répandue parmi les clients du restaurant, mais rien de très circonstancié.

Tout en causant, il avait déplié la carte et désignait du doigt un cercle tracé au crayon.

— La bicoque en question se trouve ici, du côté de la colline. Le chemin débouche sur Mulholland Highway, et le lac, lui, se trouve plus bas, de l'autre côté de la route. Ça correspond ?

— Ça *pourrait* correspondre, nuançai-je. Hier soir, je n'avais pas remarqué de maison, ni de chemin, mais il faisait nuit et il y avait de la brume.

— Le cottage a connu des jours meilleurs. Son propriétaire vit sur la côte Est et ne semble pas lui porter un grand intérêt. L'endroit est loué au mois ou à la semaine par l'intermédiaire d'une petite agence de Calabasas, mais, du fait du manque d'entretien, la chose est de plus en plus rare, surtout en cette saison. Par acquit de conscience, j'ai demandé à Eddie s'il lui était possible de recueillir quelques informations complémentaires. En souvenir de nos années passées à courir les bureaux de placement. Il m'a rappelé au journal moins de deux heures après.

— Qu'a-t-il récolté ?

— Ni le shérif adjoint, un certain Gerald Trenton, ni aucun de ses hommes de l'avant-poste du LASD[1]

1. Le LASD (Los Angeles Sheriff Department), à la tête duquel exerce le shérif et dont l'état-major réside au Hall of

qui se trouvaient sur place n'étaient disposés à l'éclairer. Mais grâce à un jeune type en uniforme qui se lassait de défendre les abords depuis le matin, il a réussi à apprendre qu'aux environs de minuit, selon les premières estimations, une jeune femme aurait été égorgée dans cette maison. C'est un promeneur, dont le chien s'était carapaté pour aller renifler frénétiquement sous la porte, qui a donné l'alerte au lever du jour, avant que la pluie ne fasse des siennes. À travers les carreaux, il avait aperçu la victime qui baignait dans une mare de sang. En outre, la police a retrouvé non loin du corps un petit poignard, de style plus ou moins oriental, qui aurait servi à lui trancher la gorge.

— Un poignard... ?

— Un poignard.

Je fouillai dans ma poche de manteau à la recherche de mon paquet de Raleigh. Aussitôt que j'eus mis la main dessus, je m'empressai d'allumer une cigarette.

En Californie, les lycanthropes avaient-ils pour habitude de tailler le cou de leurs victimes à l'arme blanche ? Voilà qui ne figurait pas dans les traités officiels de démonologie. Ajouté à cela le fait que la pleine lune n'était que dans quelques jours !

Pourtant, même si nous n'étions pas certains que notre créature avait un lien avec le crime, il fallait admettre que la coïncidence des deux événements était pour le moins troublante. On pouvait sans

---

Justice, assure les services de police dans tous les territoires et communes du comté qui n'ont pas leur propre maréchaussée. À Los Angeles, c'est la police municipale (Los Angeles Police Department) qui est chargée de la sécurité. Le LAPD siège au City Hall. (*N.d.É.*)

peine imaginer que notre voiture avait coupé la course du monstre au moment où celui-ci, une fois son forfait accompli, s'enfuyait à toutes jambes de la maison. Du reste, à y regarder de plus près, l'expression de rage furieuse qu'accusait son visage à la lumière de nos phares n'était-elle pas à mettre sur le compte des atrocités auxquelles il venait de se livrer ?

— Il faudrait en savoir davantage sur les circonstances du drame, déclarai-je. Et aussi connaître l'identité de la victime. Quelqu'un à l'agence immobilière devrait être à même de nous dire à qui le cottage a été loué.

— Figure-toi qu'après le coup de fil d'Eddie mon premier réflexe a été de contacter les agences. Elles ne sont qu'au nombre de deux à Calabasas. Malheureusement, l'une comme l'autre ferment à cinq heures, et, quand j'ai composé les numéros, elles avaient déjà baissé le rideau.

— Dans ce cas, il ne reste plus qu'à attendre que la police communique sur l'affaire. En espérant qu'elle ne soit pas avare de détails.

— Ne compte pas trop là-dessus ! Depuis l'élection du nouveau maire, l'objectif est de démontrer à la population qu'elle peut à nouveau dormir sur ses deux oreilles[1]. À moins de mettre rapidement la main sur un coupable, les forces de l'ordre ont consigne d'œuvrer sans tambour ni trompette. Et

1. Le 26 septembre 1938, l'administration de Frank L. Shaw fut balayée en raison de nombreux scandales et d'une forte poussée de la criminalité. Le nouveau maire, le républicain Fletcher Bowron, qui avait été durant douze ans juge à la cour supérieure de Californie, fut élu pour son image de réformateur intègre. Durant sa mandature, il s'attaqua notamment à la corruption rampante au sein du LAPD. (*N.d.É.*)

à l'échelle du comté, il n'est pas question que les services du shérif soient en reste.

— Au moment où l'on se parle, il y a bien un de tes confrères de la presse quotidienne qui se penche sur le sujet. Il s'agit quand même d'un meurtre, que diantre !

— Tu sais combien il y a eu d'homicides durant le deuxième trimestre de cette année, rien qu'à Los Angeles ? Quarante-sept. Vingt et un seulement ont eu l'honneur d'un article. *Dixit* le candidat démocrate lors de la dernière campagne municipale – qui, de toi à moi, n'a été crédité que de trois pour cent des suffrages. Pour l'heure, mon cher, ce crime ne constitue que du menu fretin.

— Du menu fretin ?…

— Hé ! Je n'ai jamais dit que mes recherches s'étaient arrêtées là !

Face à mon impatience, la virgule de son sourire s'était agrandie jusqu'à atteindre toute la largeur du visage.

— Eddie s'est frayé un chemin à travers les fourrés pour s'approcher à revers de la maison, enchaîna-t-il. Suffisamment près pour réussir à relever le numéro d'une Ford A année 1929 qui était parquée devant, et dont deux flics étaient en train d'explorer l'habitacle : immatriculée 4-1-0-7 à Los Angeles.

— Bravo ! Il y a donc moyen de savoir à qui la voiture appartient !

— En passant par l'Automobile Club, j'ai obtenu le nom du propriétaire, une certaine Innes Crowrie, qui l'aurait achetée de troisième main au printemps dernier. J'ai cherché dans le bottin, mais je n'ai trouvé personne à ce nom. Alors je me suis dit que la fille n'avait simplement pas le téléphone, ou du moins pas de numéro particulier. Par exemple, elle habite à l'hôtel ou dans une pension de famille.

— C'est une possibilité, en effet.

— Pour contourner l'obstacle, j'ai eu recours à ce qui reste de l'entregent de Jerry Bruckner, un retraité de la brigade de la circulation, qui améliore sa pension en tenant une baraque à hot-dogs, à l'angle de Selma Avenue. Il me devait cinq tickets après le combat Amstrong contre Garcia au Madison Square Garden. « Homicide Hank » remettait en jeu son titre des welters, et il a fait la misère à Ceferino Garcia. Le pauvre avait les yeux tellement enflés qu'il ne voyait plus tomber les gnons.

— Désolé de l'apprendre.

— Contre annulation de sa dette, j'ai persuadé Jerry de téléphoner au service central des cartes grises. Il a obtenu le renseignement que je cherchais en un tournemain. Du même coup, j'ai pu constater que ma théorie était fondée : Innes Crowrie est domiciliée au 132 Diamond Street. C'est dans Bunker Hill, un quartier plein d'immeubles en briques décrépits et d'hôtels particuliers où il est possible de louer une chambre pour quinze dollars le mois.

— Je suis vraiment impressionné, Stuart. Et j'imagine que tu n'as pas non plus négligé d'appeler à cette adresse ?

— On ne peut rien te cacher. D'abord, je suis tombé sur un type sourd comme un pot qui ne comprenait rien de ce que je lui racontais. Dans ce genre d'établissement, le seul téléphone dont jouissent les locataires est souvent un appareil à pièces ou à jetons disposé dans un lieu de passage, le vestibule de l'entrée ou un palier à l'étage. Ce n'est donc pas forcément la même personne qui décroche. J'ai essayé de rappeler une dizaine de minutes après, et, cette fois, je suis tombé sur une vieille hystérique qui m'a envoyé paître sans même me laisser terminer. J'ai eu davantage de chance lors de ma troisième tentative : une femme avec une voix plus alerte et jouissant de tympans en état de fonctionner m'a répondu. Je me suis fait passer pour un ancien camarade qui n'avait plus de nouvelles de Miss Crowrie depuis longtemps et qui avait besoin de la contacter. Elle a déclaré ne pas croiser tous les jours sa jeune voisine. Celle-ci habite l'endroit depuis sept ou huit mois, et elle se montre en général très discrète. Mon interlocutrice croit savoir qu'elle occupe un poste de serveuse. Comme je m'efforçais de lui en faire dire un peu plus, elle a fini par me confier qu'elle avait entendu Innes parler au téléphone d'une boîte du nom d'*Angels Club*, du côté de Laurel Canyon. Sûrement l'endroit où elle travaille. L'information remonte à environ une semaine.

— A-t-elle confirmé qu'il était arrivé malheur à Miss Crowrie ?

— En fait, elle ne m'a pas donné l'effet d'être au courant pour cette nuit et je me suis abstenu de lui dévoiler quoi que ce soit. Au début de la conversation, quand j'ai expliqué que je voulais entrer en relation avec Innes, elle est d'abord montée frapper à sa porte, comme si de rien n'était. Je suppose que la maison n'avait pas encore reçu la visite des flics.

— Ou alors ta pensionnaire ignorait qu'ils étaient passés. Autre possibilité : ce n'est pas Miss Crowrie qui a été assassinée.

— Il y a quand même de fortes probabilités pour que ce soit elle. Sinon, pourquoi sa voiture aurait-elle été retrouvée devant le cottage ?

— Tu connais l'*Angels Club* ?

— Je n'en ai jamais entendu causer, mais l'adresse figure dans l'annuaire : 8188 Rodgerton Drive. C'est une petite voie tortueuse dans les collines de Hollywood, tout près du réservoir. L'annonce stipule sobrement « Paradis des curiosités » et garantit « du sensationnel et du jamais-vu ».

— Drôle d'endroit pour un cabaret !

— Les faubourgs fourmillent de ce type de boîtes de seconde zone qui comptent sur le bouche à oreille et ne visent qu'un certain public : le bataillon des sosies de Lon Chaney, l'union locale des fétichistes, les amateurs de sauce au poivre. J'en étais là de mes recherches quand tu es arrivé.

— Sacredieu ! Te voilà mûr pour décrocher ton certificat de détective privé et ouvrir ta propre agence de « dur à cuire ».

— Je ne voudrais surtout pas vous faire ombrage, à Jim et toi. Et puis, mon épicière portoricaine, qui tire les cartes plus souvent qu'à son tour, m'a prédit que je remporterai le prix Pulitzer avant mes trente ans. Je dois donc continuer le journalisme encore quelques mois.

— Tu permets que j'utilise le téléphone ?

J'avais à peine soulevé le cornet que Stuart arrêta mon geste.

— Si c'est Jim que tu veux contacter, j'ai omis de préciser qu'il a appelé ici quelques minutes avant ton arrivée. Je lui ai rapporté tout ce que je viens de te dire, et il s'est déclaré mortifié de ne pouvoir nous rejoindre. Quoi qu'il en soit, il est convaincu que tu sauras agir au mieux.

Agir au mieux ? Tel était justement le problème. Si la créature que nous avions croisée la nuit précédente avait un rapport avec la mort de cette jeune femme

– ce qui n'était pas encore avéré, loin de là –, il était primordial de transmettre notre témoignage à la police. D'un autre côté, en l'état actuel des choses, je ne me voyais pas aller expliquer au shérif ou à l'un de ses adjoints qu'il y avait selon moi de fortes présomptions pour que le crime ait été perpétré par un loup-garou. Ils m'auraient pris pour un rigolo ou un illuminé, et je n'aurais su les en blâmer.

Avant de s'en remettre aux enquêteurs, il était donc préférable de se faire une idée plus précise. Las, les journaux n'avaient rien relaté de la tragédie du Malibu Lake et, selon Stuart, il n'était même pas certain qu'ils y consacrent quelques lignes. Par conséquent, il ne fallait compter que sur soi-même.

— Qu'est-ce que tu envisages ? lança le chroniqueur d'un air dégagé.

— Je pourrais faire un saut à Bunker Hill prendre langue avec la logeuse ou un des autres locataires. Avec de la chance, si la victime est bien Innes Crowrie, les policiers auront enfin averti le reste de la maisonnée, et on sera en mesure de m'en apprendre davantage sur les conditions de sa mort.

— Puis-je te faire remarquer qu'il est déjà neuf heures moins le quart, objecta-t-il en avisant le cadran de l'horloge sur le mur, d'un modèle identique à celle accrochée dans le hall du bâtiment.

À cette heure de la soirée, il était vrai que je risquais d'arriver à la pension comme un cheveu sur la soupe.

— Que dirais-tu plutôt de me payer un verre dans un endroit sympa en remerciement du mal que je me suis donné ? À l'*Angels Club*, par exemple. Rodgerton Drive se trouve à vingt minutes de route d'ici. Si Innes travaillait là-bas, quelqu'un sera sûrement au courant de quelque chose.

Il fallait reconnaître que mon interlocuteur s'en était sorti comme un chef. Stuart avait procédé aux recherches dans les règles de l'art et recueilli des informations au-delà de ce que j'espérais. Difficile en la circonstance d'exiger de lui qu'il restât à l'écart. De plus, en l'absence de James, j'avais grand besoin d'un chauffeur pour me déplacer. Malgré les exhortations de mon associé, je ne m'étais toujours pas décidé à passer mon permis de conduire.

— N'as-tu pas un article à finir ?

— Ça peut attendre demain matin. Le bouclage est à onze heures, j'arriverai tôt au journal.

Stuart s'était levé et avait déjà saisi son chapeau et sa pèlerine au portemanteau, adossé à la cloison vitrée. Son visage était aussi lumineux que celui d'un gamin arpentant les allées de Luna Park. Derrière moi, seule une poignée d'irréductibles demeurait encore dans la salle de presse.

— Je bosse pour le *Hollywood Citizen-News*, ajouta-t-il en voyant que je continuais de peser le pour et le contre dans ma tête. Sachant ce que je sais, ce serait une faute professionnelle de ne pas aller moi-même me renseigner sur place.

— Tu es chargé des pages spectacles, Stuart. Les meurtres n'entrent pas dans tes prérogatives.

— Sauf s'il parvient à mon oreille qu'un monstre de cinéma s'est échappé de l'écran et qu'il s'amuse à semer des cadavres sur son passage.

— Va donc pour l'*Angels Club* !

— Voilà qui est parlé, Andy ! Tiens, pour la peine, j'efface de ton ardoise les cinq dollars que tu me devais de Jerry Bruckner !

VI

À L'*ANGELS CLUB*

Dans le hall du *Citizen-News*, il n'y avait plus personne à la réception. Un gardien de nuit, nanti d'un nez maintes fois écrasé, nous salua tandis que nous franchissions la porte donnant sur le parking, à l'arrière de l'immeuble. J'hésitai un instant à demander au poids mi-lourd s'il était au courant du score sur lequel s'était conclu le match entre Imogene et sa collègue blonde platine, mais je choisis au final de faire durer le suspense.

Quelques minutes plus tard, la Buick noire de Stuart filait sur Franklin Avenue, puis tourna pour emprunter North Gower Street. Un peu plus loin, je requis un arrêt au premier estaminet qui se présenterait.

La raison en était que je m'étiolais à vue d'œil depuis que j'étais monté dans la voiture. Non pas que son habitacle fût inconfortable, mais mon pauvre cerveau s'était épuisé en vaines ratiocinations tout au long de la journée et, qui plus est, j'avais à peine touché à mon repas au *Ye Bull Pen Inn*. Si je ne mangeais rien dans la minute, je sentais que j'allais tomber en syncope avant d'avoir atteint notre destination. Or, là où nous nous rendions, il était préférable que je dispose de l'intégralité de mes facultés.

J'entrai à la hâte dans le café et commandai au moustachu qui se tenait derrière son comptoir un verre de jus d'orange – dans lequel je versai, dès qu'il me l'apporta, deux pleines cuillerées de sucre – et un sandwich au rosbif et au concombre. De son côté, Stuart demanda une part de quiche aux poireaux et un bol de bouillon de poulet.

De la fenêtre, on apercevait le toit d'un imposant bâtiment de style hispanisant, surmonté d'un dôme hémisphérique en céramique blanche. Après avoir interrogé le patron, j'appris que l'immeuble, ainsi que plusieurs autres aux alentours, avait été érigé naguère par la Société théosophique pour servir de quartier général à la branche américaine de l'ordre occultiste fondé par Helena Petrovna Blavatsky. Une importante communauté de théosophes – qui s'était baptisée du nom de « Krotona Colony » – était venue se fixer à Los Angeles avant de migrer en 1926 dans un autre comté de la Californie du Sud.

Mon coup de fringale oublié, nous remontâmes en voiture et roulâmes jusqu'aux environs du Hollywood Reservoir, au pied des premiers contreforts des monts Santa Monica.

À mesure que nous nous engagions dans les hauteurs, on apercevait par-ci, par-là les silhouettes de ces villas aux architectures improbables qui sont l'apanage des nouveaux quartiers de Los Angeles, où il est de bon goût de jouer sur le mélange anachronique des styles, donnant l'illusion de changer d'époque et de pays en une fraction de seconde.

La nuit était fraîche. Un vent venu de l'océan avait définitivement chassé les nuages et tout risque de pluie était écarté pour les prochains jours.

Durant le trajet, Stuart fit l'essentiel des frais de la conversation, revenant sur l'article auquel il avait tenté d'œuvrer dans l'après-midi. Je ne pus l'empêcher de me relater par le menu le voyage que Sergueï Mikhaïlovitch Eisenstein avait effectué en Amérique en 1930, à l'invitation des pontes de la Paramount, avec qui il entra en conflit au bout de quelques semaines, anéantissant tous leurs espoirs de recruter le grand alchimiste du cinéma. Au cours de sa tournée, Eisenstein eut néanmoins l'occasion, lors de conférences dispensées devant un parterre fourni de professionnels, de partager ses géniales théories sur l'art dialectique du montage. Des techniciens hollywoodiens tels que Slavko Vorkapich et Gene Havlick n'avaient pas tarder à s'inspirer de ses techniques d'avant-garde.

— Tu as vu *Crime sans passion* de Ben Hecht et Charles MacArthur ?

— Je l'ai vu.

— La séquence d'ouverture vaut le coup d'œil, tu ne trouves pas ? On se rend compte à quel point Vorkapich a retenu les leçons du maître. Notamment celle qu'Eisenstein lui-même se targuait d'avoir apprise d'un de ses compatriotes, un certain Lev Koulechov, au début des années 1920. As-tu déjà entendu parler de l'« effet Koulechov » ?

— Non, jamais.

— Il s'agit d'une expérience de cinéma pur. Koulechov avait utilisé un plan fixe de l'acteur Mosjoukine dans lequel ce dernier regardait hors champ avec une totale impassibilité, et il l'avait combiné de trois manières différentes : dans un premier montage, le gros plan du visage était accompagné d'une assiette de soupe fumante ; dans le deuxième, du cadavre d'une fillette dans son cercueil ; dans le dernier, l'image de Mosjoukine était accolée à celle d'une belle femme sur un divan. Lorsque Koulechov projetait la séquence dans son intégralité, les spectateurs croyaient de bonne foi que l'acteur déployait une magnifique palette d'émotions, exprimant tour à tour son appétit devant le potage, la douleur face à la mort d'un enfant ou son attirance sexuelle pour la donzelle. Étonnant, non ?

— Sidérant.

— L'idée peut se résumer ainsi, s'enthousiasmait Stuart en ralentissant pour tourner dans une petite route latérale : par le seul recours au montage, une image exerce une influence sur celles qui l'entourent et en modifie efficacement le sens. Regarde, il semblerait que nous soyons arrivés !

En quelques tours de roue, la Buick avait abordé à un portail aux grilles grandes ouvertes, qui donnait accès à un chemin de terre escarpé mais carrossable, d'une largeur juste suffisante pour que deux voitures puissent se croiser sans s'érafler. La propriété étant située en haut d'une butte, on n'en pouvait rien apercevoir de la route.

Adossé à l'un des piliers du portail se trouvait une minuscule guérite, et, à l'intérieur, près d'un téléphone à magnéto, un vigile en blouson et casquette occupé à feuilleter une revue à la lumière du lampadaire de rue. Dès notre approche, l'homme leva la tête vers nous.

Pendu au pilier de gauche, un écriteau de bois portait le nom du club grossièrement calligraphié à la peinture rose.

— Le propriétaire ne cherche pas la publicité à tout crin, déclarai-je, mais je note qu'il y a un gardien. Serait-ce un club privé ?

— À Los Angeles, cela fait partie du folklore que de payer un type deux dollars la journée à surveiller le chant des oiseaux. Un héritage de l'époque des *speakeasies* et de la Prohibition. De toutes les manières, on va vite être fixés.

La Buick vira près de l'homme pour s'engager dans l'allée et, comme prévu, celui-ci ne fit aucun geste pour nous arrêter. Quand nous l'eûmes dépassé, je remarquai néanmoins qu'il était sorti de la cabane et collait le combiné du téléphone contre sa joue en regardant notre voiture s'éloigner.

Le sol avait souffert des pluies abondantes de la journée. Bordé d'un côté d'un rang de poivriers, de gommiers bleus et d'eucalyptus, de l'autre d'un haut talus, le chemin grimpait en épingle jusqu'à un grand corps de bâtiment blanc avec un toit de tuiles qui brillait sous l'éclat de la lune. Il devait s'agir à l'origine d'un entrepôt agricole réhabilité ou quelque chose d'approchant, et la sorte de beffroi dont le corps arrière était flanqué, de construction récente – en témoignaient les piles de parpaings et les bidons de chaux stockés sous un appentis –, n'avait été ajouté que pour donner un semblant de dignité à l'ensemble.

Le mur de la façade, trouée à l'étage de deux fenêtres cintrées, s'ornait au-dessus du perron d'une enseigne lumineuse, bien plus appropriée que le famélique écriteau du portail. Une série de grands tubes au néon formaient, en écriture scripte, les lettres des mots « *Angels Club* » et ceux, au-dessous et en plus petit, de *« Paradis des curiosités »*, à cela près que les deux *a* de « Paradis » avaient été frappés d'anathème et restaient désespérément muets.

Je me demandais de quel genre de curiosités on voulait parler.

Nous rangeâmes la voiture entre une Pontiac et une DeSoto, dans un enclos où plusieurs dizaines de véhicules étaient déjà parqués, puis nous prîmes la direction de la bâtisse.

Sur le perron, un géant, qui avait dû mesurer dans les sept pieds de haut avant que sa carcasse ne se fût racornie sous le poids des années, faisait office de portier. Il nous bredouilla quelque chose en désignant l'employée falote qui tenait vestiaire, près d'un grand escalier, et à qui nous confiâmes nos manteaux. Ensuite, nous fûmes dirigés vers des doubles battants capitonnés à travers lesquels on distinguait le son étouffé d'un orchestre et une salve de rires et d'applaudissements.

Il ne se trouvait nulle part d'affiches ni de prospectus pour nous éclairer sur la nature du programme. Le club jouait jusqu'au bout la carte de la surprise. Ou de la discrétion.

Nous entrâmes.

La salle était de belles proportions, bien qu'elle ne me parût pas occuper toute la longueur, ni même toute la largeur du bâtiment. De plus, elle était loin d'être entièrement remplie.

À l'autre bout, devant un rideau noir pailleté d'argent, une formation de quatre musiciens costumés de blanc attaquait sans grande conviction l'air d'un fox-trot de Gershwin. Pour le moment, seul un pied de micro se trouvait au centre de la scène, sous le pinceau des projecteurs. Celui ou celle à qui étaient destinées les acclamations entendues en arrivant avait déjà rejoint les coulisses.

Le plafond et la portion supérieure des murs étaient constitués d'une mosaïque de petits éclats de vitraux. La partie inférieure, ainsi qu'une grande partie du décor, était tendue de velours parme, l'ensemble baignant dans une lumière tamisée fournie principalement par deux lustres en cristal. Le propriétaire avait consenti quelques efforts pour donner au lieu une illusion de faste et de splendeur, malheureusement le subterfuge ne résistait pas à l'examen. Au sol, le plancher était fait d'un assemblage d'essences faussement précieuses qui se craquelaient par endroits, et, pour la draperie murale, elle se révélait d'une laine râpeuse et grossière qui aurait surtout eu besoin d'être shampouinée.

À droite, près de l'entrée, se trouvait le bar. Derrière un comptoir, un commis en gilet noir et nœud papillon remplissait les verres de vin, de bière et d'alcools distillés tandis qu'un second était attaché à la confection des cocktails.

Entre nous et la scène étaient disséminées de nombreuses tables où les clients, des hommes pour la plupart, plaisantaient sous un épais nuage de fumée de tabac. D'autres étaient postés sur les tabourets devant le bar ou debout, leur verre à la main, près de l'orchestre.

De chaque côté de la salle, des boxes avaient été aménagés sur deux larges et hautes estrades, auxquelles on accédait par une volée de marches. Ces emplacements offraient une suave intimité, des banquettes profondes et une vue plongeante sur la scène. Derrière les balustres, des demoiselles étaient attablées en compagnie d'individus dont certains n'étaient plus franchement de première jeunesse et consommaient du champagne ou des breuvages bariolés à la lueur de petites lampes aux abat-jour en opaline.

L'ambiance générale était loin des music-halls clinquants et délurés du Strip, pour ce que James m'en avait rapporté, et le lieu tenait davantage du petit cabaret de province.

Nous nous avançâmes dans la salle et n'eûmes que l'embarras du choix pour trouver une table. Sur chacune brûlait une bougie, d'où émanait un arôme de jasmin mêlé d'effluve d'huile de vidange. Aussitôt, une serveuse que je n'avais pas vue surgir nous accosta pour prendre notre commande.

Contre toute attente, le fox-trot avait déjà pris fin, et le batteur de l'orchestre se mit à martyriser sa cymbale pour annoncer l'arrivée imminente de l'artiste qui allait suivre.

— Un rye soda, s'il vous plaît.

— La même chose, dit Stuart.

Sous les applaudissements, un couple de jeunes femmes se glissa entre les pans du rideau et opéra une entrée en scène quelque peu inhabituelle. Elles avançaient toutes deux en se dandinant épaule contre épaule, comme si chacune risquait le déséquilibre à chaque seconde et avait besoin de sa partenaire pour la soutenir. Afin d'accentuer leur étonnante ressemblance physique, qui laissait augurer qu'elles étaient jumelles, les demoiselles portaient une identique robe du soir en drap rouge et, aux pieds, d'analogues souliers à lanières d'or et à talons épais.

Leur chorégraphie singulière les conduisit jusque devant le micro au moment où les musiciens attaquaient *Everybody Loves My Baby*, dans une version arrangée. Les artistes, se tenant toujours intimement accolées, commencèrent à fredonner les premières paroles. Leurs voix étaient agréables, elles chantaient plutôt juste, même si l'interprétation ne risquait pas de faire ombrage à celle des Boswell Sisters, mais je ne saisissais pas pourquoi les deux sœurs s'entêtaient à conserver une position tellement incommodante. Jusqu'à ce que je prenne conscience qu'il ne pouvait en être autrement : elles étaient siamoises, soudées l'une à l'autre par le bassin.

J'étais plongé dans la consternation. Stuart avait l'air tout aussi estomaqué.

Avant que le deuxième couplet eût fini d'être expédié, une autre paire de sosies étaient entrés en piste, siamois eux aussi, mais garçons cette fois-ci et joints par le sternum, ce qui les condamnait à rester ventre contre ventre, la tête tournée dans la même direction pour envisager l'assistance.

À l'heure du dernier refrain, les deux couples, qui s'étaient rapprochés à pas glissés jusqu'à se retrouver en contact étroit, entamèrent une farandole lascive qui s'acheva en une simulation d'appariement à tout le moins obscène et déplacée.

Visiblement, le public adorait. Durant la chanson, la salle avait progressivement perdu de son ambiance bon enfant, et, à présent, les gens acclamaient, vociféraient, sifflaient, tapaient des pieds.

Je n'avais assisté qu'une seule fois à ces attractions communément appelées *« freak shows »*, qui faisaient fureur au début du siècle et qu'on pouvait encore voir en marge des expositions universelles ou dans le sillage des foires, en Europe et aux États-Unis. Celle dont j'avais été témoin, en février 1928, avait ses quartiers dans l'un des célèbres parcs à thèmes de la péninsule de Coney Island, à New York, et je me souvenais encore du malaise ressenti face à ces infortunés que l'on exhibait sans scrupules devant une foule galvanisée.

La représentation de Coney Island, comme la plupart des autres shows des deux côtés de l'Atlantique, était proche dans sa forme des parades de cirque. À commencer par le récit imaginaire de la naissance de ces monstres humains, déclamé par un bateleur au moment d'introduire chacun d'eux devant l'assemblée. L'*Angels Club*, lui, avait débarrassé ce type de spectacle de ses vieux oripeaux et lui substituait de nouveaux atours censément plus affriolants.

Lorsque la serveuse s'approcha pour nous apporter nos commandes, je tentai d'obtenir des éclaircissements.

— Est-ce que tous les numéros sont de cet acabit ? lui demandai-je. Je veux dire, sont-ils tous exécutés par des… phénomènes ?

Sur la scène, les siamois s'inclinaient de conserve devant le public.

La serveuse, habillée d'un corsage noir à boutons dorés et d'une jupe blanche, marqua un temps d'hésitation avant de répondre en haussant le ton, pour couvrir les bruits de la salle.

— À quelques exceptions près.

À l'instant où elle se pencha vers nous, je remarquai que la jeune femme arborait, en lieu et place de mains ordinaires, deux uniques doigts démesurément charnus qu'elle pouvait écarter et rapprocher à l'instar de pinces de crustacés. Au moyen de l'une de ses tenailles, tandis que l'autre supportait le plateau, elle s'était emparée avec agilité de nos verres et les déposait l'un après l'autre devant nous sur la table.

Je commençais à saisir en quoi consistaient les susnommées « curiosités », et aussi la véritable nature de ces « anges » dont le club se prévalait. L'antique

Goliath à l'entrée de l'établissement en était d'une certaine manière la figure annonciatrice.

Cherchant du regard les coiffes blanches des autres serveuses, j'en repérai deux à quelques tablées de là. La première paraissait tout ce qu'il y avait de plus normal, du moins compte tenu du bref survol auquel je procédai, mais la seconde retint mon attention : même à distance, sa peau apparaissait épaisse, granuleuse, parcourue de profondes striures, semblable à celle écailleuse et rêche d'un reptile. En outre, sa couleur était d'un jaune tirant sur le sinople, ce qui, même en Californie, avait l'art de produire son effet.

Je réprimai mon trouble en revenant vers mon interlocutrice. Il ne fallait pas perdre de vue le but de notre visite : s'assurer que la victime du Malibu Lake était celle que nous supposions.

— Connaissez-vous Innes Crowrie ? dis-je.

Ses lèvres étaient fines, ses yeux, en amande, d'un vert très clair. Bien qu'elle fût indéniablement jolie, les traits de son visage avaient quelque chose de grave et résigné.

— Que lui voulez-vous ?

— Nous aimerions avoir confirmation qu'elle travaille ici.

— En général, oui.

— « En général » ? Cela signifie-t-il qu'elle n'est pas là ce soir ?

— Pas que je sache.

— Est-elle commise au service ou bien se produit-elle sur scène ? s'enquit Stuart.

— Elle travaille comme moi, en salle.

— Quand l'avez-vous croisée pour la dernière fois ? enchaînai-je.

Elle lança un coup d'œil furtif à l'entour, donnant l'impression qu'elle redoutait d'être aperçue en train de comploter avec des clients.

— Vous êtes de la police ?

— Je vous assure que non.

— De toute manière, j'ai du travail.

Ne sachant comment faire autrement pour la retenir, j'enserrai ma main autour d'un de ses poignets, juste au-dessus de l'excroissance qui lui servait d'instrument de préhension. Sa peau était douce. Mais à quoi diable m'attendais-je ? À la rugosité d'une cuirasse d'arthropode ?

— Je vous en prie, mademoiselle, insistai-je, c'est très important. Dites-moi quand vous avez vu Innes pour la dernière fois.

Je décollai délicatement ma main.

Elle me regarda droit dans les yeux, comme pour s'assurer de ma sincérité, puis avisa la canne appuyée contre mon siège.

— Il y a quatre soirs. Elle n'est pas revenue travailler depuis.

— Et vous n'avez aucune idée de l'endroit où elle peut se trouver en ce moment ? demanda Stuart.

— Aucune.

— Est-ce qu'Innes est un « ange » elle aussi ? demandai-je.

La jeune femme me gratifia d'un demi-sourire.

— « La Reine Anne » ! C'est comme ça que certains l'ont baptisée ici. En référence à Anne Boleyn.

Elle lorgna les tables autour de nous d'une manière qui témoignait sans équivoque du dégoût que la plupart des individus présents lui inspiraient. Ensuite, elle s'esquiva sans que je cherche à la retenir et je la regardai fondre à l'autre bout de la salle.

— Anne Boleyn ? considéra Stuart en se grattant le crâne. N'était-ce pas le nom d'une reine d'Angleterre du temps jadis ?

— Si. La deuxième épouse d'Henri VIII, mère d'Elizabeth Ire. On raconte que la nature l'avait gratifiée d'un sein surnuméraire.

— Un sein... ? Tu veux dire qu'Innes Crowrie avait trois roberts ?

— Il faut croire.

— Tu parles d'une affaire !

— En tout cas, pas plus cette jeune personne que la femme qui t'a répondu au téléphone cet après-midi ne semble très au courant de ce qu'il est advenu de Miss Crowrie.

Les deux couples de siamois égrenaient à présent les paroles d'une scie de Cole Porter interprétée habituellement par Nelson Eddy.

Alors que nous avions la tête tournée vers la scène, une blonde plantureuse s'était approchée à notre insu et se posta devant notre table. Elle portait une robe longue plissée en jersey de soie, d'une teinte bleu ciel assortie à ses yeux. Ses cheveux étaient coiffés de manière à créer d'artistiques frisottis autour de l'ovale de son visage lourdement poudré. La dame avait franchi le cap de la quarantaine, mais répugnait d'évidence à s'aventurer plus au large.

Pour éviter une brûlante déconvenue, je la considérai subrepticement de pied en cap. Je parvins au constat que, à l'inverse des chanteurs tératopages et d'une grande partie des serveuses, la nouvelle venue ne paraissait dévoiler d'« angélique » que la souveraine blondeur de sa coiffure.

— Messieurs, voulez-vous bien me suivre ? prononça-t-elle d'une voix pointue.

Elle avait positionné l'unc de ses mains sur la hanche, cependant que l'autre, suspendue à hauteur du menton, serrait entre deux doigts une fine cigarette. La pose était très cinématographique et avait dû être travaillée de longues heures devant la glace.

— Où donc, si cela n'est pas trop indiscret ? répliqua Stuart.

— Là où votre présence est réclamée de manière impérieuse.

De l'autre côté de la table, un malabar venait de nous rejoindre. Avec son foulard noué à la cow-boy et ses manches de chemise retroussées jusqu'aux biceps, il pouvait se faire passer au choix pour un technicien, un agent de sécurité ou le postulant au prochain numéro de Monsieur Muscle.

Contre mon épaule, je sentis la présence d'un second loustic.

— Allons-y, Stuart ! C'est si obligeamment demandé…

Je m'arc-boutai sur ma canne derby pour me lever, puis nous suivîmes la femme. Bien que j'eusse du mal à tenir l'allure, les deux individus qui nous escortaient, de suffisamment près pour faire capoter toute idée de leur fausser compagnie, faisaient office d'excellents aiguillons.

Je m'attendais à ce qu'on mît le cap sur l'entrée principale, mais, après avoir longé l'une des estrades, nous nous dirigeâmes vers un angle où était disposé un énorme paravent aux motifs géométriques. Notre petit groupe se glissa derrière les panneaux, puis la blonde ouvrit une porte dérobée et, soulevant le bas de sa robe qui tombait jusqu'au sol, entreprit de gravir les marches.

Tandis que, derrière nous sur la scène, l'étonnant quatuor achevait sa chansonnette, l'individu aux manches retroussées me fit signe pour que je m'engage sans délai après sa patronne.

Nous nous trouvions dans un escalier beaucoup trop étroit et raide à mon goût, pourvu d'une simple ampoule au plafond.

Je progressai, le nez à hauteur du séant de notre éclaireuse, et, même avec la meilleure volonté du monde, il m'eût été difficile de ne pas prêter attention à son ample déhanché.

Soudain, la soie bleutée de sa robe parut se soulever à l'endroit de l'entrejambe. Le battement fut d'abord à peine sensible, puis il s'accentua.

Les yeux rivés sur le fessier, il fallut bientôt me résoudre à cette évidence tout à fait extravagante : la dame avait une queue ! Un formidable appendice, dans les neuf ou dix pouces, qui semblait prendre naissance à la base de l'épine dorsale et se balançait présentement sous l'étoffe de la toilette, d'un côté, de l'autre, avec grâce et élasticité.

VII

UNE HISTOIRE SANS QUEUE NI TÊTE

Je m'efforçais de rassembler mes esprits au moment d'accéder à un palier aux murs revêtus de papier gris. Devant nous se trouvaient deux portes. La première arborait une plaque « Ne pas déranger », la seconde était vierge de toute inscription. À notre gauche débouchait le grand escalier aperçu près du vestiaire où nous avions déposé nos manteaux. Vis-à-vis, une tenture noire occultait l'entrée de ce qui paraissait être un corridor. J'ignorais où cela conduisait, mais, quelques instants après, le drap s'écarta pour laisser passer un couple. Lui, le cheveu rare et les joues flasques, était vêtu d'un costume croisé à fines rayures. Elle, lui agrippant le bras, avait à peine dix-huit ans et portait une robe légère en tissu imprimé. Il ne me sembla pas observer de difformité patente sur la jeune personne, toutefois ma courte expérience en la matière m'avait enseigné à ne tirer aucune conclusion hâtive.

En passant devant nous, l'individu salua d'un mouvement de tête notre hôtesse, tandis que Stuart et moi eûmes droit à un coup d'œil rogue. À la suite de quoi, ils disparurent par le même discret chemin que nous venions d'emprunter.

— Par ici, fit la femme en s'approchant de la première porte.

Pendant qu'elle frappait trois coups brefs suivis d'un quatrième plus appuyé, Stuart me tira la manche pour me signaler que lui aussi avait remarqué l'appendice caudal et qu'il ne se remettait toujours pas de ses émotions.

— Entrez ! entendit-on prononcer d'une voix grave et éraillée.

Sans nos gardes du corps qui furent priés de retourner vaquer à leurs occupations, nous pénétrâmes dans un cabinet empli d'une forte odeur de tabac.

C'était une pièce carrée, dont la décoration surchargée tranchait avec le dénuement du palier. Les murs étaient entièrement lambrissés et, pour deux d'entre eux, affichaient dans d'emphatiques cadres dorés des barbouillages que le maître des lieux devait considérer comme d'authentiques œuvres d'art. Au plafond, les moulures de stuc dans un style néoclassique auraient pu faire impression en n'importe quel autre endroit. Au centre, un massif bureau de faux teck était posé sur un tapis navajo aux couleurs criardes.

Derrière le bureau était assis un homme de quarante-cinq, cinquante ans, un cigarillo allumé au coin de la bouche. Ses cheveux bruns étaient légèrement crépus et domestiqués de part et d'autre d'une raie au milieu. Il se leva dès que la femme eut refermé la porte et fit le tour de la table pour nous accueillir avec un grand sourire, comme de vieux amis qu'il n'aurait pas revus depuis des années. Il était à peu près de ma taille, dans les cinq pieds, huit pouces, et sa silhouette avait dû être qualifiée de « sportive » avant que son hygiène de vie ne devienne ce qu'elle était.

Il portait un complet de coton blanc, plus ou moins repassé, sur une chemise à col ouvert d'une même nuance immaculée, excepté une ou deux taches récentes de jus de tabac. Sa poche veston arborait un carré de soie noir plié à la manière bouffante, et ses chaussures, blanches, étaient impeccablement lustrées. Au premier abord, l'homme faisait preuve dans le domaine vestimentaire d'un goût moins éculé que dans celui de la décoration d'intérieur.

— Lequel est Stuart Dauncey, journaliste au *Hollywood Citizen-News* ? commença-t-il.

— C'est moi, répondit Stuart. Les nouvelles vont vite, par ici.

— Oh, ne me tenez pas grief de cette indiscrétion ! On n'est jamais trop prudent par les temps qui courent, expliqua-t-il en nous conviant de la main à prendre place dans les sièges en face de son bureau, ce que nous fîmes sans attendre. Le gardien au portail m'a averti qu'une voiture transportant deux individus qui ne faisaient pas partie du lot des habitués prenait le chemin du club. Il s'est contenté de noter le numéro et de se renseigner sur votre identité. C'est un ancien flic, viré pour l'exemple par les huiles de la mairie à cause d'une stupide affaire de substances illicites. Il a conservé des amitiés au commissariat du district.

L'homme était retourné s'asseoir dans son grand fauteuil directorial en cuir vert capitonné, non sans avoir au préalable rectifié son pli de pantalon. Je remarquai que ses cheveux étaient teints, d'où, malgré le poids des ans, la totale absence de neige dans sa toison.

La fenêtre derrière lui donnait sur la façade du bâtiment et des reflets de l'enseigne luminescente transparaissaient à travers les rideaux.

— À qui avons-nous l'honneur ? questionnai-je à mon tour.

— Je suis Sam Llewellyn, l'heureux propriétaire de ce cabaret. Et voici Eileen, mon épouse, par ailleurs la matrone des fantastiques créatures que vous avez croisées en salle. Eileen, veux-tu bien servir à nos invités un autre rye soda ? J'ai cru comprendre qu'ils n'avaient pas eu le loisir de terminer le leur. N'est-il point, monsieur… monsieur… ?

La dernière question m'était adressée, de même que le cigarillo qu'il me présenta dans une petite boîte de balsa jaune et rouge. Ses ongles et le bout de ses doigts étaient tachés par la nicotine.

Dans l'intervalle, Eileen Llewellyn s'était dirigée vers un genre de meuble de cabine dont la façade à faux tiroirs révéla un service à alcool copieusement fourni.

Il ne faisait guère de doute que le couple avait été informé de l'intérêt que nous manifestions au sujet d'Innes Crowrie, sinon pour quelle raison nous auraient-ils convoqués dans ce bureau ? À notre défaveur, nous étions pris de court. Faute d'avoir établi une marche à suivre, le mieux était encore de les laisser avancer les premiers. Une réaction aussi diligente de leur part donnait à entendre qu'ils étaient au courant de quelque chose à propos de la jeune femme.

— Mon nom est Andrew Fowler Singleton. Bien qu'établi à Londres, je suis citoyen canadien et, comme ma canne peut en témoigner, je profite de la douceur de votre automne californien pour tenter de rééduquer une cheville récalcitrante. Je vous remercie, mais je préfère mes cigarettes.

Il glissa la boîte en direction de Stuart. Après une brève hésitation, ce dernier se saisit d'un cigare et se pencha pour l'allumer vers un colossal briquet à pierre Dunhill qui faisait également office d'horloge. Son cadran affichait dix heures vingt.

Eileen nous apporta nos breuvages avant de s'en retourner au meuble-bar servir des martinis. Ensuite, rejoignant Llewellyn, elle lui tendit son verre, tandis qu'elle conservait le second à la main et déposait avec indolence l'hémisphère gauche de son arrière-train sur le bord du bureau, près de lui.

Depuis que nous étions entrés dans la pièce, il était à constater que l'appendice de Mrs Llewellyn avait perdu de son ressort.

— Vous avez l'habitude de vérifier l'identité de chacun de vos nouveaux clients avant de les convier à trinquer ? repris-je.

— Seulement quand je suis alerté qu'un desdits clients est journaliste et qu'il est en train de poser des questions concernant le triste sort d'un membre de notre personnel. Je dois vous avouer, messieurs, que cette information a aussitôt fait naître chez moi une certaine défiance à votre encontre.

— Oh, nos intentions n'ont absolument rien de malveillant ! assura mon voisin, la main sur le cœur. Je suis journaliste au *Citizen-News*, certes, mais je me cantonne aux pages « cinéma » et ne suis ici qu'à titre strictement privé. Euréka ! Je cherchais depuis tout à l'heure à quel acteur vous ressembliez de façon si frappante, Mr Llewellyn.

— Et vous avez trouvé ?

— Charles « Buddy » Rogers, repartit Stuart qui, ce disant, rajeunissait notre interlocuteur de dix à quinze bonnes années.

— Le jeunot qui a convolé l'année dernière avec Mary Pickford ?

— Celui-là même.

S'étant débarrassé de son cigarillo, qu'il avait fumé jusqu'au dernier quart à s'en brûler les doigts, Llewellyn tira sur les manches de son veston avec un sourire de contentement.

— Ma foi, il est vrai que j'aurais rêvé faire du cinéma. Ma regrettée mère m'assurait qu'enfant j'avais un véritable talent pour...

Sa phrase se perdit dans un gloussement qu'il étouffa en feignant une quinte de toux. Le geste avait été commis à la dérobée, derrière la table, mais j'aurais juré qu'Eileen venait d'adresser à son mari un coup avec la pointe de sa chaussure.

— Tout ça ne me dit pas pourquoi vous vous intéressez à Innes Crowrie ! enchaîna-t-il quand il eut fini d'expectorer.

— L'une de mes amies habite le même meublé qu'elle, à Bunker Hill, enchaîna Stuart avec un parfait aplomb, et elle était inquiète de ne pas l'avoir aperçue ces derniers jours. Craignant qu'il ne soit advenu quelque chose de grave, elle m'a sollicité pour que je me renseigne. Mon amie savait qu'Innes travaillait dans votre établissement. C'est donc le premier endroit où nous avons eu l'idée d'aller.

— Vous avez parlé de « triste sort », il y a une minute ? complétai-je. Suggérez-vous qu'il lui serait arrivé malheur ?

Sans nous quitter une seule seconde des yeux, Eileen porta à sa bouche une cigarette *« Fine Cut »* que son époux s'employa aussitôt à allumer à l'aide d'un briquet de poche. Dans la foulée, il approcha la flamme d'un nouveau cigarillo qu'il venait de visser entre ses dents. J'imaginais d'ici ce que devait donner une radiographie de leurs poumons à tous les deux, et je décidai *in petto* de réduire ma propre consommation.

Llewellyn s'éclaircit la voix avant de répondre.

— Je crains en effet que vous n'ayez pas de bonnes nouvelles à rapporter à votre amie. Innes Crowrie a été retrouvée égorgée quelque part dans les montagnes aux premières heures du jour, vous nous voyez encore sous le choc. C'est le sergent Latimer, de la brigade criminelle dépendant des services du shérif, qui nous en a informés cet après-midi. Comme aucun papier n'avait été retrouvé sur elle, hormis une carte de l'*Angels Club* dans la boîte à gants de sa voiture, le policier est venu jusqu'ici dans l'espoir que nous pourrions identifier la victime. Il nous a présenté une photo prise sur les lieux. Franchement, ce n'était pas joli-joli.

— Êtes-vous certain qu'il s'agissait bien d'elle ? s'enquit Stuart.

— Aucun doute possible. Nous avons expliqué au représentant du shérif qu'il existait un détail de son anatomie qui permettait de l'attester sans contredit.

— La présence d'un troisième sein ? fis-je.

— Le plus cocasse, si je puis m'exprimer ainsi, c'est que la police ne s'en était même pas rendu compte. Le sergent Latimer a appelé sur-le-champ le bureau du coroner, où le corps avait été dépêché pour l'autopsie, et l'existence de cette particularité mammaire lui a évidemment été confirmée.

Assise de profil, Mrs Llewellyn continuait de nous scruter d'un air soupçonneux. Comme je lui adressais un regard, elle exhala dans ma direction une bouffée de fumée entre ses lèvres violemment marquées de rouge.

Il n'empêche que nous avions la confirmation que nous étions venus chercher : c'était bien Innes Crowrie qui avait été tuée sur les bords du Malibu Lake. Quant à déterminer si James et moi avions manqué renverser son meurtrier avec notre voiture, et surtout si celui-ci se trouvait être un lycanthrope, c'était une autre paire de manches.

— Vous n'avez pas averti vos autres employés ? questionna Stuart. La serveuse à qui nous avons parlé ne semblait pas être au courant.

— Nous n'avons pas jugé utile de le faire avant la fin du spectacle, intervint Eileen Llewellyn.

— Pourquoi Innes n'était-elle pas venue au club les trois jours qui ont précédé sa mort ? continuai-je.

— Tout ce que je sais, c'est qu'à son retour, si elle avait eu le cœur à revenir, elle aurait entendu parler du pays, ça vous pouvez m'en croire !

— Ce n'était qu'une enfant, tempéra le mari. Elle avait du mal à se plier aux règles. Quoi de plus compréhensible ? Néanmoins, même si elle ne travaillait avec nous que depuis quelques mois, elle faisait pleinement partie de la famille.

Eileen avait écrasé sa cigarette avant de l'avoir consumée en entier. Elle se montrait très agacée et attendait assurément que Llewellyn mît un terme rapide à la discussion.

— Je dois avouer que le principe de ce club est pour le moins surprenant, déclarai-je.

— Ah ! Je suis enchanté que vous vous montriez sensible à son originalité, se félicita Sam d'un air mielleux. Les parades itinérantes, où les monstres sont exhibés dans la sueur et la poussière comme du vulgaire bétail, sont proprement dégradantes.

C'est pour nous démarquer de ces caricatures de spectacle que nous avons cherché à les réunir en un lieu préservé où leur étrangeté serait célébrée par un public d'amateurs. Face à la violence et au chaos qui règne en ce monde, je vous certifie que cet établissement constitue pour chacun de nos *freaks* un havre de joie, de paix et de douceur.

Son petit laïus avait quelque chose d'incommodant. Je ne pouvais m'empêcher de douter fortement que les phénomènes de son cabaret soient traités avec la déférence dont il s'enorgueillissait. La serveuse que l'on avait interrogée dans la salle paraissait s'alarmer à l'idée que ses patrons la voient s'entretenir avec des étrangers. En ce qui concernait Eileen Llewellyn, ignorait-elle vraiment les raisons pour lesquelles Innes ne s'était pas présentée ? La jeune femme n'avait-elle pas plutôt fui sa nouvelle « famille » ?

— Est-ce que vos employés adhèrent tous à votre vision des choses ? enchaînai-je. Certains n'estiment-ils pas que vous exploitez vous aussi une forme de curiosité malsaine à leur égard ?

— Curiosité malsaine ? s'emporta Eileen. Depuis la nuit des temps, tout ce que les hommes dits « normaux » ont voulu savoir sur les créatures comme nous, c'est la manière dont elles couchent. La plupart des mâles – et Sam Llewellyn n'échappe pas à cette règle – ne sont intéressés que par connaître l'effet que ça produit d'étreindre entre ses cuisses une hermaphrodite, une siamoise ou une femme à barbe. Quel mal y aurait-il à exploiter cette « curiosité malsaine », comme vous dites, et à vous faire tous casquer ? Vous deux, tenez ! Pourquoi êtes-vous tellement préoccupés de savoir où se trouve Innes Crowrie ? Ne serait-ce pas qu'avant elle vous n'aviez jamais éprouvé pareil émoi sexuel ?

Je faillis recracher ma gorgée de whisky. L'appendice caudal d'Eileen s'était mis de nouveau à frétiller sous le pan de sa robe.

— Voyons, ma chérie ! Ces messieurs nous l'ont expliqué, ils ne sont là que pour rendre service à une amie qui se faisait du mauvais sang.

Llewellyn eut un haussement d'épaules à notre endroit, comme pour signifier qu'on ne gagnait jamais rien à contrarier sa tendre et douce.

— Croyez-moi, Mr Dauncey, Mr Singleton, poursuivit-il en s'enfonçant dans son fauteuil, Eileen et moi-même nous consacrons avec ferveur au bien-être des phénomènes, artistes ou simples commis, qui travaillent ici. Ces jeunes gens n'ont guère été épargnés par le destin. À cause de la difformité qui les frappe, ils ont essuyé leur vie durant moqueries et quolibets. Ce qui vient d'arriver à Miss Crowrie est tragique, et nous en sommes évidemment affligés, mais, pour les raisons que je viens d'avancer, il est important d'éviter la publicité autour de ce qui ne semble être qu'un crime crapuleux. Cela risquerait de leur être dommageable à tous. Vous me comprenez, j'en suis sûr.

— Mais il est important que le coupable soit activement recherché ! s'exclama Stuart d'une voix qui venait soudain d'escalader la gamme.

— Oh, je crois qu'il n'y a aucune crainte à avoir là-dessus ! Les hommes du shérif disposent déjà de suspects. Peut-être même se trouvent-ils sous les verrous à l'heure qu'il est.

— Comment cela ? marmonnai-je.

Par-dessus tout, Llewellyn aimait capter l'attention de son auditoire. En l'espèce, il était comblé. Rien n'aurait pu l'arrêter de causer.

— Le poignard qui a servi à égorger Innes n'a pas permis de relever d'empreintes. Selon la police, cela tient au fait que l'assassin usait d'un gant, lequel a été découvert près de la victime, déchiré et maculé de sang. Cet après-midi, durant sa visite, le sergent Latimer a produit devant nous la pièce à conviction. Selon toute apparence, c'est un nain qui a fait le coup.

Nous allions de surprises en stupéfactions.

— Un nain ?

— À en juger par le format de ce gant, d'une taille ridicule, en fine peau de daim, son propriétaire ne doit guère mesurer plus de trois pieds et demi de haut. Le sergent nous a consultés pour savoir si Innes était en relation avec un nabot.

— Et c'était le cas ?

— Deux pour le prix d'un ! Des individus extérieurs au club évidemment, mais qui lui tournaient autour. Quelqu'une de nos connaissances les a encore aperçus avec elle il y a quinze jours. Parmi les rase-mottes aussi il y a des esprits tordus.

— Ceux-là méritent d'aller croupir en prison, enchérit Eileen en se levant brusquement pour signifier que, cette fois-ci, la conversation avait assez duré. Il faut se méfier des homuncules de leur espèce, ainsi que des blancs-becs qui se montrent trop curieux.

Les questions s'entrechoquaient dans ma tête. Pourtant, je n'étais plus en capacité d'en formuler une seule. Je voulus finir d'une traite mon verre, mais il était déjà vide et je me contentai de le poser sur le bord de la table.

Sam Llewellyn s'était levé à son tour.

— Comme de juste, nous avons livré toutes les informations en notre possession aux policiers, et ceux-ci devraient leur mettre rapidement la main au collet. En attendant, nous prions pour que l'âme de cette malheureuse trouve le repos éternel. Elle a péri dans des conditions si abominables !

Je dus m'aider des accoudoirs pour m'extirper de mon siège. Ensuite, Stuart m'entraîna par le coude vers la sortie. Avant de me rendre compte d'autre chose, je me retrouvai dehors à respirer l'air froid de la nuit, mon manteau dans une main et ma canne dans l'autre, sous l'enseigne de l'*Angels Club*.

Mes pensées formaient comme des fusées de feu d'artifice impuissantes à s'embraser sous une soudaine averse.

Pourtant, il ne s'était pas remis à pleuvoir. Au contraire. Chose rare à Los Angeles à cause des lumières de la ville, la voûte céleste brillait de mille éclats.

Une étoile filante zébra le firmament.

Peut-être était-ce l'esprit d'Innes Crowrie qui tentait de m'adresser un message ? Mais, si tel était le cas, j'échouai ce soir-là à en saisir le sens.

VIII

RETOUR AU MALIBU LAKE

— Un nain ! se récria James, un sandwich de pain blanc à l'œuf et à la tomate en suspens devant sa bouche. Insinuerais-tu que notre lycanthrope avait comme exécuteur de ses basses œuvres un gnome pas plus haut qu'un enfant de cinq ans ?

Alors que la pendule, près du poste de TSF, affichait presque midi et demi en cette splendide journée inondée de soleil, James était debout depuis une vingtaine de minutes seulement et n'avait recouvré une figure présentable qu'au prix d'une vigoureuse douche écossaise – application d'eau chaude suivie d'une projection d'eau froide –, traitement dont il était devenu adepte depuis que la Société d'hydrologie d'Édimbourg avait consacré son action revitalisante.

Sa bringue au *La Conga* avait été un peu trop arrosée de champagne et de cabernet de Napa, car force était de constater que la mémoire de mon camarade accusait de fâcheuses lacunes. Certes, il se rappelait s'être lancé dans une rumba virevoltante avec Dolores Casey, avoir accompagné Maxine Sullivan au banjo, puis porté Virginia Howell et Mary Parker à bout de bras sur l'air de *Let's Dream in the Moonlight*, mais, passé ces ultimes prouesses, impossible pour lui de se remémorer quoi que ce soit, à l'exception de son réveil en taxi, ses nouveaux amis ayant sans doute jugé qu'il n'était pas en état de reprendre le volant.

Avant de s'installer pieds nus dans le fauteuil pour écouter mon compte rendu de la visite à l'*Angels Club*, il avait passé un pantalon de toile beige ainsi qu'une incroyable chemisette hawaïenne avec de gros motifs à fleurs verts, jaunes et rouges, achetée quatre-vingt-quinze *cents* dans une échoppe de Redondo Beach. Ensuite, il avait sonné le service d'étage pour qu'on lui apporte des sandwiches, une bouteille d'eau gazeuse et une boîte de comprimés Bromo-Seltzer, sans doute pour aider ses souvenirs à remonter à la surface.

De mon côté, tout le temps que James avait dormi pour récupérer de sa soirée, je n'étais pas resté à me tourner les pouces. Mon sommeil ayant été agité, haché et peu réparateur, je m'étais extrait de mon lit dès potron-minet et, assis sur le canapé du salon, une pleine carafe de café devant moi, j'avais tenté de trouver des réponses aux nombreuses questions qui m'obsédaient depuis mon entrevue avec Sam et Eileen Llewellyn.

Les propos du couple m'avaient sur le moment laissé sans réaction. Dans l'hypothèse où, comme je venais de le rapporter à mon acolyte, c'était un nain qui avait assassiné Innes Crowrie – et je ne voyais pas l'intérêt qu'aurait eu Llewellyn à inventer cette histoire de gant trouvé près du corps –, quel rôle jouait la créature qui nous avait coupé la route ? Celui que nous continuions d'appeler le « lycanthrope », à défaut de savoir comment le désigner, avait-il réellement pour complice un individu de trois pieds et demi de haut ?

D'un autre point de vue, cette visite était loin d'avoir été infructueuse. En ayant passé la soirée dans un endroit comme l'*Angels Club*, où l'on croisait des sœurs siamoises et des femmes à queue, où les serveuses à la peau reptilienne ou aux pinces de homard vous apportaient vos consommations, l'idée que je n'avais pas considéré toutes les explications possibles au sujet de notre « loup-garou » avait commencé à faire son chemin. Et si notre inconnu, dont le regard enragé n'avait cessé de me poursuivre depuis la veille, était lui aussi un de ces prodiges de la nature ?

J'attendis que neuf heures aient sonné et, quelques minutes après que la bibliothèque publique eut ouvert ses portes, un magasinier déposait sur ma table – non loin de l'individu à lunettes rondes qui mâchouillait sa bouffarde, à croire qu'il bivouaquait sur place – une pile de volumes touchant de près ou de loin le sujet des monstres humains. Ayant consulté une dizaine de traités de tératologie sur les malformations congénitales, traduits du français, de l'allemand ou du magyar, ainsi que d'austères ouvrages recensant les maladies les plus remarquables portées à la connaissance des autorités médicales depuis l'époque d'Ambroise Paré, il ne me fallut pas plus de quelques heures de recherches avant de m'estimer autorisé à reconsidérer notre affaire sous un angle tout à fait neuf.

En revenant de la salle de lecture, j'avais acheté au kiosque de Flower Street les éditions des journaux du matin. Sur les trois titres, deux ne mentionnaient même pas le meurtre qui nous occupait. Seul le *Times* y consacrait un entrefilet, indiquant sans autre précision qu'une jeune femme avait été retrouvée morte dans la nuit de dimanche à lundi près du Malibu Lake, aux confins du comté de Los Angeles.

— Le syndrome d'Ambras, lançai-je à brûle-pourpoint au moment où James engloutissait son troisième et dernier sandwich. Ça te dit quelque chose ?

— Y a-t-il un rapport avec le fait qu'on a du mal à se remémorer les événements après une soirée trop alcoolisée ?

— Pas le moins du monde. Ce syndrome désigne un désordre hormonal, d'origine héréditaire la plupart du temps, autrement appelé « hypertrichose généralisée ». Cela se traduit par un développement incontrôlable du système pileux sur l'ensemble du corps, mais de manière très accentuée sur le visage.

— Une aubaine pour les barbiers et les vendeurs de coupe-chou, dit-il en se resservant un verre d'eau White Rock.

— Les infortunés qui sont la proie de ce trouble n'ont pas le recours de se raser, leur pelage est bien trop envahissant. Le premier sujet étudié par les hommes de science semble avoir été Pedro Gonzales, né durant la première moitié du XVIe siècle et mort en 1618, dont trois des enfants ont hérité de la maladie. Cette famille de « velus » était sans conteste de fascinants spécimens, car le père et ses rejetons se sont exhibés devant les plus grandes cours d'Europe. L'archiduc Ferdinand II, comte du Tyrol et amateur de curiosités, les a fait portraiturer. L'œuvre occupait une place de choix sur les murs de son château d'Ambras, près d'Innsbruck, dans lequel figurait également l'effigie du prince Vlad Drakul, dit « l'Empaleur ».

— Et selon toi la créature du Malibu Lake souffrirait de cette affection ? Dommage. Je commençais à me faire à l'idée qu'on avait croisé un loup-garou certifié cent pour cent conforme.

— J'ai trouvé dans les ouvrages consultés ce matin des reproductions de portraits de Pedro Gonzales et de ses enfants, ainsi que des photographies de cas plus modernes. Il faut avouer que ces personnes possèdent tous les caractères physiques que l'on attribue traditionnellement au lycanthrope. D'ailleurs, les directeurs de *freak shows* ne s'y trompaient pas : ils les présentaient au public sous l'appellation d'« homme-loup » ou encore d'« homme-chien ». Un des plus célèbres était Adrian Jefticheff, qui s'est produit à Paris dans les années 1870. Un autre, dénommé Jojo et fils présomptif du précédent, fut la vedette de plusieurs grandes parades et a fini par signer un engagement mirobolant chez Barnum. Il y a eu aussi Alice Doherty, Julia Pastrana, sans compter Stephan Bibrowski, qui s'est produit jusqu'en 1932 en Europe et aux États-Unis.

— Tu veux dire que notre suspect pourrait être l'un de ces individus que tu cites ?

— Non, non, ceux-là sont tous partis de leur belle mort, mais il doit inévitablement exister quelque part d'autres gens victimes d'hypertrichose. Il est probable que l'un d'eux réside en ce moment même dans le comté de Los Angeles, et qu'il a partie liée avec un individu de petite taille. À ce propos, tu apprendras que la malformation dont souffrait Innes Crowrie s'appelle la « polymastie ». Des cas de ce type ont été signalés depuis la plus haute Antiquité.

Certains auteurs y voient l'origine des déesses aux mamelles multiples.

James se frictionna le cuir chevelu pour être sûr que son cerveau encore un brin vaseux enregistrait correctement le flot d'informations. Puis, repoussant le plateau loin devant lui, il se cala dans son fauteuil, le verre d'eau gazeuse à la main.

Par la croisée ouverte sur South Grand Avenue, le soleil entrait avec ardeur dans le living-room, mais toute la lumière semblait se concentrer sur la chemise « aloha » de mon compagnon, dont les motifs bigarrés clignotaient comme les rouleaux d'une machine à sous. Je me demandai s'il n'allait pas falloir que j'avale à mon tour un comprimé de Bromo-Seltzer.

— Cela aurait effectivement l'avantage de fournir une explication rationnelle à l'apparition de l'autre soir, considéra-t-il après mûre réflexion. Et, du même coup, d'éclairer toute cette histoire : la Reine Anne à la gorge triplement généreuse, occise par un phénomène de foire aux allures de grand méchant loup, lui-même assisté dans sa tâche par un lilliputien ganté ! Dans ce cas, il est probable que ce joli monde se connaissait, et qu'ils ont tous un rapport avec l'*Angels Club*. Tu as dit toi-même que vous les aviez trouvés louches, Llewellyn et sa matrone. En dehors du fait, bien sûr, que cette dernière arborait un séant hors de pair.

— Je t'avoue que je ne sais trop quoi penser d'eux. Ils nous ont affirmé que les nains dont ils avaient livré les noms étaient étrangers à leur établissement. Toutefois, je suis persuadé que Sam et Eileen Llewellyn sont loin des bons samaritains qu'ils prétendent être. Ils pourraient se consacrer à d'autres activités que le music-hall.

— À quoi, par exemple ?

— Il ne m'étonnerait pas que le cabaret serve de couverture à une maison de passe d'un genre plutôt scabreux.

— Raison pour laquelle ils ne tiennent pas à ce qu'on leur fasse de la publicité. Eh bien, je t'avais dit qu'on tirerait rapidement cette affaire au clair ! Le mieux, à présent, est d'aller parler à la police. Une fois que nous aurons communiqué aux hommes du shérif tout ce que nous savons, l'enquête sera bouclée en deux temps trois mouvements.

— Tu n'y penses pas ! m'exclamai-je. Ce n'est pas le moment de passer la main. Du moins pas avant de nous être assurés que mon hypothèse est exacte et que notre inconnu est bien ce que je crois qu'il est.

Le subit accès de prudence de mon compagnon ne lui ressemblait guère, et je devinais qu'il était surtout désireux d'en finir pour profiter tranquillement de nos derniers jours de villégiature. D'un autre côté, j'avais conscience de faire preuve d'une certaine mauvaise foi à son égard. Ni James ni moi n'étions accrédités pour mener l'enquête en Californie. Nous avions été témoins d'une scène qui – le fait était désormais établi – avait un lien avec un meurtre, et notre devoir était de transmettre à qui de droit, et dans les plus brefs délais, les informations en notre possession. Mais quelque chose de totalement irréfléchi me commandait de continuer encore. Depuis le dimanche, bien que je l'aie entrevu quelques secondes à peine, le visage de la créature ne cessait de me hanter. Je sentais, tout au fond de moi, qu'il cherchait à me communiquer quelque chose. Quoi ? Je ne saurais le dire, mais je me devais de le découvrir. Il le fallait. Absolument.

Mon camarade ingurgita le reste de son verre, puis, ayant reposé celui-ci sur la table, il se malaxa de plus belle la boîte crânienne.

— Bien, bien, temporisa-t-il. As-tu parlé aux Llewellyn du « lycanthrope » que nous avons failli emboutir ?

— Surtout pas.

— Ils ignorent donc que nous connaissons son existence, de la même manière qu'ils ignorent notre présence cette nuit-là près du lieu du crime.

— J'en suis certain.

— Qu'est-ce que tu dirais alors de leur rendre une nouvelle visite ? Si on réussit à apprendre qu'un *freak* à l'apparence d'homme-loup travaille ou a travaillé dans leur cambuse, cela signifiera que tu as tapé dans le mille. De toute manière, il faut que je passe rendre mon smoking et la boutique de messire Barnaby se trouve sur le chemin.

— Je ne crois pas que Llewellyn goûterait de m'y voir remettre les pieds.

— Je me charge de l'exercice. Personne ne me connaît là-bas. Après cela, on ira tout expliquer aux enquêteurs. C'est d'accord, Andy ?

— Oui, enfin non… J'ai une meilleure idée.

Je me levai. L'état de ma cheville était stationnaire. Si ça n'évoluait pas positivement durant la journée, il me faudrait consulter un médecin.

— Puis-je savoir laquelle ?

— Je vais appeler Stuart au journal. Il a accompli de l'excellent boulot, hier. Je suis sûr qu'il saura se débrouiller pour apprendre d'une façon ou d'une autre si un individu souffrant du syndrome d'Ambras fait partie des employés de l'*Angels Club* ou d'un quelque autre lieu d'exhibition dans le comté.

Je clopinai vers le téléphone. À peine eussé-je Stuart au bout du fil qu'il me fallut d'abord écouter son point de vue à propos de la scène du procès dans *L'Extravagant Mr Deeds*. Notre ami se piquait d'être le premier à identifier dans l'œuvre de Frank Capra l'influence d'Eisenstein, et cette trouvaille lui avait fourni un brillant épilogue pour l'article qu'il venait d'expédier à l'imprimerie. Quand je pus enfin placer un mot, je l'informai de ma découverte faite plus tôt à la bibliothèque. Stuart enragea d'être bloqué au journal jusqu'en milieu d'après-midi, mais je le persuadai qu'il nous serait très utile à son bureau. Ayant entendu ma requête, il m'assura que ce serait bien le diable si le digne représentant du *Citizen-News* qu'il était n'arrivait pas à obtenir de résultats. Je promis de le rappeler d'ici quelques heures.

— Et dans l'immédiat ? s'enquit James une fois que j'eus raccroché.

— Puisque aujourd'hui le ciel ne nous versera pas des trombes d'eau sur la tête, je suggère que nous retournions au Malibu Lake. L'accès au cottage est probablement défendu, mais un petit tour des environs nous aidera, je l'espère, à mieux saisir le fil des événements.

— D'accord, Andy, d'accord ! concéda-t-il en cherchant des yeux ses chaussures. Mais dès qu'on a la preuve que ta théorie est la bonne, on va tout raconter aux hommes du shérif. C'est compris ?

— C'est compris.

James étant rentré à l'hôtel en taxi, il fallait au préalable remettre la main sur la voiture. À notre soulagement, le souvenir de l'endroit où il l'avait laissée ne faisait pas partie du lot de ceux tombés aux oubliettes, car mon camarade se rappelait l'avoir garée dans North Vine Street, à un demi-bloc du *La Conga*.

Alors qu'il s'apprêtait à héler un taxi en bas de l'hôtel, son smoking roulé en boule dans un grand sac en kraft, je le pressai pour qu'on s'y rendît en transports en commun. Cela ne prendrait que quelques minutes pour rallier à pied le terminal du métro de la Pacific Electric Railway, dans Hill Street. En outre, j'avais observé que ma cheville était moins susceptible quand je la sollicitais. Nous aurions tout le temps de rapporter le costume au retour du Malibu Lake.

Ce que les Angelins avaient baptisé *« subway »* n'était en rien comparable avec le tentaculaire réseau du *tube* londonien. Il consistait en fait en un tunnel souterrain d'un mile de long qui permettait aux lignes de tramways interurbains desservant le district de Hollywood et au-delà d'éviter les bouchons du centre-ville et les faisait retrouver l'air libre à l'intersection de la Première Rue et de Glendale Boulevard.

Arrivés au terminal, nous grimpâmes dans l'une des voitures rouges de la ligne de Beverly Hills, qui, à la sortie du tunnel, emprunte Sunset puis Hollywood Boulevard et passe devant le Théâtre chinois. Une vingtaine de minutes plus tard, nous récupérions comme prévu le coupé Oldsmobile, tout près de l'arrêt du tram.

Une fois que James se fut installé au volant, nous gagnâmes sans plus tarder la route 101, de manière à contourner par le nord les monts Santa Monica et nous éviter autant que possible de fastidieux lacets. Après la passe de Cahuenga, qui traverse d'un trait les collines de Hollywood et côtoie les bâtiments administratifs des studios Universal, unique partie visible de la route du vaste domaine édifié en 1915 par Carl Laemmle le long de la Los Angeles River, nous suivîmes, comme nous l'avions fait l'autre nuit au retour de notre mémorable équipée, la portion à quatre voies du Ventura Boulevard où James ne se fit pas prier pour pousser le moteur. À cette heure-ci, la circulation était clairsemée, et, sitôt que nous eûmes quitté l'autostrade pour suivre le tracé beaucoup plus sinueux de Mulholland Highway, nous croisâmes encore moins de véhicules.

Le ciel était d'un bleu inaltéré, seulement troublé par le vol des condors et quelques bimoteurs en provenance d'un aérodrome voisin, sans doute celui de Van Nuys. Il nous fallut moins de temps que la précédente fois pour boucler la distance et, trois quarts d'heure après notre départ du cœur de Hollywood, nous abordions la pointe du Malibu Lake.

Nous ne fûmes pas longs à repérer ce que nous cherchions. James ralentit devant une allée de terre qui, sur notre droite, tournait derrière des bouquets d'arbustes, en direction de la colline. L'accès en était interdit par deux barrières mobiles en bois et un petit écriteau qui portait la mention « Défense d'entrer » au-dessous du blason de la police du comté. Il n'y avait aucun doute là-dessus : c'était bien à la sortie de ce chemin que le « lycanthrope » avait surgi. Et c'était à cet endroit, dans le cottage dont on ne pouvait que deviner la présence derrière les arbres et les buissons, qu'Innes Crowrie avait été assassinée.

La route était légèrement surélevée par rapport au plan d'eau. Sur notre gauche s'élevait la cime de trois grands pins qui prenaient appui en contrebas, de l'autre côté du ravin.

Bien qu'il n'y eût aucune voiture de police à l'horizon, nous ne voulions pas nous faire voir à proximité du pavillon. Nous fîmes donc demi-tour un peu plus loin sur Mulholland Highway et opérâmes une nouvelle approche de l'autre sens, afin d'aller ranger l'Oldsmobile à l'entrée d'une petite voie carrossée que nous avions remarquée et qui descendait vers le lac. Au bout de cette ruelle, on distinguait les toitures de quelques villas.

James coupa le moteur hors de vue des habitations, à distance d'une Chevrolet de couleur verte, vide de tout occupant. Après quoi, nous reprîmes à pied la direction du chalet. Sur la grand-route, une trouée dans les bosquets qui bordaient la colline attira notre attention. En passant par là, on devait pouvoir rejoindre la maison et éviter ainsi le sentier principal – non pas que les barrières placées par la police constituassent un quelconque obstacle, mais il importait de rester discrets.

Juste au moment où nous nous apprêtions à mettre notre plan à exécution, le moteur pétaradant d'un véhicule se fit entendre. James s'était déjà jeté dans le taillis, mais, comme je ne voulais pas risquer de me tordre l'autre cheville, cela me prit plus de temps pour m'écarter. Par chance, la camionnette filait à toute berzingue.

Il nous fallut ensuite batailler parmi un enchevêtrement de rosiers sauvages avant d'atteindre un terrain circulaire en terre battue, entouré d'une haie d'arbustes, où débouchait le chemin que nous avions décélé en bas. Contre le versant de la colline, accolée à un jardinet laissé à l'abandon, se tenait une maisonnette à un seul niveau, coiffée d'un toit d'ardoise. Vu la dimension des murs extérieurs, faits de cailloux et de chaux, elle ne devait pas compter plus de deux ou trois pièces. Quelques marches de pierre menaient à la porte d'entrée et, sur la façade principale, au pied d'une fenêtre dont la taille imposante était presque disproportionnée par rapport au reste du logement, se dressait un monolithe ressemblant à une sorte de fleur géante en roche naturelle.

Sur la porte, des scellés avaient été apposés pour empêcher toute intrusion.

Les pluies de la veille avaient fait le grand ménage et le sol avait été littéralement lessivé. Dans ces conditions, quand bien même le ou les coupables auraient laissé des traces derrière eux, il n'y avait aucune chance qu'elles fussent encore visibles.

James avait grimpé sur la sculpture en forme de fleur pour coller un œil contre la fenêtre. Celle-ci était en encorbellement, composée d'un assemblage de petites lucarnes sales au verre dégrossi, ce qui donnait un cachet presque médiéval à la bâtisse, mais réduisait à néant toute velléité de pénétrer à l'intérieur par ce chemin. À travers les carreaux, selon la description qu'il m'en fit, on apercevait une partie de la salle principale, composée de vieux meubles ventrus comme on en trouve dans les fermes européennes. Au milieu, sur le sol, une grande tache noire signalait de façon évidente l'endroit où le corps de la victime avait été retrouvé, baignant dans son sang.

Il se trouvait bien deux autres lucarnes, une à chaque flanc de la maison, dans un enfoncement de mur de plusieurs pouces, mais, vérification faite, elles étaient hermétiquement closes, et leur verre cathédrale empêchait d'y rien voir. Le refuge étant adossé à une énorme proéminence rocheuse, il n'existait en outre aucune ouverture à l'arrière.

— Avec un coup de peinture un peu partout et en défrichant les mauvaises herbes du jardin, le lieu pourrait être agréable, fit James. Dommage qu'on n'ait pas vue sur le lac.

— Tu pourras toujours aller t'en plaindre auprès de l'agence qui loue la maison.

Le tour du propriétaire effectué, nous nous enfonçâmes à nouveau dans les bouquets de ronces, puis, quand nous eûmes rejoint la grand-route, nous marchâmes le long de l'accotement jusqu'à revenir à hauteur des barrières en bois.

Au pied du chemin qui menait au cottage, James désigna l'espace devant nous.

— C'est ici que le monstre a surgi. Et s'il n'avait pas tant plu, je suis sûr qu'on verrait encore les traces de nos pneus sur l'asphalte.

— Oui. Et ensuite, il est parti par là, ajoutai-je en indiquant le ravin.

Nous nous avançâmes sur le bord de la route. De l'autre côté du talus, le vallon descendait vers le lac, avec une forte déclivité d'abord, puis en suivant une pente plus douce à mesure qu'on approchait de la rive, à deux jets de pierre. De la hauteur où l'on se tenait, on apercevait une grande partie du Malibu Lake, dont la surface miroitait sous le chaud soleil de cet après-midi de décembre.

À part quelques maisons retranchées sur notre gauche derrière une haie de cyprès, d'acacias et de chênes verts noueux, le terrain n'offrait au regard que des fourrés de broussaille et de plantes sauvages.

— Les hommes du shérif ont dû supposer que l'assassin avait pris la fuite par la route, déclarai-je. Par conséquent, il est probable que toute cette parcelle, d'ici jusqu'au lac, n'a pas été examinée.

— Eh bien, qu'attendons-nous pour aller jeter un coup d'œil ?

Prenant aussitôt le chemin que la créature avait emprunté ce soir-là en dépit du brouillard, James s'engagea dans le ravin.

Au loin, on entendait le bruit d'une tronçonneuse à gasoil. Plus près de nous, un chien aboya, et une voix de stentor brama pour commander à l'animal de se taire.

En d'autres circonstances, il m'aurait fallu quelques minutes pour atteindre le lac, mais dans mon état, malgré ma canne derby dont j'usais comme d'un alpenstock, la descente fut loin d'une partie de plaisir. Après avoir manqué trébucher à plusieurs reprises, je finis vaille que vaille par rallier une petite voie non goudronnée qui suivait le contour de la berge. Pendant ce temps, James, qui avait pris les opérations en main, vérifiait chaque buisson, chaque flaque de pluie en se limitant à une surface de deux acres environ. Dans la demi-heure qui suivit, il refit plusieurs fois le trajet de la route jusqu'au plan d'eau.

— Je n'ai rien trouvé, m'annonça-t-il quand il me rejoignit près du lac. En revanche, j'ai remarqué deux types qui inspectaient les parages plus à l'ouest. J'ai voulu m'approcher pour voir ce qu'ils trafiquaient, mais ils ont immédiatement mis les voiles. Ce n'étaient pas des flics, sinon je ne pense pas qu'ils se seraient débinés de la sorte.

— Ni des journalistes. Pour l'heure, la plupart des gazettes paraissent se soucier de cette affaire comme d'une guigne.

— Quant à savoir pourquoi notre bonhomme galopait seul comme un furibard en direction du bassin, on n'est pas plus avancés !

J'embrassai du regard la surface du lac aux flots scintillants.

Derrière le rideau de résineux qui se dressait le long de la rive avait été aménagé un petit embarcadère, où quelques barques à fond plat étaient amarrées à l'aide de cordages. Deux de ces esquifs n'avaient pas résisté aux dernières intempéries, et leur plancher disparaissait sous le niveau de l'eau.

Au milieu du lac s'étendait une petite île, large de trois cents pieds au plus, sur laquelle cohabitaient quelques arbres et une haie de broussailles.

— Il s'est peut-être mis en tête de rejoindre cet îlot, proposa James.

— Il n'y a rien là-bas. Pas même un endroit où se cacher.

— Ou alors, il voulait gagner l'autre rive…

La berge était glissante, et sa pente plongeait de manière abrupte dans le bassin. Entre le bord et les canots, la surface du lac, rendue limoneuse par les fortes pluies, était saturée de brindilles, de feuilles et de plantes aquatiques arrachées.

James s'était avancé sur l'appontement et se penchait dangereusement en se tenant à un madrier.

— Vise par là, Andy ! s'écria-t-il soudain. J'aperçois comme une forme dans l'eau !

Je tendis le cou pour tenter de repérer quelque chose, mais en vain.

— Un canot qui serait allé par le fond ?

— C'est plus petit qu'une barque. Je dirais plutôt que ça a la taille d'un corps. Un corps humain.

À ces mots, mon cœur se mit à battre la breloque. En me rapprochant de l'endroit où James était posté, je finis par distinguer au milieu des joncs une ombre opaque qui se profilait, à environ quatre pieds de la surface et autant de distance du rivage.

James n'avait pas perdu une seconde : il s'était déjà débarrassé de son blouson d'aviateur ainsi que de ses chaussures et, en dernier ressort, avait jeté son pantalon sur les planches, ne conservant sur lui qu'un caleçon en tricot rayé bleu et blanc et sa chemise chamarrée.

Ensuite, s'accrochant d'une main à l'un des piliers de la plate-forme, il se laissa glisser dans l'eau.

— C'est froid ! gémit-il au moment d'y entrer complètement.

Le niveau lui arrivait presque au menton. Il marcha en direction de l'objet, écartant des bras un des canots qui gênait sa progression.

— Devant toi, Jim !

— Je le vois. Je vais tenter de l'attraper.

Il s'immergea en entier de manière à pouvoir toucher du doigt la masse sombre et, quand il l'eut saisie, il la fit remonter avec lui.

Mon rythme cardiaque s'accéléra encore lorsque j'aperçus des épaules et l'arrière d'un crâne aux cheveux noirs. James tâtonna pour trouver une meilleure prise sur le cadavre – attendu qu'il était bien question de cela –, puis, l'ayant agrippé d'une main à l'encolure de son habit, de l'autre au ceinturon, il le poussa devant lui tel un rondin de bois. Quelques joncs s'étaient enroulés autour d'un des mollets roidis, et il fallut qu'il le secoue énergiquement pour le dégager.

Une fois le corps ramené vers le bord, j'aidai comme je pus mon camarade à le sortir de l'eau. Quand James eut regagné le plancher des vaches, nous tirâmes le noyé pour l'éloigner du rivage.

Je me plantai devant lui avec une agitation sans pareille.

Il gisait sur le ventre, la face enfouie dans l'herbe haute et on ne distinguait pas les traits de son visage. Cependant j'avais déjà reconnu le pantalon de coutil et la veste de velours tabac dont il était revêtu. Il ne fallait pas être grand clerc pour deviner qui était celui que l'on venait de repêcher.

James, toujours en caleçon marinière, essora les pans de sa chemise, puis il me fit signe de reculer d'un pas.

Au moment où il retourna la dépouille sur le dos, le soleil qui perçait à travers les frondaisons illumina en plein le luxuriant pelage dont l'inconnu était couvert sur les parties visibles.

Il n'était pas immergé depuis assez de temps pour que la putréfaction ait entamé son œuvre ; les chairs n'étaient pas encore boursouflées, et la rigidité cadavérique lui conférait même une sorte de maintien noble et digne.

Ce qui était le plus frappant, hormis cette foisonnante fourrure qui avait sur les gens un véritable pouvoir hypnotisant, comme la plupart des ouvrages consultés le spécifiaient, c'était l'aspect juvénile de l'individu. Il paraissait vingt ans à peine.

Son visage avait perdu cette expression de brutalité rugueuse qu'il affichait quand nous l'avions aperçu la première fois. Ses yeux d'un noir profond semblaient adjurer le ciel pour y quérir le réconfort et la consolation dont il avait eu trop peu sa part en ce triste monde.

À cet instant précis, je fus intimement pénétré de la certitude que le jeune homme n'avait pas assassiné Innes Crowrie et qu'il n'était en rien coupable de sa mort. C'était cela qu'il avait cherché à me faire comprendre depuis cette nuit-là.

James s'empressa de fouiller les vêtements, mais il n'y trouva pas de portefeuille. Dans la poche droite de la veste, il dégagea une sorte de cagoule intégrale, faite de laine couleur peau et percée de trois ouvertures, deux pour les yeux, une autre pour la bouche.

— Bon, cette fois, on appelle le shérif ! décréta James. Tu n'y vois rien à redire, j'espère ?

— On appelle le shérif.

IX

AU PALAIS DE JUSTICE

Il n'y avait aucune cabine téléphonique dans les environs. Aussi, après qu'il eut renfilé son pantalon, James alla-t-il appeler les forces de l'ordre de l'une des maisons voisines, en l'occurrence celle du maître stentor et de son chien aboyeur. Une vingtaine de minutes plus tard, deux voitures à la livrée noir et blanc ainsi qu'un fourgon ambulancier débarquèrent du plus proche avant-poste de la police du comté, établi à Malibu, et le convoi se rangea en file indienne sur la route de terre qui bordait le lac.

Nous entreprîmes de raconter les circonstances de la découverte du corps au shérif adjoint Trenton – celui-là même qui, selon le récit d'Eddie White, avait été le premier sur les lieux la veille au matin –, mais nous savions que nous n'en étions pas quittes pour autant. À la suite de notre déposition, le policier avait aussitôt avisé l'inspecteur du bureau de la brigade criminelle, au palais de justice, à qui avait été confiée l'enquête sur le meurtre d'Innes Crowrie.

Lequel inspecteur n'arriva qu'au bout d'une bonne heure, alors que le soleil couchant n'était plus qu'un cercle de cuivre en fusion au-dessus des collines, à la pointe occidentale du plan d'eau. Il était escorté d'un agent en tenue et d'un petit chauve avec une sacoche de cuir.

Le sergent Terrence Latimer était plus jeune que ce à quoi je m'attendais. La trentaine élancée, il portait un feutre mou et, sous son pardessus de gabardine claire, un élégant complet-cravate. Il écouta le rapport de son collègue de secteur, examina la berge et les abords de l'embarcadère, puis rejoignit le petit homme à l'arrière du fourgon, où Trenton et ses auxiliaires avaient transporté la dépouille pour la soustraire au regard des rares badauds attirés par le remue-ménage. Après un assez long conciliabule, le sergent Latimer redescendit du fourgon et donna consigne à l'ambulancier de gagner, avec le petit chauve à son bord, la morgue du comté.

Le visage du policier était resté impassible, et l'on aurait cherché en vain à lire ses intentions dans son regard gris-bleu.

Ayant accompli toutes ces opérations sans la moindre précipitation, comme si notifier dans un rapport la mise au jour d'un cadavre aux allures de lycanthrope relevait pour lui de la routine, il s'approcha enfin de l'endroit où l'on nous avait cantonnés, près du lac. Pour mon camarade, cela faisait longtemps qu'il n'était plus d'humeur à attendre sagement les bras croisés. Planté devant la berge, il s'était lancé dans une séance de ricochets. La bonne nouvelle, c'était que sa chemise avait eu le temps de sécher.

Le sergent consulta avec intérêt nos papiers et les photostats de nos licences d'enquêteurs que James avait été récupérer dans la boîte à gants de la voiture pour les produire devant Trenton.

— Selon la déclaration que vous avez faite au shérif adjoint, annonça Latimer d'une voix claire, vous prétendez avoir manqué renverser cet individu dans la nuit de dimanche, aux environs de minuit. Il aurait surgi en plein brouillard d'un chemin de terre situé là-haut.

— C'est la vérité, approuvai-je. Il a traversé la grand-route devant notre voiture, puis s'est enfui en direction du lac.

Conservant à la main nos papiers, Latimer avait extrait de sa poche de manteau un paquet de cigarettes Domino et il en alluma une, dont il tira une longue bouffée. J'en profitai pour faire de même.

— Revenons, si vous le voulez bien, au motif pour lequel vous vous trouviez de nouveau sur les lieux, aujourd'hui mardi.

— Il s'agit d'une longue histoire, que nous avons déjà rapportée au shérif adjoint. Mais j'imagine que c'est une manière de nous encourager à tout reprendre depuis le début.

— C'est exactement cela, messieurs. Reprenez, je vous prie. Je suis tout ouïe.

Nous réitérâmes le récit des deux jours précédents, en commençant par notre première rencontre avec celui que nous avions pris cette nuit-là pour une créature surnaturelle. Comme j'estimai que mêler le nom de Stuart, ou celui du *Citizen-News*, à l'affaire ne ferait que compliquer les choses, je passai sous silence sa collaboration et affirmai avoir eu connaissance le lendemain par nos propres moyens du meurtre d'Innes Crowrie. Ensuite, je narrai ma visite à l'*Angels Club*, exposai mon hypothèse à propos de l'affection dont pourrait souffrir notre inconnu, puis James raconta sa fouille méticuleuse du terrain devant le lac et l'heureux hasard qui lui avait fait entrevoir le corps du noyé, près de l'embarcadère, à quatre pieds de profondeur.

Latimer nous laissa parler sans nous interrompre, toutefois il ne put réprimer quelques mouvements de tête désapprobateurs au moment d'apprendre comment nous avions recueilli des renseignements sur la personne de Miss Crowrie, et, surtout, de quelle manière j'avais été interroger Sam Llewellyn dans l'enceinte de son cabaret.

Le soleil avait commencé à ronger la crête des reliefs, et le ciel, qui s'était paré d'une fine dentelle de nuages, s'irisait au-dessus de nos têtes de traînées purpurescentes.

— Le Dr Merchant, du bureau du coroner, estime que la mort de ce garçon remonte à environ deux jours, déclara Latimer. Ce qui pourrait coïncider avec le moment où vous dites qu'il s'est jeté devant votre voiture, et aussi avec l'heure approximative de la mort d'Innes Crowrie, telle qu'elle est notifiée dans le rapport d'autopsie. D'autre part, d'après le rapide examen auquel il s'est livré dans le fourgon ambulancier, le toubib n'a pas constaté de blessures externes. Au premier juger, la victime serait morte par noyade. Pour s'en assurer, cependant, il a fait transporter le corps dans les locaux de la morgue centrale.

Il nous rendit nos papiers et les photostats de nos licences, avant d'ajouter :

— Mais je ne vous cache pas que, au regard des informations dont vous étiez détenteurs, vous auriez été mieux avisés d'alerter la police immédiatement au lieu d'agir pour votre propre compte. Ces certificats ne vous autorisent en aucune manière à exercer sur le territoire de la Californie. Vous n'étiez pas sans ignorer ce détail, n'est-ce pas ?

Ne nous laissant pas le loisir de répliquer, il s'éloigna en direction de son véhicule. Nous restions sous la surveillance de l'agent en uniforme avec lequel il était arrivé.

Trenton et ses hommes attendaient que l'inspecteur de la criminelle ait décidé de la suite à donner aux événements.

— J'ai comme l'impression que les choses n'empruntent pas le bon chemin, me glissa sobrement James.

Latimer contacta le central de sa radio embarquée et demeura de longues minutes le microphone à la main. La distance nous empêchait d'entendre ce qui se disait, pourtant il apparaissait clairement que son correspondant ne brillait pas par l'égalité de son humeur, ni la jovialité de son caractère.

Dès qu'il eut terminé, il échangea quelques mots avec Trenton, avant de revenir vers nous.

— Le capitaine Chambers réclame de vous entendre lui-même dans son bureau, au palais de justice de Los Angeles. Je vous demanderai donc de me suivre. Vous êtes garés quelque part ?

— Là-haut, près de la route, répliqua James.

— Agent Povey, fit Latimer en se tournant vers son subordonné. Vous partez avec monsieur et vous me suivez dans son véhicule. Quant à vous, Mr Singleton, veuillez venir avec moi !

Avant d'emboîter le pas à l'agent Povey, mon acolyte arma un dernier tir de galet. Celui-ci effectua sept rebonds sur le miroir du lac, où se réfléchissaient les derniers rayons du soleil. James venait d'améliorer son record personnel.

Alors que, durant le trajet, je m'attendais à essuyer de nouveau les critiques du sergent Latimer, celui-ci se borna à s'enquérir de la maladie dont souffrait le jeune homme. Mais, plus particulièrement, il me questionna sur le genre d'affaires dont nous nous occupions à Londres. Il avait lu adolescent toutes les histoires policières d'Arthur Conan Doyle, et il se montrait curieux de savoir si, en Europe, la réalité était aussi éloignée de la fiction qu'elle l'était en Amérique.

Le coupé Oldsmobile roulant dans notre sillage, nous atteignîmes presque en même temps le palais de justice. L'heure de la sortie des bureaux était passée et le parc de stationnement réservé, le long de Spring Street, offrait de nombreuses places libres. Les deux véhicules se rangèrent en face de l'entrée de service.

Loin de l'élégance du City Hall, avec ses trente-deux étages Art déco et son pinacle pastichant le mausolée d'Halicarnasse qui, de l'autre côté de la rue, était devenu en une décennie l'emblème de Los Angeles, le Hall of Justice avait peu d'arguments à faire valoir, si ce n'était qu'en dépit de sa laideur et de ses disproportions frappantes – allez savoir pourquoi la colonnade de sa façade ne commençait qu'au septième étage ! –, son aspect de gigantesque cube inamovible en imposait malgré tout.

James et moi, encadrés par l'agent Povey et le sergent Latimer, pénétrâmes dans le bâtiment au sol reluisant de marbre blanc et au plafond à caissons dorés. Ils nous dirigèrent vers une rangée d'ascenseurs près desquels, au-dessus d'un comptoir en bois laqué, un grand tableau affichait les informations nécessaires pour s'orienter dans cette immensité. J'appris de la sorte que les bureaux du procureur de district occupaient le cinquième étage, et ceux du shérif le sixième ; au septième se trouvaient les divers tribunaux, au huitième les salles de presse et, au-dessus encore, trois étages de cellules.

Quand nous fûmes rendus au sixième, Latimer nous escorta jusqu'au bout d'un long couloir, devant une porte où il était écrit en lettres noires capitales, sur trois lignes superposées : « Capitaine Frank Patrick Chambers. Chef détective de la brigade criminelle. Bureau du shérif du comté de Los Angeles ».

Il frappa. N'obtenant aucune réponse, il ouvrit et nous convia à le précéder.

La pièce, pas très spacieuse, était d'une propreté impeccable, et il planait à l'intérieur une puissante odeur de produit nettoyant.

Le mobilier était composé d'un bureau en noyer, sur lequel trônait deux téléphones et des dossiers disposés de manière aussi rectiligne que possible autour d'un sous-main en cuir, et trois chaises avec des pieds chromés. Sur le mur de droite, les rayonnages d'une armoire étaient garnis de nombreux autres dossiers empilés, tandis que, sur la cloison en vis-à-vis, des étagères arboraient une collection de trophées qui semblaient briqués une fois par heure avec le plus grand soin. Sur les autres murs, une quinzaine de photos encadrées représentaient le même homme, vraisemblablement le chef détective, à différentes périodes de sa vie, mais aussi à différents stades de son embonpoint. Parmi les personnalités en compagnie desquelles le sujet prenait la pose, j'identifiai Clement C. Young, l'ancien gouverneur de l'État au tournant des années 1930, dont j'avais déjà vu quelque part le portrait, et l'actrice du muet Mabel Normand à l'époque de sa splendeur. Sur une autre série de clichés, représentant des arrestations musclées de dignes représentants de la grande truanderie du comté, les légendes précisaient qu'il s'agissait des captures de Teddy « Deux Flingues » Robertson, des sbires de Charlie Crawford ou des redoutables frères Gans.

De l'autre côté de la table se tenait un fauteuil pivotant, et, encore derrière, une croisée à panneau coulissant donnait sur les échafaudages du building fédéral, dont la construction était presque achevée et qui dépassait d'une tête le palais de justice. Du fauteuil, en se pliant légèrement sur sa gauche, le seigneur des lieux devait également avoir vue sur la tour du City Hall, dans laquelle avaient emménagé quelques mois auparavant l'état-major du LAPD et le bureau des homicides. Pour un peu, les chefs de la brigade criminelle de la mairie et de celle du shérif auraient pu se narguer de leurs fenêtres respectives.

Dans un angle se trouvait un pupitre avec un tabouret à trépied, et sur le pupitre, une machine de sténotypie.

— Latimer ! Vous vous êtes arrêté en chemin pour cueillir des fraises, ou quoi ? clama une silhouette pansue qui venait d'apparaître dans l'encadrement de la porte, une minute à peine après notre arrivée.

— Je n'ai fait que respecter les limitations de vitesse, capitaine, répondit Latimer, son feutre à la main.

C'était bien l'homme que l'on apercevait sur les photographies, avec encore quelques tours de ventre supplémentaires. Il hocha les épaules au risque de se les déboîter en même temps qu'une ou deux cervicales, puis il traversa la pièce pour laisser choir ses deux cent quarante livres de viande dans son fauteuil. Celui-ci couina affreusement, sans doute pour prévenir son propriétaire qu'il ne continuerait plus très longtemps à endurer pareil traitement.

Le capitaine Chambers avait la soixantaine bien tassée et affichait le visage marqué de celui qui a passé son existence à traquer le crime et la corruption. Une moitié de son cerveau – et quatre-vingt-dix pour cent de son organisme perclus – aspirait à jouir désormais d'une retraite amplement méritée dans un endroit sauvage, au bord d'une rivière gorgée de truites et de poissons-chats. Mais une autre moitié, la plus dominatrice, considérait que ce n'était toujours pas le moment, que le bon fonctionnement du service ne s'en remettrait pas, de même que la sûreté du comté, la marche du pays ou la course des planètes, et ce conflit intérieur semblait la source de bien des contrariétés.

Chambers n'avait presque plus de cou, et la géométrie de son visage reposait sur de larges mâchoires, des lippes pendantes, un long nez à la base épatée et deux yeux bruns dont la cornée virait au jaune. Ses cheveux, d'un ton terreux et d'une longueur dépassant d'un doigt les standards de la mode, étaient coiffés vers l'arrière, mais une mèche lui glissait invariablement sur le front. Pour le reste, il portait une cravate noire à pois blancs, qu'il écartait sans cesse du col de sa chemise blême sans se résoudre à la desserrer, et un gilet trop étroit.

J'avais quelque mal à imaginer que ce bureau si bien ordonnancé appartenait à l'hominidé que nous avions devant nous.

— À quoi sert qu'on dépense l'argent du contribuable à installer des sirènes dans les voitures banalisées, si c'est pour les respecter, les limitations de vitesse, sacredieu ! Bon, asseyez-vous !

Nous nous exécutâmes, James et moi.

Latimer s'installa sur la troisième chaise, qu'il avait tirée vers l'angle du bureau, en prenant soin de laisser suffisamment d'espace entre lui et le chef de la brigade.

L'agent Povey, quant à lui, s'était évaporé. Ou, plus précisément, il s'était métamorphosé en un héron à barbiche venu s'installer en catimini derrière le pupitre.

— Alors c'est vous, les Sherlock Holmes et Watson à la gomme ! attaqua le capitaine Chambers.

— Si vous entendez par là que je serais Holmes, et lui le Dr Watson, ça me va ! fit mon acolyte.

— J'entends surtout par là que vous avez marché joyeusement sur les plates-bandes de la police du comté et que je n'aime pas ça. Le sergent Latimer m'a rapporté la situation. Il a l'air plutôt disposé à croire votre version, mais moi, en ce moment précis, je serais surtout d'avis de retenir les charges qui pèsent contre vous : recel d'informations, obstruction à une enquête de police…

— Nous n'avons fait que ce que nous estimions juste, capitaine, et rien d'autre ! plaidai-je. Après avoir aperçu cette créature l'autre nuit, nous ne nous voyions pas venir vous expliquer que, selon nous, un loup-garou hantait les abords du Malibu Lake.

— Hum… un loup-garou. Le corps de ce noyé avait donc l'air si bizarre ?

Le capitaine s'était adressé à son inspecteur.

Je m'apprêtais à sortir les cigarettes de mon manteau, mais Latimer, qui avait deviné mes intentions, m'en dissuada d'un geste. Je constatai alors qu'il n'y avait pas un seul cendrier sur le bureau, me rappelai la propreté tatillonne des lieux, et remisai le paquet.

— Mr Singleton prétend que l'individu souffrait d'une maladie rare appelée « syndrome d'Ambras », qui lui donnait cette apparence animale. Il était recouvert d'un épais pelage sur le visage et une partie du corps.

— Comme dans ce film débile ? Comment s'appelle-t-il déjà… ?

— *Le Monstre de Londres* ! dis-je. Cette affection fut d'ailleurs à l'origine des légendes qui courent sur la lycanthropie. La cagoule que nous avons trouvée dans sa poche de veste devait lui servir à dissimuler sa figure quand il se montrait à des étrangers et à ne pas susciter l'épouvante.

— Bonté divine !

Il avait ponctué son interjection d'un profond raclement de gorge. Écartant sa panse de la table, il chercha des yeux quelque chose à ses pieds. L'objet en question s'avéra être un crachoir en inox qui manifestement ne se trouvait pas du bon côté, car après s'être contorsionné pour le ramasser, il le souleva, expédia à l'intérieur une infâme gelée verte puis le déposa de nouveau, cette fois-ci à l'autre coin du bureau.

— Le Dr Merchant a établi sur place les premiers relevés anthropométriques, enchaîna Latimer, impavide. Les mains – palme, paume et empan – étaient d'une taille normale pour quelqu'un de son gabarit – cinq pieds, neuf pouces. Il paraît donc évident que le gant saisi hier matin près du corps ne lui appartenait pas. Pour le reste, les mesures correspondent très exactement aux habits masculins découverts à l'intérieur du cottage.

— Suffit, Cunningham ! rugit Chambers à l'intention de l'échassier qui avait pris place derrière nous. Vous taperez sur votre bécane quand je vous commanderai de le faire.

Le sténotypiste, qui avait à peine eu le temps de frapper quelques mots, se replongea aussitôt dans un silence complet.

— Les habits masculins ? s'étonna James. N'était-ce pas Innes Crowrie qui vivait dans cette maison ?

— Outre quelques affaires appartenant à Miss Crowrie, fit Latimer, on a retrouvé un sac de voyage en toile contenant des vêtements d'homme, un nécessaire de toilette, un bouquin et une gazette sportive de Los Angeles datée du 29 novembre. Miss Crowrie avait loué le chalet auprès d'une agence de Calabasas le lundi 28, mais on suppose que c'est ce garçon qui l'a occupé avant qu'elle ne se joigne à lui les derniers jours. Ils se nourrissaient de boîtes de conserve ou de viande séchée. Et ils se faisaient très discrets : personne dans le voisinage ne les a jamais aperçus.

— Des tourtereaux vivant d'amour et d'eau fraîche, commenta mon camarade.

— Plutôt des êtres qui se sentaient menacés, prêts à déguerpir à n'importe quel moment, corrigeai-je. Innes Crowrie a disparu sans prévenir ses patrons. Peut-être cherchait-elle à leur échapper ? J'ai le sentiment que Sam Llewellyn, le propriétaire de l'*Angels Club*, n'est pas franc du collier.

— Mouais ! Sauf que vos suppositions, pour moi, c'est de la roupie de sansonnet, fulmina le capitaine. Dois-je vous rappeler que vous n'aviez aucun droit d'aller jouer les détectives dans ce tripot ? Ni là-bas, ni ailleurs ? Llewellyn a été condamné il y a quelques années pour trafic de photos obscènes, il trempe encore dans quelques combines, on le soupçonne aussi de jouer les souteneurs, mais rien que de très habituel à Los Angeles. Si on devait enfermer tous les filous de son espèce, les prisons de la ville, du comté et de l'État réunies n'y suffiraient pas.

Chambers laissa échapper un nouveau bruit de gorge, encore plus déchirant que le premier. Il pencha le buste à bâbord et visa le crachoir pour se débarrasser de l'excédent.

J'ignorais si c'était une habitude chez le chef détective de scander ses interventions de manière aussi peu ragoûtante, ou bien s'il souffrait réellement d'un encombrement des bronches.

— Vous n'avez donc aucune idée de l'identité du noyé ? interrogea James. Pas de permis de conduire parmi les affaires retrouvées dans le cottage, ni quoi que ce soit d'autre ?

— Pas plus qu'il n'en avait sur lui quand vous l'avez repêché, répondit Latimer.

— L'*Angels Club* exhibe des monstres humains, dis-je. Il est possible que le garçon travaillait lui aussi dans ce cabaret.

— Comptez sur nous pour y réfléchir ! fit Chambers.

Il essuya un filet d'écume sur le bord de sa babine avant d'enchaîner :

— Je me suis entretenu avec le shérif Biscailuz et le délégué du coroner avant que vous n'arriviez. La consigne est d'en finir au plus vite avec ce dossier. Donc, au vu des derniers événements, et parce que je suis dans un bon jour, je vais en rester là avec vous, messieurs. Sans le vouloir, vous nous aurez permis de boucler cette affaire en cinq sec. Même ceux d'en face, dans leurs bureaux pimpants, n'auraient pas touché au but aussi vite. J'en viendrais presque à regretter d'avoir laissé à l'écart les journalistes.

— Boucler cette affaire ? Je crains de ne pas comprendre, m'exclamai-je.

— Eh bien, quoi ! Il est patent que celui dont vous avez remonté le corps est celui-là même qui a égorgé cette fille, l'autre soir. Une dispute entre *freaks*, et hop ! Pris d'une pulsion incontrôlable, votre « syndrome de je-ne-sais-quoi » lui a fendu la trachée. Ensuite, affolé, épouvanté par ce qu'il venait de faire, rongé par le remords – si tant est que ces bêtes de foire ressentent quelque chose qui se rapproche d'un pareil sentiment –, il est allé se jeter dans le lac. Si le rapport d'autopsie confirme que votre gaillard est mort par noyade, alors oui, cette enquête sera close. Vous ne croyez pas qu'on a d'autres chats à fouetter ?

J'étais consterné. Il était indubitable que ce garçon constituait le parfait coupable. Moi-même, mon premier réflexe n'avait-il pas été de lui faire endosser la responsabilité de la mort d'Innes Crowrie ? Mais cela, c'était avant que je découvre qu'il était lui aussi un monstre de la nature, avant que je devine l'épreuve qu'avait été son existence. Surtout, c'était avant d'être enfin capable d'interpréter le message que son regard désespéré exprimait l'autre nuit et que, cet après-midi même, son cadavre étendu sur l'herbe essayait de faire passer, par-delà la mort, à qui pourrait l'entendre. S'il y avait une chose que les deux années écoulées m'avaient enseignée, c'était de me fier à moi-même ; ne plus rejeter mes rêves, mes visions, m'en remettre à ces images qui quelquefois s'insinuent dans mon esprit et s'y enracinent sans aucune explication. En la circonstance, j'avais une foi absolue en ceci : le jeune homme était innocent. Dans quelle mesure pouvais-je faire partager cette conviction à l'obtus capitaine Chambers ? Pour le moment, c'était tout simplement au-dessus de mes forces.

— Et les nains dont Llewellyn vous a livrés les noms ? fit James.

— Crénom de nom ! J'allais les oublier, ces deux-là ! Latimer, il faut que vous vous occupiez de faire sortir Random et Brisbee avant qu'ils aient rendu complètement maboules les équipes de garde. Ils ont chanté à tue-tête des airs d'opérette toute la journée, et un imbécile n'a rien trouvé de mieux que de leur apporter du thé et des biscuits à la cannelle afin de les empêcher de braire. Bravo pour l'image de marque des prisons du shérif !

Latimer ne put retenir sa surprise.

— Ne serait-il pas plus prudent de les garder jusqu'à l'avis du légiste, capitaine ?

Chambers se saisit d'une feuille sur laquelle on avait griffonné quelques lignes.

— Selon le premier rapport d'autopsie, la fille aurait été tuée aux environs de minuit – ce que votre propre déclaration sur l'incident de Mulholland Highway semble confirmer, vous deux. Or, à ce moment-là, Timothy Random et Joey Brisbee prétendaient se trouver sur un plateau de la MGM en compagnie d'une bande de nabots qui tournent dans une adaptation du *Magicien d'Oz*. Pendant que vous étiez partis, Latimer, on a mis la main sur l'agent de sécurité qui bossait ce soir-là. Le type a confirmé leurs dires : dimanche, à zéro heure précise, il a dû jeter dehors quinze pygmées ronds comme des queues de pelle qui risquaient de mettre le décor en charpie. Et il se souvient parfaitement de nos énergumènes : c'étaient Random et Brisbee qui menaient la danse ! Comme, de surcroît, le studio n'est pas décidé à porter plainte…

— Mais le gant déchiré que vous avez trouvé sur les lieux du crime, invoquai-je, n'était-ce point un modèle de petite taille ?

— En tenant compte de tous les éléments à notre disposition, ce fichu gantelet est la seule pièce du puzzle qui ne s'imbrique pas avec le reste, c'est donc qu'il n'a rien à y faire. Puisque aucune empreinte n'a été relevée sur l'arme du crime, n'importe quelle paluche, quel que soit son format, a pu se servir du poignard. Je ne sais pas comment ils procèdent à Scotland Yard, mais ici, dans les bureaux du shérif du comté de Los Angeles, c'est comme ça qu'on opère.

Chambers profita de l'encombrement de son arrière-gorge pour expédier un nouveau lot de glaires. J'avais un haut-le-cœur rien qu'en me représentant le contenu du crachoir.

— À présent, messires Singleton et Trelawney, veuillez me débarrasser le plancher ! Et n'oubliez pas ceci : vous ne changez pas d'adresse sans nous en aviser, vous restez corrects avec la laitière et surtout vous vous tenez à l'écart des enquêtes de la police du comté. Si j'entends vos noms prononcés ne serait-ce qu'une seule fois, je vous promets que je vous ferai goûter au confort de nos geôles.

Nous sortîmes sans réclamer notre reste. Le sergent quitta le bureau derrière nous et nous accompagna jusqu'aux ascenseurs.

— Qu'est-ce qu'il a, votre patron, à expectorer comme un catarrheux ? s'émut James.

— Allergies.

— À la poussière ?

— Au crime qui prolifère.

Latimer appuya sur le bouton de l'ascenseur.

— Quoi qu'il en soit, je ne saurais trop vous suggérer de suivre son conseil. Le capitaine Chambers est un peu spécial, j'en conviens, mais c'est un flic chevronné. Tout semble indiquer que votre individu est l'auteur de ce meurtre.

Je m'abstins de tout commentaire. Pourtant, ce n'était pas l'envie qui me manquait de lui souffler au nez une bonne fois pour toutes : *« Permettez-moi de ne pas être de cet avis, sergent Latimer ! Je suis au contraire persuadé qu'il n'a pas tué Innes Crowrie. Ce qui signifie donc, s'il ne l'a pas fait, lui, que c'est quelqu'un d'autre qui l'a assassinée ! »*

— Quand recevrez-vous le rapport du légiste ? me contentai-je de dire.

— À l'heure qu'il est, le Dr Merchant doit être en train de pratiquer l'autopsie. Puisque le bureau du coroner a décidé d'aller vite, nous aurons probablement les conclusions dans la soirée, au plus tard demain matin. Après cela, il est possible que vous soyez convoqués pour déposer sous serment.

— Si les deux nains que vous avez arrêtés n'y sont pour rien, pour quelle raison Sam Llewellyn vous a-t-il fourni leurs noms ? s'enquit James.

— Je présume que lui et sa femme avaient une dent contre eux, et que c'était une manière de leur rendre la monnaie de leur pièce. Ce gant était le seul indice dont nous disposions, il était normal que nous l'exploitions. Mais il s'agissait vraisemblablement d'une fausse piste.

— Alors votre enquête s'arrête là ! fis-je, désappointé.

— En attendant l'expertise du légiste, je vais chercher si le noyé avait un lien avec l'*Angels Club*. Dans le cas contraire, je peux lancer un signalement par télétype aux divers postes du comté. Vu son allure peu ordinaire, on devrait trouver quelqu'un en mesure de l'identifier. Malheureusement, dans l'hypothèse où le bureau du coroner classe rapidement l'affaire, je n'aurais ni le temps ni les moyens d'aller au-delà.

Je songeai que Stuart, à ma demande, avait entrepris des recherches cet après-midi pour établir si un individu souffrant d'hypertrichose était connu dans l'entourage de Sam Llewellyn et qu'il suffisait de lui téléphoner pour connaître les résultats, mais, là non plus, je me gardai de rien dire.

La grille d'un ascenseur venant des étages supérieurs s'ouvrit avec un fracas métallique.

— Vous descendez ?

— Non, je grimpe au onzième pour m'occuper de la levée d'écrou. Demain, si le coroner requiert une déposition sous serment de votre part, je vous laisserai un message à votre hôtel. Bonne soirée, messieurs.

— M'autorisez-vous une dernière question ? ajoutai-je.

— Allez-y !

— Vous avez parlé d'un livre retrouvé dans les affaires du garçon. Vous rappelez-vous de quoi il s'agissait ?

— Bien sûr, c'était un roman : *L'Homme qui rit*. Avec des photos de ce film muet tourné il y a quelques années.

— Son aspect était-il usagé ?

— Que voulez-vous dire ?

— Le livre semblait-il avoir été souvent manipulé ?

— Effectivement. Mais quelle importance cela a-t-il ?

— Aucune. Bonne soirée, sergent.

Nous entrâmes dans la cabine. Le liftier referma la grille et actionna la manivelle dès que nous l'eûmes prié de nous conduire au rez-de-chaussée.

— Il n'est pas loin de sept heures, grogna James en regardant sa montre. On y aura passé l'après-midi entier, et Barnaby, roi de la fringue, est bon pour trois tickets supplémentaires de ma poche.

— C'est toi qui tenais tant à prévenir les hommes du shérif, je te rappelle.

— D'accord, d'accord. Toujours est-il que je meurs de faim, moi. Je te propose d'aller chez *McDonnell's*, sur la Quatrième Rue. Rien de mieux qu'un bon pavé de bœuf du Texas servi avec une montagne de frites pour se refaire une santé.

— Je préférerais ne pas m'éloigner du palais. Si j'ai bonne mémoire, il y a un snack à l'angle de Broadway et de Temple Street. Ce sera l'endroit idéal.

— Idéal pour quoi ?

— Pour ne pas les rater quand ils sortiront.

— Mais de qui est-ce que tu parles, Andy ?

— De Random et Brisbee !

X

OÙ L'ON APPREND QUE LES NAINS AUSSI FONT DE LA POLITIQUE

Les réverbères illuminaient les abords du palais, ainsi que la grande esplanade qui flanquait le distingué bâtiment des Archives. Un léger vent frais agitait les feuilles des palmiers, annonciateur de la saison d'hiver et du Noël qui approchaient à grands pas.

Je remontai le col de mon manteau et m'appuyai sur ma canne pour traverser la chaussée.

Le trafic automobile était conforme à celui d'une soirée de semaine. La rumeur de la cité était scandée par le cliquetis des signaux de circulation qui se déclenchaient à intervalles réglés et le ferraillement des tramways jaunes de la Los Angeles Railway.

En fait de snack, c'était un bar à tacos qui faisait l'angle des deux rues, flanqué du côté de Broadway d'une épicerie fine et, du côté de Temple Street, d'une boutique de chaussures. Ce type d'établissement était en général bondé le midi, situé qu'il était en plein cœur du quartier administratif, mais, le soir venu, après le reflux des employés vers les quartiers dortoirs, la fréquentation était bien moindre. Celui-ci, avec ses murailles peintes à la brosse dans des tons pastel, offrait même une ambiance plutôt *cosy*.

De derrière la vitrine, on jouissait d'une vue imprenable sur l'hôtel de ville, que de puissants projecteurs extérieurs revêtaient d'étincelants habits de gala, et on pouvait surveiller les façades ouest et sud du Hall of Justice, les deux uniques sorties que Random et Brisbee étaient susceptibles d'emprunter pour retrouver l'air libre.

Ne voulant plus se séparer du coupé Oldsmobile – à moins que ce ne fût du sac contenant le smoking –, James m'avait laissé prendre les devants, le temps de récupérer la voiture sur le parc de stationnement du palais, puis il avait trouvé une place à deux pas du restaurant. Une fois que nous eûmes commandé et réglé à la patronne, qui n'avait rien d'une Mexicaine, un plateau de tacos, des cornets de frites et deux bouteilles de Pacífico, nous dédaignâmes la salle et ses prometteuses banquettes de moleskine pour prendre place sur de hauts tabourets, près de la vitre extérieure.

Un téléphone à pièces reposait au bout de la longue table snack. J'en profitai pour appeler Stuart sans quitter l'édifice des yeux. Je le trouvai au journal, attendant mon coup de fil. Je lui exposai en quelques mots la situation, la découverte du cadavre sur la rive du Malibu Lake, nos tracasseries dans le bureau de Chambers et l'ignorance dans laquelle nous étions toujours au sujet de l'identité du noyé. Je le rassurai en outre sur le fait que nous n'avions pas cité son nom et que, en contrepartie, il devait continuer à garder secrète sa contribution, en espérant que Latimer ne se mettrait pas en tête de vérifier point par point notre témoignage.

De son côté, il me fit part des résultats de son enquête concernant les employés de Llewellyn. Il avait recensé, en sus des couples de siamois et des quelques serveuses que nous avions croisées, deux femmes-troncs, une fille à peau de léopard, une autre avec une corne sur le front – ce qui, selon son appréciation personnelle, aurait pu constituer un duo détonant avec Dame Llewellyn –, et une « femme caoutchouc » du nom de Suzan Morris dont le derme était tellement élastique qu'en certaines parties du corps elle pouvait le décoller d'une distance de dix pouces. Ajoutez à cela une mini-troupe de danseuses de french cancan unijambistes et quelques strip-teaseuses aux tailles de bonnet hors catégorie. Mais, dans le lot, aucune trace d'un individu souffrant du syndrome d'Ambras. Ni dans le cercle de l'*Angels Club*, ni même dans celui des deux seuls autres *freak shows* à cent lieues à la ronde, l'un à Bakersfield et l'autre à Fresno, et auprès desquels il s'était déjà renseigné.

Stuart offrit de continuer dès le lendemain matin les recherches et, comme il insistait pour nous rejoindre séance tenante près du palais, j'expliquai que nous avions d'abord une affaire urgente à régler. Nous convînmes de nous retrouver à neuf heures dans un bowling de Wilshire Boulevard où James et lui avaient leurs habitudes.

Je remerciai notre ami et revins m'asseoir sur le tabouret.

— À première vue, Llewellyn est davantage porté sur les créatures de sexe faible pour peupler son cabaret, confiai-je. Selon Stuart, personne répondant à la description d'un homme-loup ne paraît avoir appartenu à l'équipe de l'*Angels Club*, pas plus qu'on n'en a entendu parler dans d'autres lieux d'exhibition de la Californie du Sud.

— Il n'est pas à exclure que Llewellyn et sa femme à queue soient finalement hors du coup, fit James en croquant dans un nouveau taco qu'il avait été se chercher pendant que je téléphonais. De la même façon qu'il se pourrait que Chambers soit dans le vrai : c'est certainement notre « loup-garou » qui a assassiné cette fille. Du reste, sans vouloir te contrarier, c'était aussi ton opinion pas plus tard que ce matin.

— C'était avant qu'on ne mette la main sur son cadavre. Depuis, une petite voix martèle dans mon esprit que, malgré les apparences, ce n'est pas lui qui a commis ce crime.

— Une intuition, Andy ! Seulement une intuition. Mais es-tu bien sûr de vouloir la suivre jusqu'au bout, celle-là ? Tu as entendu l'avertissement de ce sympathique capitaine. Il se ferait une joie de nous expédier au trou en apprenant que nous poursuivons l'enquête.

— Si nous ne cherchons pas à faire la lumière sur ce qui est arrivé à Miss Crowrie et à ce garçon, qui donc le fera ? Même une fois mortes, on dirait que tout le monde se contrefiche de ces deux créatures ! Eh bien, puisque la police s'en lave les mains, c'est à nous, Jim, de découvrir ce qui s'est réellement passé l'autre soir dans le cottage. Sans doute était-ce un signe du destin si notre voiture est passée par là, à ce moment précis.

— Un signe du destin ? Comme tu y vas ! Pour ce qui me concerne, permets-moi de continuer à penser que ce garçon avait l'air de quelqu'un qui venait de commettre un acte d'une cruauté sans nom lorsqu'il a surgi devant nous. Sinon, de quelle manière expliquer son regard halluciné, et cette frénésie sauvage qui se dégageait de tout son être ?

Je réfléchis en avalant une gorgée de *cerveza* mexicaine.

— L'effet Koulechov, dis-je.

— L'effet quoi ?

— Koulechov. C'est Stuart qui m'a parlé de ça, lors d'une de ses causeries. Il s'agit d'une théorie sur le montage avancée par les cinéastes soviétiques au temps du muet. On s'est aperçu qu'en réalité le spectateur lit sur le visage de l'acteur une expression qui n'y est pas forcément, mais qu'il déduit du contexte.

— Je ne comprends pas grand-chose à ce que tu me racontes.

— Souviens-toi des minutes qui ont précédé l'instant où cette créature est apparue sur Mulholland Highway, au beau milieu de la nuit : un épais brouillard s'était mis à envahir les montagnes, on s'était trompés de route, on avait choisi un autre itinéraire que celui initialement prévu, un silence funèbre régnait partout autour de nous.

— Ah çà ! Une ambiance angoissante, digne d'un film avec Boris Karloff !

— Tu viens de le dire toi-même : une ambiance angoissante. C'est comme si on avait eu sur l'écran une succession de plans rapprochés d'une même force suggestive : un coin de paysage abandonné, un manteau de brume au-dessus de la route, la lune dans un ciel d'encre… Et soudain, au milieu de ce décor sinistre, une créature fantastique jaillie de nulle part court à perdre haleine dans notre direction. Cet être a l'aspect physique d'un homme-loup, et un air terrifié…

— Tu ne crois pas que tu renverses un peu les choses, là ?

— Pas du tout. C'est lui qui avait l'air terrorisé, mais les autres éléments de la séquence ont influencé notre cerveau et nous avons donné à cette scène une interprétation contraire à ce qu'elle était. Toute la charge négative que l'imaginaire collectif confère à la figure du loup-garou, nous l'avons spontanément affectée à cet inconnu. Pour nous, ce n'était plus lui qui était *terrifié* : il était devenu *terrifiant* !

— Et puis d'abord, par quoi aurait-il été effrayé ?

— Par le crime auquel il venait d'assister ! N'importe qui le serait à sa place. Mieux encore : qui sait s'il n'était pas lui-même talonné par l'assassin qui a égorgé son amie ?

— Pourquoi dans ce cas ne nous a-t-il pas appelé à l'aide ?

— En pleine nuit ? Avec sa tête de lycanthrope ? Il pensait sûrement qu'il n'y avait rien à espérer de notre côté. Dans sa position, il fallait parer au plus pressé, c'est-à-dire fuir.

— Je n'ai remarqué aucun individu qui lui faisait la chasse.

— Son poursuivant nous aura aperçus et se sera caché derrière les arbustes en attendant de nous voir décamper. Nous ne sommes restés en tout et pour tout qu'une poignée de minutes.

— Et comment, selon toi, le garou se serait-il retrouvé au fond du lac ? L'autre lui aurait sauté dessus avant de lui faire boire le grand bouillon ? Le toubib n'a relevé aucune marque de coup sur son corps.

— Il suffit que son adversaire l'ait poussé à l'eau puis empêché de remonter, dis-je. Mais on ne peut pas écarter l'hypothèse que, dans sa fuite désespérée, il soit tombé dans le lac par accident. Latimer a déclaré que les gens des alentours n'avaient jamais croisé les locataires du cottage, ce qui signifie qu'ils ne connaissaient pas bien les lieux. De plus, on n'y voyait pas à deux pas devant soi, cette nuit-là.

— Je concède que ton raisonnement se tient assez, mais permets-moi de rester encore un peu sceptique.

— Bien sûr qu'il se tient, Jim ! Il suffit de se rappeler le visage de ce garçon, cet après-midi. Il avait quelque chose de pur et de fragile. Bizarre, fascinant, stupéfiant… tout ce que tu voudras, certes, mais en rien barbare.

— Et tu penses que ces deux nabots nous permettront d'y voir plus clair ?

— Il faut le souhaiter.

Nous surveillions le palais depuis trois quarts d'heure, et toujours pas de nains à la lumière des candélabres. Nous commencions à croire que Latimer s'était perdu dans les couloirs, ou qu'il avait reçu contrordre à la dernière minute, lorsque deux minuscules silhouettes surgirent du porche donnant dans Broadway, non loin du tunnel qu'empruntent les tramways pour franchir la colline de Fort Moore. C'était sur cette colline que le lieutenant Gillespie et sa troupe avaient tenu garnison, il y avait quatre-vingt-dix ans de cela, au moment d'être délogés à coups de pied par les résidents mexicains de la ville.

Je tirai James par la manche et le pressai hors du restaurant. Nous étions déjà rendus à l'angle de Temple Street que, le signal pour piétons étant au rouge, ils patientaient encore de l'autre côté de la chaussée. Ils avaient peu de chance de nous semer. Lorsque le feu changea de couleur, nous constatâmes que l'un des nains, celui couronné d'une casquette et engoncé dans un épais manteau noir, avançait d'une démarche cahotante, en appui sur une canne.

Le second, habillé d'un costume de toile cirée d'une saisissante teinte jaune assortie à sa cravate et d'un pardessus de laine dont les pans traînaient presque par terre, avait l'air plus fringant. Ils avaient à peu près la même taille, laquelle ne dépassait pas les trois pieds de haut.

Nous attendîmes qu'ils eussent atteint le bord de notre trottoir pour avancer vers eux.

— Mr Random ? Mr Brisbee ?

Celui qui se soutenait sur un jonc, âgé d'une quarantaine d'années, avisa longuement ma propre canne en bois d'érable avant de lever la tête pour m'examiner d'un air circonspect. Celui au costume moutarde, beaucoup plus jeune, attendait en silence que l'autre ait décidé de l'attitude à adopter.

— Je m'appelle Andrew Singleton.

— Et moi, James Trelawney. Nous sommes détectives privés. Nous sortons des bureaux du shérif, où nous avons eu une entrevue avec le capitaine Chambers et le sergent Latimer.

— À propos du corps découvert tantôt dans le Malibu Lake. C'est nous qui l'avons repêché. Enfin, c'est lui surtout.

Comme entrée en matière, cela se posait là, mais notre numéro de duettistes semblait ne faire ni chaud ni froid aux deux individus.

— Pour le compte de qui travaillez-vous ? demanda le nain à la casquette.

— À vrai dire, personne. Nous agissons en notre propre nom.

Il s'était remis à ausculter ma canne du regard.

— Qu'est-ce que vous avez à la jambe ?

— À la cheville. Je me la suis foulée après une mauvaise chute, il y a quelques semaines. Je devrais déjà être guéri. Au lieu de ça, j'ai l'impression que les choses ne s'arrangent guère.

— Souffririez-vous d'un conflit psychique persistant ? dit-il en relevant la tête et en me dévisageant derechef de ses yeux verts rembrunis d'une ligne de sourcils buissonneux. Éprouvez-vous des difficultés à vous libérer de certaines tensions intérieures ?

— Tout le temps, pour être honnête.

Le petit homme s'esclaffa. Sa denture était parfaite, ses mâchoires étaient carrées et musculeuses. Mais sa tête était bien la seule partie du corps qui paraissait harmonieusement équilibrée. Il portait des chaussures orthopédiques munies de semelles de hauteurs différentes pour compenser le fait que la partie droite de son anatomie était sensiblement plus courte que la gauche. En outre, il souffrait d'une gibbosité qu'il tentait de corriger en adoptant à toute force un maintien roide qui devait le fatiguer considérablement.

— Dans votre cas, la douleur à la cheville paraît n'être qu'un symptôme psychogène. Le vrai problème réside ailleurs, peut-être un défaut de flexibilité émotionnelle. À mon avis, une pression au niveau du sacrum en même temps qu'une légère manipulation de l'os cuboïde, et peut-être de l'astragale, permettraient d'endiguer le mal.

— Vous savez faire ça ? dis-je en roulant des yeux ronds.

Il rit de nouveau.

— Pas moi, je ne suis en rien médecin. Mais je m'intéresse de près à la chiropraxie. C'est la seule thérapeutique qui m'ait jamais apporté du réconfort. Sur quelqu'un d'un peu moins distordu que moi, ces techniques sont en mesure d'accomplir des miracles, je vous l'assure.

Je ne savais comment prendre son « un peu moins distordu ».

— Eh bien, je vous remercie du conseil.

— Le Dr Ned Peerless, 657 North Spring Street, chuchota-t-il la main contre sa bouche, de crainte que les passants n'entendent et ne se ruent en masse dans le cabinet du fameux esculape. C'est à côté de l'ancien quartier chinois, celui que les grosses légumes ont fait raser pour construire leur terminal ferroviaire flambant neuf. Le Dr Peerless a introduit dans sa pratique un certain nombre de principes propres à la médecine traditionnelle. N'oubliez pas de préciser que vous venez de ma part.

— Je prendrai rendez-vous à la première occasion.

— Au fait, continua-t-il en me tendant la main, puis en faisant de même avec mon camarade, je suis Timothy Random. Et lui, c'est Joey Brisbee.

— Latimer nous a mis au courant de votre découverte dans le lac, déclara Brisbee en inclinant cérémonieusement le buste. Nous vous sommes en quelque sorte débiteurs.

Son visage rond comme un ballon, au regard pétillant et au menton percé d'une profonde fossette, était surmonté d'une tignasse d'un noir de jais. À l'inverse de Random, Joey Brisbee n'était ni bossu ni disgracieux. On aurait simplement dit qu'un mauvais génie l'avait réduit d'un coup de baguette magique de façon exactement proportionnelle. À la manière des victimes de Lionel Barrymore dans *Les Poupées du diable*.

— Nous avions un solide alibi, s'empressa de nuancer Random, mais il est incontestable que votre intervention a définitivement fait pencher le plateau de la balance du bon côté.

— Je sais que le moment est mal choisi, dis-je, mais serait-ce trop vous demander que de nous consacrer un peu de votre temps pour nous aider à clarifier un ou deux points ?

Comme Random et Brisbee paraissaient quelque peu réservés sur leur réponse, mon camarade, qui disposait toujours d'un arsenal d'arguments très affûtés, entra dans la ronde.

— Au reste, vous devez avoir sacrément faim ! Que diriez-vous d'aller bavarder autour d'une bonne assiette ? Par exemple dans ce bar à tacos, à côté du marchand de chaussures !

À ces mots, le visage de Joey Brisbee s'était éclairé d'un formidable sourire. Mais le projet avait l'air de susciter un enthousiasme moins débordant chez son confrère.

— Il est vrai que ces dix heures de cellule nous ont creusé l'appétit, se justifia Random. Toutefois, permettez-nous de manifester de la prévention contre le lieu que vous suggérez. Cette gargote est fréquentée par la flicaille et les robins des tribunaux.

— Dans ce cas, dites-nous où vous voulez aller ! poursuivit James. C'est aux frais de la princesse.

— Chez *Bernstein* ! Chez *Bernstein* ! s'écria Brisbee qui s'était mis à faire de petits sauts sur place en tapant des mains.

— *Bernstein* ? répéta Random. Oui, pourquoi pas. Cela me paraît une excellente idée.

— Soit, alors tous chez *Bernstein* ! Notre voiture est garée là.

James comme moi ignorions ce qu'était *Bernstein.* Cependant, notre lacune fut de courte durée, car, dès que nous fûmes tous dans l'Oldsmobile, il ne fallut que quelques minutes pour nous rendre sur place.

L'enseigne était située dans la Sixième Rue Ouest, face à la jungle des bananiers de Pershing Square, à l'opposé de la statue de Beethoven. C'était un restaurant de poissons et fruits de mer, information que nous aurions pu deviner si le nom complet avait été énoncé, *Bernstein's Fish Grotto*, succursale nouvellement inaugurée d'une adresse réputée de San Francisco.

Le cadre était d'un certain standing, le décorum consistant à donner l'illusion à la clientèle de se sustenter sur le pont d'un navire à vapeur, mais, bien qu'on fût en plein service du soir, les tables étaient loin d'être toutes occupées. Le groupe que nous formions – deux boiteux dont un nabot, un autre déguisé en pot de moutarde et un grand blond aux mèches retorses après un plongeon dans les eaux du Malibu Lake – ne passa guère inaperçu. C'est pourquoi sans doute le placeur nous fit accomplir un interminable crochet avant de nous installer à l'écart, non loin d'une prétendue « salle des machines », au-dessous d'un canot de sauvetage suspendu au plafond et d'un filet de pêche rempli d'étoiles de mer.

Avant d'escalader leur fauteuil, nos convives s'étaient donné le mot pour rouler en boule leur manteau et le disposer de manière à avoir, une fois installés, les épaules à hauteur de la table. En revanche, leurs pieds ne touchaient plus le plancher.

Ils ne furent pas longs à consulter la carte. Sans barguigner, ils portèrent leur dévolu sur le plateau dit « du capitaine », qui entre autres mollusques donnait la part belle aux clams « Coo-Coo », visiblement l'une des spécialités de l'établissement.

Pour ce qui me concernait, après mon taco trop chargé en sauce pimentée, rien que la lecture du menu me donnait le mal de mer, et je commandai un modeste sandwich aux crevettes, pendant que James, qui avait décidé de faire des réserves en cas de déclaration de guerre inopinée, réclama une assiette de calamars grillés et des tomates farcies. Le tout accompagné d'un pichet de rosé de Sonoma et un autre de vin blanc de San Gabriel.

— Vous êtes donc acteurs ? demandai-je. J'ai cru comprendre dans les propos de Chambers que vous tourniez en ce moment dans un film de la Metro-Goldwyn-Mayer.

— Surtout pas ! ricana Brisbee, que la perspective d'un plateau de coquillages semblait avoir rendu particulièrement gai. Dimanche soir, nous nous étions introduits en douce dans les studios pour tenter de convaincre nos cousins qui jouent comme figurants dans *Le Magicien d'Oz* de tout laisser en plan.

— Vous trouvez que le métier d'acteur est si dégradant ? s'étonna James.

— Le recrutement ne s'est nullement effectué sur la base de leur qualité d'acteur, réagit Random. Ils ont été sélectionnés à la toise. Les producteurs avaient besoin d'une centaine de nains pour incarner les « Munchkins », une bande de freluquets idiots qui habitent une contrée du pays d'Oz. Après la journée de tournage – imposée un dimanche, au mépris du code du travail –, nous avions réussi à persuader un petit nombre d'entre eux d'assister à l'une de nos réunions improvisées. Mais celle-ci a tourné court.

— Dans quel but faites-vous cela ?

— Nous avons créé un mouvement : la Ligue pour l'émancipation des nains et contre leur séculaire oppression par les individus de grande taille. J'ai l'honneur d'en être le président, et Joey Brisbee, ici présent, est mon digne suppléant.

— La ligue compte seulement deux membres, précisa Brisbee : nous.

— Mais viendra le jour où nous serons davantage, bien davantage ! J'ai fondé notre organisation en janvier dernier, en réaction à la sortie sur les écrans de *Blanche-Neige et les Sept Nains*. Je ne pouvais tolérer une représentation aussi abêtissante de notre communauté.

— Nous autres, les gens de petite taille, n'avons rien des demeurés pour lesquels ils veulent tous nous faire passer.

— Loin s'en faut, enchérit Random. Prenez Joey, il a obtenu haut la main son brevet de pilotage, et il en est déjà à plus de cinquante heures de vol sur un biplan Airco DH-4, un ancien bombardier de la Grande Guerre reconverti dans le transport civil et qui accepte jusqu'à deux passagers. Quant à moi, je me targue d'avoir remporté le tournoi d'échecs amateur à Eagle Rock.

Le serveur apporta les plats. Random et Brisbee, qui avaient noué scrupuleusement leur serviette à carreaux autour du cou, se jetèrent avec gourmandise sur leurs fruits de mer. James attaqua sa friture de calamars avec non moins d'entrain.

En face de moi, une femme élégante en robe de surah vert à pois jaunes devisait avec son compagnon en jetant des regards un peu trop insistants du côté de notre table. Heureusement, de leurs places respectives, Random et Brisbee ne les avaient pas dans leur champ de vision.

— Je comprends mieux. C'est pour ça que Llewellyn en a tellement après vous ! dit James, la bouche à moitié pleine. Vous avez cherché à convertir ses employés, c'est cela ?

— Comme nous rencontrons quelques difficultés à mobiliser, à cause de l'inertie de nos congénères et, il faut bien l'avouer, leur consternante absence de sens politique, il m'est venu à l'idée d'élargir les statuts de la ligue, expliqua Random. Dorénavant, nous accueillons non seulement la noble classe des personnes de taille réduite, dont nous sommes les porte-drapeaux, mais aussi toutes les variétés de phénomènes humains, sans discrimination aucune quant à leur singularité physique ou leur parcours personnel. Nous comptons beaucoup sur cet élargissement.

— Du coup, il faut que l'on change le nom de notre mouvement, souligna Brisbee avec un infaillible bon sens.

— J'y réfléchis, Joey, j'y réfléchis ! Pour répondre à votre question, Sam Llewellyn a effectivement appris que nous essayions de rallier à notre cause quelques-uns de ses employés. Nous ne sommes pas contre le principe des spectacles que propose l'*Angels Club*, mais nous réclamons du respect, et des conditions de travail dignes.

— Au nombre de ceux que vous avez sollicités, j'imagine que se trouvait Innes Crowrie, prophétisai-je.

— La pauvre enfant ! Nous sommes effondrés de ce qui est arrivé. Si on nous avait dit qu'on la voyait pour la dernière fois !

— Quand était-ce ?

— Il y a un peu moins d'une quinzaine, le jeudi 24 au soir. Comme nous sommes devenus indésirables à l'intérieur du cabaret, nous n'avons pu lui parler qu'en coup de vent, hors de l'enceinte.

— Vous vouliez la convaincre de vous rejoindre dans votre association ? fit James.

— Pour Innes, le problème était différent, dit Random. Elle détestait sa particularité. Après avoir passé plusieurs années à se produire dans des *freak shows*, du côté de Rock Island et Minneapolis, je crois bien, elle avait tout quitté le printemps dernier pour gagner la Californie, dans l'espoir de mener une vie normale. Mais la déconvenue a été rapide, elle s'imaginait qu'ici les gens la regarderaient différemment. Aussi elle s'était mise dans l'idée que, pour espérer forcer le destin, il lui fallait être opérée.

— Vous voulez dire qu'Innes Crowrie méditait de se faire retirer le sein qu'elle avait en trop ? demandai-je.

— Absolument, sauf que ce genre d'intervention coûte cher, dit Brisbee. C'est pour cette raison qu'elle s'était résolue à retourner travailler dans un endroit comme l'*Angels Club*.

— Depuis qu'elle nous avait confié son projet, enchaîna Random, nous avons essayé à quelques reprises de l'en dissuader. Cette poitrine était un don de Dieu, elle la rendait unique en son genre, ou peu s'en faut. Mais elle, elle voyait l'opération comme sa seule délivrance.

— Quand envisageait-elle de passer sur le billard ? fit James.

— Dès que possible, rétorqua le plus jeune.

— Comme elle était déterminée, reprit son condisciple, nous insistions sur le fait qu'elle devait choisir un chirurgien confirmé, pas un de ces morticoles qui officient à la petite semaine dans des centres clandestins.

— Et l'avait-elle trouvé ?

— Difficile d'être catégorique. Ce qui est certain, c'est que, ce soir-là, elle a brièvement évoqué le nom d'un établissement. Elle voulait savoir si nous en avions déjà entendu parler.

— Quel était cet endroit ?

— J'ai oublié, le nom nous était inconnu. Et toi, Joey, tu t'en souviens ?

— Désolé. Du reste, Innes ne nous a pas laissé le temps d'en apprendre beaucoup plus. Elle semblait très pressée.

— Selon vous, Sam et Eileen Llewellyn n'ont donc rien à voir avec la mort d'Innes ? dis-je.

— Quelle raison auraient-ils eu d'en arriver à cette extrémité ? considéra Random. Malgré les grands airs qu'ils se donnent, aucun d'eux n'a le cuir assez trempé pour commettre un pareil geste, ni même pour le faire faire par un exécutant. Sam Llewellyn aurait bien trop peur de retourner à la case prison.

— S'ils ont appris qu'Innes prévoyait une opération, ils ont pu vouloir faire pression sur elle pour l'en empêcher. Elle était leur gagne-pain après tout.

— Dans leur position, il ne servait à rien de se débarrasser d'elle. Et puis, de toutes les façons, elle ne leur a jamais rien dit sur son projet. Elle n'était pas stupide, la môme !

Que ce soit du côté du shérif ou de nos aspirants politiciens, personne n'était décidément très enclin à penser que les Llewellyn pussent être mêlés de près ou de loin à ce meurtre. Après la dénonciation dont ils avaient fait l'objet, nos interlocuteurs auraient pourtant eu toutes les raisons de vouloir charger les tenanciers de l'*Angels Club*. Au lieu de cela, ils semblaient estimer que le coup qu'ils venaient d'essuyer était de bonne guerre et qu'il s'agissait là d'un épisode parmi d'autres de la sempiternelle partie que livraient les deux nains face à leurs oppresseurs de grande taille.

De fait, notre entrevue avec Random et Brisbee ne se révélait pas aussi concluante que je l'avais escompté. À peu de choses près, nous en étions au même point, si ce n'était que la piste de Sam et Eileen Llewellyn semblait se refermer encore davantage. Avant de prendre congé, il restait à aborder l'énigme de ce malheureux que nous avions remonté du fond des eaux.

Brisbee, que ses clams n'avaient pas entièrement rassasié, s'aperçut que je n'avais pas touché à mon sandwich. Après un instant d'hésitation, il me proposa de m'en débarrasser, ce que j'acceptai sans regret. Aussitôt que le casse-croûte fut entre ses mains, il mordit dedans d'un coup sec, parut satisfait de la sensation éprouvée par ses papilles et agrémenta le tout d'une bonne rasade de vin blanc.

— Je suppose que Latimer vous a informés que le jeune homme dont nous avons repêché le cadavre souffrait d'une sévère hypertrichose, repris-je. Nul n'a la moindre idée de qui il était. Tout ce qu'on peut affirmer, c'est qu'il était âgé d'une vingtaine d'années. Nos premières recherches semblent indiquer qu'il ne travaillait pas à l'*Angels Club*.

— Cela ne fait aucun doute, fit Brisbee. Ni dans aucun autre endroit de la Californie. Nous le saurions sinon. Les hommes-loups, ça ne court pas les rues.

À la table d'en face, la femme élégante et son galant s'étaient levés et s'apprêtaient à regagner la sortie en continuant de lancer des coups d'œil torves vers notre groupe.

— Innes n'a jamais évoqué un individu dans son genre ? demanda James.

— Jamais, dit Random.

— Avait-elle des amis proches qui pourraient être au courant ? De la famille ?

— Pas que nous sachions. Innes était une fille solitaire. Pour la famille, la seule attache qu'elle aurait pu revendiquer, c'était une cousine un peu simple d'esprit avec qui elle avait grandi dans le Midwest et qu'un type avait embringué avec lui à Los Angeles il y a des années. Les premières semaines de son arrivée, elle avait cherché à retrouver sa trace. Mais la cousine a comme disparu de la circulation.

Random s'arrêta de parler le temps de gober un dernier mollusque caché sous une feuille de laitue de mer.

— Pour revenir aux hommes-loups, poursuivit-il, j'ai connu Stephan Bibrowski à l'époque où il se produisait à New York. Un caractère agréable, et d'une intelligence supérieure. On comptait trois ou quatre « velus » comme lui aux États-Unis. Mais je n'ai jamais eu connaissance d'un cas aussi jeune que celui dont vous parlez.

— Il a pu arriver en Amérique récemment, suggéra Brisbee.

— C'est juste.

Difficile de ne pas laisser paraître une moue de déception. Pour autant, il m'était venu une idée. Si Stuart avait fait chou blanc dans ses recherches sur l'identité du jeune homme, Random et Brisbee étaient indubitablement en meilleure position pour obtenir des résultats.

— Vous serait-il possible de vous renseigner ? dis-je de but en blanc.

Comme un peu plus tôt dans Broadway, Random darda sur moi un regard plein de méfiance.

— Vous ne nous avez pas expliqué pourquoi des « normaux » comme vous s'intéressent tellement à deux misérables *freaks* ?

— Les bureaux du shérif et du coroner sont sur le point de classer l'affaire en portant la responsabilité de la mort d'Innes sur ce garçon. Or, j'ai la conviction qu'il n'est pas coupable.

— Qui alors ?

— C'est précisément ce que nous cherchons à déterminer.

Comme à son habitude, Brisbee attendait que son compère ait arrêté une décision.

— Grâce à nos activités, finit par déclarer Random, nous avons tissé un vaste réseau de relations au sein du « prolétariat » des monstres humains. Et cela, sur tout le territoire national. Nous commencerons par prospecter du côté des lieux où Innes a travaillé auparavant, dans l'Illinois et le Minnesota. Si ça ne donne rien, nous élargirons la recherche. À condition, bien sûr, que vous vous engagiez à nous rembourser des frais de téléphone…

— Cela va de soi. Quand pouvez-vous vous y mettre ?

— Dès ce soir.

— Admirable ! s'exclama James. Vous prendrez bien un peu de dessert !

J'en fus quitte pour un quart d'heure de prolongation, le temps pour les plus affamés de profiter d'une part de crumble au chocolat et d'une coupe de sorbets aux fruits de la passion. Ensuite, nous raccompagnâmes nos convives jusqu'à leur domicile, une maisonnette à Poinsettia dont ils expliquèrent avoir aménagé l'intérieur exclusivement avec du mobilier à leur dimension. Après quoi, les ayant instruits de l'hôtel où nous étions descendus afin qu'ils puissent nous contacter dès qu'ils auraient du nouveau, nous reprîmes la direction du centre. Stuart nous attendait au bowling, et nous avions déjà plus de trois quarts d'heure de retard.

Nous venions de dépasser l'enceinte boisée du Wilshire Country Club, quand James, qui jetait sans cesse des coups d'œil dans son rétroviseur, rompit le silence.

— Tu veux que je te donne mon sentiment, Andy ? fit-il en orientant le miroir. Cette affaire est encore plus alambiquée que je ne croyais.

— Quelque chose dans ce que nous ont dit Random et Brisbee t'a paru extravagant ?

— S'il n'y avait que ça ! J'ai surtout eu l'impression qu'une voiture me filait au moment de récupérer l'Odsmobile devant le palais de justice ; elle était encore là quand on est sortis du restaurant, puis elle s'est soudain volatilisée. Voilà qui est fort dommage : j'aurais volontiers fait un brin de causette avec les deux types à l'intérieur.

Par réflexe, je m'étais tourné pour vérifier à travers la lunette arrière. La soirée était bien avancée, mais la circulation restait dense.

— Tu es sûr de toi ?

— Absolument.

— Qui peuvent-ils être ?

— Je l'ignore. Tout ce que je peux dire, c'est qu'il s'agissait d'une Chevrolet verte, modèle 1935. La même qui stationnait près du Malibu Lake.

XI

À BUNKER HILL

Depuis qu'il soupçonnait la Chevrolet de nous suivre, James était piqué au vif. Il clamait qu'il ne trouverait plus le repos avant de connaître qui étaient ses occupants et ce qu'ils combinaient, et, s'il était encore loin de partager ma conviction que le jeune velu était innocent, du moins son investissement dans l'enquête était-il monté en flèche. Malgré cela, s'agissant de ces individus, nous n'avions aucun moyen d'action, et nous en étions rendus à espérer qu'ils se manifestent de nouveau.

Des questions sans réponse, ce n'était certes pas ce qui manquait. Outre le mystère de la Chevrolet verte, celui concernant Innes Crowrie et son compagnon restait évidemment entier. Nous ne savions rien du motif qui les avait conduits dans ce cottage isolé, de même que nous ignorions tout de leur passé respectif et il était urgent de rassembler des informations à leur sujet. Qu'en était-il d'autre part de ce gant découvert sur le lieu du crime ? Fallait-il le jeter aux oubliettes et considérer, comme Chambers l'avait fait sans état d'âme, que la présence de cet objet ne revêtait au bout du compte aucune signification ?

Pour toutes ces raisons, James et moi avions décidé, en ce matin du mercredi 7 décembre, de reprendre les choses par le début et de porter toute notre attention sur Innes Crowrie. C'était par elle que l'affaire avait commencé, et c'était par elle que viendrait la lumière. Nous savions qu'elle louait une chambre dans une pension sur la colline de Bunker Hill, au 132 Diamond Street. Il était temps d'aller y faire un tour.

Avant de sortir, ma cheville se rappelant à mon bon souvenir, je me dirigeai vers le téléphone et demandai à l'opératrice de me mettre en relation avec le Dr Ned Peerless, dans North Spring Street. Quelqu'un décrocha à la troisième sonnerie, et, après que j'eus poliment formulé ma requête, une voix austère et possiblement féminine m'annonça que le Dr Peerless ne pouvait pas me recevoir avant la saint-glinglin. Alors que j'allais raccrocher, je me hasardai quand même à prononcer le nom de Timothy Random, ce qui eut pour effet d'adoucir un tant soit peu mon interlocutrice. Elle me pria de patienter, la ligne resta muette une longue minute, puis elle reprit le combiné pour arrêter un rendez-vous à cinq heures de l'après-midi, en exigeant de ma part une absolue ponctualité. Je ne savais trop où je mettais les pieds, ni surtout si je ne risquais pas d'y laisser ma seconde cheville, mais la fortune ne sourit qu'aux audacieux.

Après avoir rabattu la fourche de l'appareil, je soulevai derechef le combiné et contactai la réception pour réclamer qu'on enregistre expressément toute communication adressée à la 1204. Avec de la chance, Random et Brisbee auraient d'ici peu déniché le nom après lequel nous courions, ou bien Stuart aurait récolté des informations auprès d'une des agences de Calabasas, puisque nous avions décidé la veille au soir, tandis qu'un zazou en *zoot suit* enchaînait les coups gagnants sur la piste du bowling, qu'il leur téléphonerait à la première heure.

Dehors, l'air était encore frais – il n'était pas loin de dix heures –, mais le soleil promettait d'être au rendez-vous.

Les places libres devant l'hôtel se faisant rares, James avait garé l'Oldsmobile de l'autre côté du bloc, à l'angle de la Sixième Rue et de South Grand Avenue. Dès que nous eûmes pris place dans la voiture, nous mîmes le cap vers Melrose. Le sac contenant le smoking se trouvait toujours sur la banquette arrière, et mon acolyte était convenu avec lui-même qu'il n'entreprendrait rien de la journée avant que d'avoir rendu à Athanase Barnaby ce qui lui appartenait.

Nous ralliâmes en moins d'un quart d'heure la boutique, qui venait seulement de lever son rideau de fer, et, une fois que le costume fut livré en main propre à son propriétaire, contre la modique somme de treize dollars et cinquante *cents* – compte tenu des pénalités de retard –, il ne nous fallut guère plus de temps pour rejoindre Diamond Street. Durant le trajet, James ne manqua pas d'interroger régulièrement son rétroviseur, mais aucune Chevrolet verte ne paraissait disposée à montrer le bout de son nez.

À une époque pas si lointaine, Bunker Hill était l'un des quartiers cossus de Los Angeles. Des immeubles à l'architecture bigarrée et des manoirs de style victorien, asymétriques au possible et flanqués de leurs tourelles gothiques, y avaient été édifiés à la fin du siècle dernier par les hommes d'affaires venus faire fortune dans la Cité des Anges. Pour permettre aux résidents de gagner sans effort le sommet de la butte, la municipalité avait fait construire l'Angels Flight, le fameux funiculaire tant prisé des touristes, avec sa voiture de bois rouge qui relie en quelques instants Bunker Hill à Hill Street, et un autre, moins couru mais tout aussi pittoresque, dénommé « Court Flight », qui commençait son ascension au niveau de Broadway.

Mais cela faisait une bonne décennie que les notables avaient snobé ce secteur devenu trop étriqué pour s'en aller bâtir de nouvelles demeures plus loin vers la périphérie, dans des lignes et des volumes toujours plus grandiloquents. Du coup, Bunker Hill avait considérablement perdu de son lustre. Les murailles des maisons s'étaient effritées, les herbes folles avaient envahi les rues. Certains ne donnaient pas cher au quartier s'il persévérait sur cette mauvaise pente.

Diamond Street était une rue tranquille à l'extrémité nord de Bunker Hill, qui s'abouchait d'un côté à Beaudry Avenue et de l'autre à North Figueroa Street.

L'adresse que nous cherchions correspondait à une maison en pierre de deux étages, à la façade enflée à chaque bord par deux bow-windows à la mode anglaise qui grimpaient jusqu'au toit. Le rez-de-chaussée était légèrement surélevé par rapport au niveau de la rue, et l'on accédait au perron par un petit escalier de ciment, en haut duquel une pancarte indiquait : « Pension McCormick. *Ladies* et *gentlemen*. Confort, calme et moralité ». Près de la pancarte, contre le carreau d'une des fenêtres, une ardoise noire avait été accrochée, sur laquelle on avait écrit à la craie, en grosses lettres : « Une chambre disponible. Pas sérieux, s'abstenir ». La maîtresse de maison avait le sens de la formule.

À droite se dressait une autre bicoque datant du début du siècle et coiffée de deux pignons obtus. À gauche, séparé par un haut muret et un terrain vague, se trouvait un immeuble de trois étages avec un toit plat. Il était pourvu sur le devant d'un escalier de service rouillé et, près de l'entrée, une enseigne arborait l'inscription « Appartements Torrence. 14 dollars par mois ». Le « 4 » avait été badigeonné en quelques coups de pinceau par-dessus un autre chiffre, ce qui laissait augurer que le propriétaire venait d'opérer un changement de tarif. Impossible néanmoins de savoir si la variation se faisait à la hausse ou à la baisse. Ce qui était certain, en revanche, c'est que le bâtiment, bien que de construction plus récente que la pension McCormick, se détériorait à grande vitesse.

Nous rangeâmes la voiture de l'autre côté de la rue, en face d'une étroite bande de terre envahie par des bouquets de bambous, puis nous nous dirigeâmes vers la bâtisse.

Il était onze heures moins le quart. La rue était paisible, à peine entendait-on les bruits de la circulation du côté de Figueroa.

En haut de l'escalier de la pension McCormick, la porte était munie d'un heurtoir en laiton représentant une main à taille réelle. Après que j'eus actionné le marteau, une voix à l'intérieur s'égosilla pour nous inviter à pousser la porte.

Nous nous exécutâmes.

Le couloir de l'entrée était agrémenté d'un tissu vert à fleurs de lis, ainsi que d'une multitude d'assiettes suspendues aux murs et dont le fond peint représentait de doucereuses scènes champêtres. Le mobilier, composé principalement d'un guéridon et d'un bahut sur lesquels étaient ordonnés une ribambelle de napperons en guipure, devait avoir le même âge que la maison. Bien qu'il fît un magnifique soleil à l'extérieur, une lampe de table dotée d'un abat-jour à frou-frou couleur passée était restée allumée.

De toutes les portes que comptait le vestibule, une seule était ouverte, la plus proche de nous. Elle donnait sur un petit salon décoré dans le même style, en plus encombré. Au bout du couloir, un grand escalier en bois menait aux étages. Il planait dans l'air un parfum de cire d'abeille.

— Entrez, entrez, cher Mr Grimthorpe !

La voix haut perchée provenait de l'intérieur du salon. En nous rapprochant du seuil, nous aperçûmes, installée dans un ample fauteuil Chesterfield, une femme de soixante-dix ans environ au visage interminable. Elle était vêtue d'une robe de soie noire à l'encolure en dentelle rehaussée de deux tours de collier de perles blanches. Ses cheveux blonds décolorés et abondamment laqués étaient coiffés en une majestueuse choucroute.

Au-dessus d'une table chargée de babioles, près de l'endroit où la vieille dame était assise, un chat à la fourrure orange et noir nous observait fixement de son étagère.

Le moins que l'on pût dire, c'est qu'elle paraissait fort étonnée de nous voir.

— Comment ! Le vieux Grimthorpe n'a pas daigné se déplacer lui-même ? Vous venez bien pour débarrasser la chambre ?

— Désolé, madame, nous ne venons pas de la part de ce Mr Grimthorpe, fis-je en avançant vers elle. Nous désirons seulement obtenir quelques informations sur Innes Crowrie.

— Bonté du sort ! En quarante-cinq ans, la police n'avait jamais foulé le plancher de ma pension, et voici qu'à cause de cette fichue gamine, non seulement les flics mettent leurs sales pattes ici, mais maintenant aussi des reporters !

Elle devait avoir eu conscience que ses propos manquaient fâcheusement de charité chrétienne à l'égard de la défunte, car elle s'empressa d'ajouter :

— Il n'empêche que sa disparition s'est faite dans des conditions bien dramatiques. Personne ne mérite une mort pareille. Ah, on voit de ces choses de nos jours !

En même temps qu'elle prononçait ces mots, elle avait levé le regard vers les moulures du plafond et dessiné avec la main un signe de croix dont il manquait plusieurs branches.

À présent que nous étions à quelques pas de notre interlocutrice, nous pouvions constater qu'elle n'avait pas renoncé à la coquetterie. Une épaisse couche de poudre de riz avait été appliquée sur le nez et les joues, et ses lèvres étaient peintes de frais. L'odeur d'encaustique perçue dans le vestibule n'était rien en comparaison du parfum dont elle venait manifestement de s'asperger en entendant frapper. J'aurais gagé que le clou de girofle, ou son ersatz synthétique, entrait dans la composition.

— Nous ne sommes pas journalistes, madame. Mon nom est Andrew Singleton, et voici mon associé, James Trelawney. Nous sommes détectives, et nous enquêtons sur les circonstances qui entourent la mort d'Innes Crowrie.

— Détectives ? Qu'est-ce que vous me chantez là ? Le sergent a téléphoné il y a une heure pour prévenir que l'affaire était bouclée et que je pouvais liquider le barda que Miss Crowrie m'a laissé sur les bras. En conséquence, je vous prierais de bien vouloir faire demi-tour, tout détective que vous êtes, et de quitter sur-le-champ cette maison.

S'il nous était resté le moindre espoir que le bureau du coroner ordonne la poursuite de l'enquête, celui-ci venait à l'instant même de partir en fumée. Ils n'avaient pas perdu de temps au palais de justice.

Comme James avait jugé que les choses étaient mal engagées et que, tel que je m'y prenais, nous n'arriverions à rien avec la propriétaire des lieux, il me harponna discrètement le bras pour me faire reculer et se placer sur le devant de la scène.

— Voyons, je crois qu'il vaudrait mieux jouer cartes sur table avec Mrs McCormick ! Pour vous dire la vérité, chère madame, mon collègue et moi-même sommes détectives, certes, mais pour le compte d'une compagnie d'assurances. Celle chez qui vous avez souscrit un contrat.

Afin de cautionner ses propos, James avait extrait nos licences de la poche de son blouson et les agitait en l'air, suffisamment hors de portée et suffisamment vite pour qu'elle ne puisse pas se rendre compte de l'imposture.

— Un contrat ? Quel contrat ?

— *Le* contrat.

— Vous voulez parler de la police hors de prix que mon mari avait souscrite peu avant de mourir à la Pacific National Life ?

— C'est tout à fait ça.

— Il doit y avoir erreur. Il y a des années que je l'ai résiliée. Beaucoup trop chère.

— En effet. Mais la Pacific National Life a été informée du drame qui touche votre pension de famille, et, comme vous avez été autrefois l'une de ses fidèles clientes, Mr Barnes, le directeur, a pensé que vous méritiez un dédommagement. En témoignage de gratitude pour la confiance que vous avez bien voulu porter à sa compagnie.

— Ah çà ! C'est bien la première fois que j'entends une chose pareille.

— Pour ce faire, néanmoins, il est indispensable que vous répondiez à quelques questions – oh, pas grand-chose ! – afin que nous puissions estimer la hauteur du préjudice.

Comment Mrs McCormick put croire une seule seconde que le grand type en blouson d'aviateur qui se tenait devant elle était missionné par une société d'assurances, c'était une véritable énigme. S'agissant de moi, passe encore, avec mon complet de tweed et mon col de chemise amidonné !

— Mr Barnes ? Je n'ai pas souvenir qu'il fut le directeur à l'époque, fit la veuve dans un subit accès de vigilance.

— Il a été promu l'an passé, et on lui prédit le plus brillant avenir.

La réponse eut l'air de satisfaire Mrs McCormick.

— Combien votre honorable pension compte-t-elle de locataires ? enchaîna James en escamotant les photostats.

— Je peux en accueillir cinq, et il est rare que j'aie un seul meublé vacant : Mr Durvic dispose de celui au rez-de-chaussée, face à mes propres appartements, il y a trois autres meublés à l'étage et un dernier sous le toit, dans une pièce que j'ai fait aménager récemment. C'est là que Miss Crowrie vivait. Et c'est pour qu'on vienne enlever ce qui s'y trouve que j'ai appelé Mr Grimthorpe. Pas qu'il y ait beaucoup de choses, mais je dois bazarder les frusques qu'elle a laissées.

Sur son étagère, le chat n'avait toujours pas bougé d'un poil, et son hiératisme commençait à m'intriguer fortement.

— N'y avait-il personne parmi sa famille qui aurait pu s'occuper de tout récupérer ? formulai-je en gardant un œil vigilant sur le félidé.

— On ne connaissait aucun parent ni d'ailleurs aucune relation proche à cette… cette créature. Saperlotte ! Dire que je ne m'étais même pas rendu compte de ce qu'elle était.

— Vous n'aviez jamais prêté attention à sa particularité physique ? demanda James.

— Comment aurais-je fait ? Elle cachait bien son jeu. Jamais de décolleté, des chemises boutonnées jusqu'au col. Moi qui croyais que c'était par pudeur, alors qu'en réalité elle gagnait sa vie en travaillant le soir dans un cabaret… Je ne veux même pas savoir ce qu'elle y trafiquait. La première fois qu'elle est venue ici, en avril dernier, en réponse à une annonce que j'avais fait passer pour le logement, elle prétendait occuper une honnête place de serveuse dans un restaurant de Main Street. D'ailleurs, c'est ce qu'elle m'avait encore répété il n'y a pas longtemps. Balivernes !

— S'était-elle liée avec l'une ou l'un de vos autres pensionnaires ?

— Pas que je sache. On la croisait très peu. Le soir, elle allait à son bastringue, et la journée, elle se faisait aussi discrète qu'un chinchilla. On la voyait rarement hors de sa chambre.

— Elle ne prenait donc pas ses repas en commun ?

— Cela fait des années que je n'assure plus le couvert. Mes pensionnaires déjeunent à l'extérieur ou se préparent leur repas dans leur chambre. Ils ont tout l'appareillage nécessaire à leur disposition.

Ça m'a coûté des frais, je peux vous l'assurer. Et tout cela pour un loyer de quinze dollars par mois. Le meilleur prix du quartier.

— Pardon, fit James, il me semble que votre voisin propose un dollar moins cher.

— Ce bigleux de Torrence ? Pfeuh ! Il casse les prix tous les quatre matins, mais ça fait belle lurette qu'il n'a plus de clientèle. Malgré que son immeuble tombe en décrépitude, Monsieur ne daigne pas engager de travaux. Il passe ses journées dans son fauteuil sans jamais bouger un seul de ses cheveux.

Je levai les yeux vers le chat. Soit ce dernier souffrait du même mal que Mr Torrence, soit il était empaillé, ce qui faisait de lui l'ouvrage de taxidermie le plus extraordinaire qu'il m'ait été permis de contempler.

— Accepteriez-vous que nous jetions un œil à l'intérieur de sa chambre ? dis-je.

— Pour quoi faire ? Puisque je vous affirme qu'il n'y a rien d'intéressant.

Mon acolyte fureta dans l'autre poche de son blouson et en sortit un portefeuille, dont il extirpa deux billets de cinq dollars.

— Il me revient que Mr Barnes a insisté pour que nous nous acquittions d'une avance, fit-il en tendant les coupures.

Au risque de faire valser sa choucroute, Mrs McCormick inclina la tête avec un rictus pincé qui exprimait de manière tout à fait claire que son opinion sur la Pacific National Life s'améliorerait grandement si l'on consentait à un petit effort supplémentaire.

— Ai-je pensé de préciser que Miss Crowrie ne s'était pas acquitté de son dernier loyer ? dit-elle.

Et aussi que ça va être à moi de régler les frais d'enlèvement ?

James plongea de nouveau la main dans son portefeuille à la recherche d'une troisième coupure.

Entre la location du smoking à sieur Barnaby et l'acompte versé à Mrs McCormick, la journée démarrait sur les chapeaux de roue. Mon camarade jouait d'autant mieux les grands seigneurs que je l'avais vu remplir son portefeuille à la caisse commune avant notre départ de l'hôtel.

Cette fois-ci, Mrs McCormick secoua la tête d'un air entendu et, ayant aussitôt fait disparaître les billets dans un repli de sa robe, elle se leva de son fauteuil, beaucoup plus prestement que je ne m'y attendais.

Comme elle s'éloignait vers le vestibule, je m'approchai de l'équivoque félin. Je n'avais pas eu le temps d'avancer la pointe de mon bâton que la créature, ayant soudainement recouvré la vie, lui infligea un coup de griffes avant de bondir de sa tablette et de disparaître en feulant derrière le fauteuil.

Quand je sortis de la pièce, James et Mrs McCormick étaient déjà engagés dans l'escalier aux colonnettes torsadées. Je serrai la poignée de ma canne et m'efforçai de les rattraper.

— Certains de vos locataires se trouvent-ils chez eux en ce moment ? entendis-je prononcer.

— Ils travaillent pour payer leur loyer, et ils ont tous une activité respectable, eux. Mr Bramwell, qui est un peu sourd, rentre le premier, vers les trois heures. Viennent ensuite Mr Durvic, aux alentours de quatre et Mrs Carisbrooke, qui s'occupe de la chorale de l'école dans Fremont. Miss Goddard a des horaires plus variables.

— Goddard ? poursuivit James en jetant un regard par-dessus son épaule pour savoir pourquoi je traînaillais.

— Miss Peggy Goddard. Vous connaissez la famille ?

— Sa sœur, Paulette. Elle a contracté une police à la Pacific.

Le premier étage consistait en une large plate-forme où se répartissaient trois portes sur le côté gauche et deux autres sur le côté droit – les trois chambres en location, plus une salle d'eau et les commodités. Dans un angle de mur, près de la fenêtre, était accroché un téléphone à pièces, celui-là même qui avait dû recevoir les appels de Stuart.

Mrs McCormick emprunta un second escalier, plus étroit, pour rejoindre le palier sous les combles. Elle ouvrit l'unique porte qui se présentait, et que l'on n'avait pas pris la peine de fermer à clef.

La chambre était petite, mais confortable et propre. Un lit recouvert d'une épaisse couverture à damier, un petit bureau contre la fenêtre qui donnait sur la rue, une armoire et une table. Dans un coin, un évier avec un meuble à vaisselle, un chauffe-plats et un petit réfrigérateur.

Aux murs, un papier peint orné d'angelots tout blonds avec des figures d'un rose fané – cette pauvre Innes était décidément poursuivie par la figure de l'« ange ». L'armoire était garnie de vêtements féminins, ainsi que d'une pile de livres, des romances à quatre sous pour la plupart.

Quant au bureau, il était presque vide et servait surtout à entreposer une petite collection de figurines en porcelaine représentant des animaux, parmi lesquels une proportion importante de mammifères exotiques.

Sur une table de chevet, près du lit, se trouvait une photo dans un cadre représentant une jeune fille entourée de trois enfants devant une espèce de baraquement en bois. Bien que rien n'indiquât que les gamins fussent des phénomènes de foire, je supposais qu'il devait s'agir d'un des endroits où Innes avait travaillé autrefois, dans l'Illinois ou le Minnesota, et dont Random et Brisbee nous avaient parlé. Il y avait juste une date, écrite à l'encre verte, en bas à droite : « mars 1934 ».

— C'est Miss Crowrie sur la photo ?

— On lui donnerait le bon Dieu sans confession, n'est-ce pas ?

Son visage était gracieux, régulier et doux, et elle portait des cheveux clairs qui lui tombaient à hauteur du menton. Sur l'image, elle adoptait une moue boudeuse, les lèvres serrées et le front plissé, mais ses yeux rieurs trahissaient la malice. Elle n'avait pas plus de dix-huit ou dix-neuf ans et portait un pull à col haut qui dérobait au regard de tous sa polymastie. Cette jeune fille ne goûtait guère d'être un objet de curiosité, et il n'était que trop évident que l'activité dans laquelle elle était engagée était une source de souffrance de tous les instants.

— Est-ce que l'on peut conserver ce cliché ? demandai-je.

— Pourquoi ça ?

— Pour le joindre au dossier, intervint James. Mr Barnes est très à cheval sur la procédure.

— Ah bien ! Si c'est la procédure.

Je retirai la photo de son cadre et la glissai dans la poche intérieure de mon veston. Nous continuâmes ensuite à fouiller la chambre sous la surveillance serrée de la propriétaire, mais nous ne trouvâmes rien qui pût nous éclairer.

— Nous avons eu vent du fait qu'elle ne s'était pas présentée à son travail les jours avant sa mort, expliquai-je tandis que nous redescendions l'escalier. S'était-elle également absentée de la pension ?

— En effet. Samedi, je suis allée frapper à sa porte au premier chant du coq afin d'encaisser le loyer dont le terme venait d'échoir, car je ne tolère jamais aucun retard. Elle n'y était pas, et son lit n'avait même pas été défait. Elle n'a pas non plus dormi dans sa chambre ce soir-là, pas plus que la nuit de dimanche, cela s'entend. En fait, la dernière fois que je l'ai vue, c'était vendredi dans la matinée.

— Lui était-il déjà arrivé de ne donner aucune nouvelle ? demanda James.

— Jamais.

— Rien d'autre ne vous avait paru bizarre dans son attitude ?

Nous étions revenus dans le vestibule. En notre absence, le chat avait migré hors du salon et prenait la pose sur le bahut, sans avoir déplacé un seul napperon. Il se tenait aussi immobile que l'assiette en porcelaine accrochée au-dessus de lui.

— Eh bien, il est vrai que les deux dernières semaines, elle était très souvent à l'extérieur. Comme je vous l'ai dit, en temps normal, elle avait plutôt coutume de rester dans sa chambre, la journée.

— Avez-vous une idée de ce qui l'occupait tellement ?

— Non. Le week-end qui a précédé celui de sa mort, Mrs Carisbrooke l'a vue passer de nombreux coups de fil au premier étage.

— Qui appelait-elle ?

— Ni moi ni Mrs Carisbrooke n'en savons rien, mais ce dimanche-là, alors que le téléphone sonnait et que je sortais de chez Miss Goddard, c'est moi qui ai décroché.

— Le dimanche 27 novembre ?

Je m'en voulais de n'avoir pas pris avec moi mon calepin, mais je n'osai réclamer de quoi écrire. Ce n'était pas digne d'un enquêteur travaillant pour une compagnie d'assurances.

— Le 27, oui. Une opératrice du service des longues distances annonçait qu'elle avait la liaison avec le numéro demandé. Avec l'interurbain, il faut quelquefois cinq minutes avant que l'opératrice ne rappelle pour donner la ligne, et Miss Crowrie était remontée patienter dans sa chambre. Comme j'avais décroché à la première sonnerie, elle n'avait pas eu le temps de réagir. Elle a rappliqué aussitôt.

— Vous n'avez pas entendu qui était le correspondant ? dis-je.

— Je sais seulement que la communication était pour Salina, dans le Kansas. Le Kansas, nom d'une pipe ! Moi, je suis convaincue que ces appels au diable bouilli participent à l'usure de l'appareil. Quand le mien sera hors service, qui croyez-vous que la compagnie du téléphone rendra responsable ?

— N'ayez crainte, déclara James d'un ton onctueux. La Pacific National Life s'engage à faire le nécessaire auprès des plus hautes autorités afin que vous ne rencontriez aucun problème. S'il le faut, nous aviserons le ministre des Communications lui-même. Miss Crowrie a-t-elle reçu ou sollicité d'autres appels ?

— Sûrement, mais je ne suis pas là à tout espionner.

— Connaîtriez-vous au moins quelqu'un avec qui elle a été en contact ces deux dernières semaines ? Comprenez que si nous réussissons à authentifier ne serait-ce que le nom d'une personne, nous serons en mesure d'évaluer de manière très précise la valeur des dommages que vous avez subis.

— Vous ne me faites pas confiance ?

— Bien sûr que si, madame, mais c'est la procédure.

— La procédure ? Pfeuh ! Elle a bon dos.

Comme elle l'avait déjà fait avec succès, Mrs McCormick pencha ostensiblement la tête sur le côté. Déchiffrant le message, James sortit derechef son portefeuille, duquel il puisa un nouveau billet de cinq dollars.

La dame n'en attendait pas moins.

— Laissez-moi réfléchir ! ajouta-t-elle tandis que sa main avalait le billet.

Je me prenais à espérer. Si seulement Mrs McCormick avait la bienveillance de nous aiguiller sur le nom d'un homme, peut-être serions-nous à deux doigts d'identifier notre « loup-garou ».

— À peu près au moment où ont commencé ces changements dans sa conduite, Miss Crowrie a demandé à se servir de mon annuaire de Los Angeles.

— Ne pouvez-vous être plus précise sur la date ?

— C'était un lundi, je m'en souviens car Mrs Gruber, ma voisine, vient toujours faire une partie de crapette en début de semaine.

— Le lundi 21 donc ?

— Ce doit être ça, oui.

— Et… ?

— Et je l'ai autorisée à le faire. Je conserve ce bottin ici, dans le tiroir du buffet, à côté du téléphone de ma ligne réservée. Si je le laissais à disposition à l'étage, il serait tout de suite détérioré. Vous n'ignorez pas que la compagnie ne délivre qu'un seul exemplaire gratuit à ses abonnés.

Durant une seconde, je redoutai que James, investi de son personnage, ne se sentît obligé de faire paraître un autre billet pour réparer cette injustice criante, mais il n'en fut rien.

— Savez-vous ce qu'elle cherchait ? dis-je.

— On venait de lui communiquer un nom par courrier, dans une enveloppe arborant le tampon d'une administration, et elle voulait obtenir l'adresse qui correspond. Elle avait un air très enjoué, ce matin-là.

— Quel nom, Mrs McCormick ? adjura James. Mr Barnes serait enchanté, vraiment.

— « Maud Tamosso ». À moins que ce ne soit « Tomosso », « Tomasso » ou quelque chose dans ce genre. Tout bien pesé, il se pourrait que le prénom soit « Mary » ou « Mildred ».

— Dans tous les cas, c'était une femme... marmottai-je, dépité.

— Je me tenais derrière Miss Crowrie pendant qu'elle feuilletait les pages, et je n'ai pu jeter qu'un regard furtif sur le nom. Elle a recopié l'adresse au dos de l'enveloppe, quelque part dans Central Alameda, et aussitôt après, elle a quitté la maison.

— Avez-vous transmis cette information à la police ? questionna James.

— Parce que vous pensez que les flics sont intéressés par de pareilles futilités ?

— Serait-ce trop vous demander que de pouvoir consulter rapidement votre...

Mrs McCormick ne laissa pas à mon partenaire le soin de terminer sa phrase. De petits coups timides venaient d'être frappés à la porte. On eût dit qu'un oiseau-mouche réclamait le droit d'entrer.

— Ah, ce doit être enfin Mr Grimthorpe ! Comme vous le constatez, messieurs, j'ai des affaires urgentes dont je dois m'occuper.

Elle nous avait agrippés chacun par le coude, puis, nous faisant parcourir à toute bombe les dix pas qui nous séparaient de la porte, elle ouvrit d'un geste fougueux le battant.

Sur le seuil, un vieillard rachitique fit claquer son dentier en guise de cérémonies. Le nouveau venu n'arrivait pas à la clavicule de Mrs McCormick et tenait un grand sac de toile vide dans lequel il aurait pu se cacher de la tête aux pieds.

Se souvenant de notre existence, Mrs McCormick nous pressa de nous écarter pour laisser entrer le tombeur de ces dames.

— Au sujet du dédommagement que vous avez promis, nous apostropha-t-elle comme nous fûmes sur le perron, quand percevrai-je le solde ?

— Nous devons d'abord aviser Mr Barnes des éléments que vous avez fournis. C'est lui qui jugera en dernier ressort.

Nous expédiâmes de rapides salutations, puis descendîmes les marches.

— Mais il va sans dire que nous appuierons votre cas de tout notre poids, lança James de la rue au moment où nous claquions la porte.

Il était près de midi et demi. Les abords de la pension étaient aussi paisibles qu'à notre arrivée. Quant au tarif des appartements Torrence, il était toujours fixé à quatorze dollars.

Lorsque nous eûmes rejoint le coupé Oldsmobile, je sortis le cliché de mon veston et restai un moment à observer l'image de la jeune fille sans parler. Pour la première fois, nous pouvions mettre un visage sur le nom d'Innes Crowrie, et ce visage-là ne faisait que me conforter dans l'idée qu'Innes et l'autre créature avaient été les victimes de quelque obscure cabale. Laquelle ? Par qui et pourquoi ? Là-dessus, nous n'avions pas l'ombre d'une réponse.

Je fus arraché de ma contemplation par James qui me prit la photo des mains afin de l'étudier à son tour.

— Avec un minois comme le sien, on ne peut pas totalement éliminer la thèse du crime passionnel. Elle me fait penser à Alice Faye, la partenaire de Tyrone Power dans *La Folle Parade*.

Il me rendit le cliché et enclencha le démarreur.

— Ce qui est sûr, ajouta-t-il, c'est qu'elle avait raison de souhaiter une opération. Une fille comme elle n'avait nullement sa place dans un spectacle de foire ou un cabaret du genre de l'*Angels Club*. Et maintenant, Andy, qu'est-ce que tu proposes ?

— Je crois qu'il serait judicieux de faire un petit crochet par l'hôtel. Les bottins ne manquent pas dans le hall, et si nous parvenons à dénicher le nom et l'adresse de cette dame « Machin-Chose » qu'Innes voulait rencontrer, nous lui rendrons une visite sur-le-champ. J'en profiterai pour m'enquérir auprès de la réception d'éventuels messages laissés pour nous. Il faut battre le fer tant qu'il est chaud.

— Ah, que j'aime t'entendre parler comme ça, mon vieux !

Alors que la voiture s'engageait dans North Figueroa Street, j'allumai une cigarette et aspirai une profonde bouffée. Il s'agissait de nous remettre les idées dans le bon ordre et de profiter que notre conversation avec Mrs McCormick était encore brûlante pour fixer toutes les informations que nous avions recueillies.

Pour ce faire, je mis la main sur le calepin et le portemine qui se trouvaient dans la boîte à gants et inscrivis en bas d'une page vierge la mention

« Dimanche 4 décembre minuit » suivi des mots *« Assassinat »* et *« Cottage du Malibu Lake »*.

— Mettons au clair ce que l'on sait des derniers jours de Miss Crowrie, veux-tu ? Au dire de sa propriétaire, les habitudes d'Innes semblent avoir changé deux semaines avant sa mort. Elle était très occupée. À quoi ? Nous l'ignorons, mais cela avait l'air très important. Innes ayant été assassinée dans la nuit du 4 décembre, ça nous ramène donc aux alentours du 21 novembre, lorsque Miss Crowrie a consulté l'annuaire de Los Angeles après la réception d'un courrier administratif. D'accord ?

— D'accord, fit James alors qu'à l'angle de la Première Rue, entre une station essence et un immeuble de bureaux, on apercevait la pointe du City Hall. Si la mémoire de Mrs McCormick ne nous a pas joué des tours, nous devrions pouvoir retrouver la trace de cette mystérieuse femme.

En haut de la page, le plus loin possible de la date du double drame, je crayonnai celle du lundi 21 avec le commentaire *« Changement de comportement »* et les indices *« Tamosso/Tomosso/Tomasso (ou approchant), à Central Alameda »*, fournis par la propriétaire.

— N'oublions pas qu'Innes projetait d'avoir recours à la chirurgie, ajouta-t-il. C'était peut-être ça, le motif de toute cette agitation.

— En effet. Au demeurant, la dernière fois que les deux nains ont rencontré Miss Crowrie, elle a prononcé devant eux le nom d'un établissement.

Quelques lignes au-dessous du 21, j'ajoutai la date du jeudi 24, suivie des mots *« Projet d'intervention chirurgicale »*, avec un point d'interrogation, et *« Établissement inconnu »*.

— Ensuite, enchaînai-je, il y a eu ces coups de fil passés le week-end avant la tragédie, les 26 et 27. Nous savons avec certitude qu'au moins un de ces coups de fil était à destination de Salina. De toute évidence, Innes voulait parler à quelqu'un en particulier, et ce n'était pas le Prix Nobel de médecine : Salina est un trou paumé. Affirmatif ?

— Affirmatif. C'est probablement l'homme-loup qu'elle cherchait à contacter. S'il se produisait à l'autre bout du pays, au Kansas ou ailleurs, il aura mis un jour ou deux pour faire le voyage jusqu'en Californie. Surtout qu'il faisait tout pour se prémunir de la curiosité des gens. Sa cagoule en atteste.

J'opinai de la tête.

— Grâce au sergent Latimer, nous savons en outre qu'Innes avait loué le cottage le lundi 28, continuai-je en consignant la nouvelle date avec la mention *« Location à l'agence de Calabasas »*. À ce moment-là, celui avec qui elle s'était mise en rapport avait déjà rallié le comté, à moins qu'elle ne préparât son arrivée.

— J'opterais pour la deuxième hypothèse, arbitra James à bon droit. Parmi les affaires que la police a retrouvées dans le chalet, il y avait l'édition du 29 novembre d'un quotidien sportif de Los Angeles. Il nous est seulement permis de supposer que le velu était dans le coin à cette date.

J'acquiesçai de nouveau et notai sur la page du carnet la date du mardi 29, accompagnée du commentaire *« Arrivée probable de X dans le cottage »*, prenant soin là encore de faire suivre le dernier mot d'un point d'interrogation, énorme et stylisé, sur lequel je repassai plusieurs fois.

— Mais pourquoi diable le Malibu Lake ? m'exclamai-je en tapotant la tête du portemine sur mon gribouillis. C'est à près de quarante miles de Bunker Hill, et pas beaucoup moins de l'*Angels Club* !

Nous roulions toujours dans Figueroa Street. À notre gauche se profilait la silhouette familière de la bibliothèque publique. Nous n'étions plus qu'à un jet de pierre de l'hôtel, et toujours aucune berline à la livrée verte sous le soleil.

— Il était exclu pour elle de l'héberger à la pension, rétorqua James. Mrs McCormick et les autres locataires auraient fait une attaque. Il fallait un endroit à l'écart, même si je t'accorde qu'elle disposait de solutions plus proches. Mais selon moi, la question qui conditionne toutes les autres, c'est : pourquoi l'a-t-elle fait venir ? Pour le plaisir de passer ensemble des moments romantiques dans un cadre bucolique ?

— Rien ne permet d'affirmer qu'il y avait quoi que ce soit entre ces deux personnes, fis-je remarquer. Si on admet que le garçon est arrivé au cottage autour du 29, il est notable que Miss Crowrie, elle, n'y a dormi que les trois derniers soirs.

La Cinquième Rue et South Grand Avenue étaient comme d'habitude encombrées. Escomptant que les recherches ne prendraient que quelques minutes, je proposai à James d'attendre en double file en face du *Mayflower* et descendis seul du véhicule.

À la réception, je questionnai le préposé pour savoir s'il y avait eu des communications pour moi. Mon empressement devait se lire sur mon visage, car il emprunta un air de deuil pour m'annoncer que ce n'était pas le cas. Faisant contre mauvaise fortune bon cœur, je m'acheminai vers la rangée de cabines téléphoniques, de l'autre côté du hall, et sélectionnai celle qui me semblait le plus digne de confiance.

Je commençai par appeler Stuart au *Citizen-News*, où la standardiste m'annonça qu'il venait de sortir déjeuner. Après quoi, je passai par l'opératrice pour être mis en relation avec le 180 North Poinsettia Place, la maison de poupée de Random et Brisbee. J'ignorais où ils en étaient de leurs recherches, mais le cas échéant, je pouvais les orienter vers la région de Salina. Cette fois-ci, le numéro sonna dans le vide.

Qu'à cela ne tienne ! Je soulevai l'annuaire de Los Angeles, qui reposait au-dessous de l'appareil, et me mit à explorer la page des *t*.

S'il n'y avait personne du nom de « Tamosso », je trouvai une Abigail Tamossa et une Beatrice Tomoso, mais l'une vivait dans le secteur d'Inglewood et l'autre du côté de South Gate. En revanche, il existait une May Tomasso au 1433 de la Cinquante-Septième Rue Est. Or, l'adresse se situait précisément dans le quartier de Central Alameda. Avais-je pioché la bonne carte ?

Le numéro de ligne était « Lafayette 2506 », mais, qui que cette femme pût être, il était risqué d'éveiller ses soupçons en la prévenant par avance.

Au sortir de la cabine, j'eus la surprise de reconnaître le sergent Latimer qui franchissait la porte-tambour et filait en direction du comptoir de la réception. Il portait le même manteau clair que la veille et son crâne était coiffé du feutre mou qu'on lui connaissait. Même si je me doutais de ce qu'il venait nous annoncer, je décidai de n'en rien faire paraître.

— Je suppose que c'est moi que vous cherchez, l'interpellai-je en clopinant, au moment de l'intercepter à hauteur d'un grand bac à yucca.

— C'est le cas, en effet.

— Il est donc besoin que nous venions déposer sous serment ?

— Ce ne sera pas nécessaire. Comme il était à prévoir, l'affaire a été classée ce matin par le bureau du coroner. La thèse de l'assassinat de Miss Crowrie par l'individu retrouvé dans le lac a été retenue, bien que nos efforts pour identifier ce dernier n'aient rien donné de concluant.

— Vous m'en voyez désolé, sergent. Cela étant, un coup de téléphone aurait suffi pour m'en instruire.

— Il est vrai, fit-il après s'être éclairci la voix, mais comme le hasard a voulu que je passe justement devant votre hôtel…

Il sortit d'une poche de sa gabardine son paquet de cigarettes Domino et m'en proposa une, que j'acceptai volontiers. Le policier n'avait visiblement pas tout dit, et l'idée me traversa soudain que sa visite n'avait rien d'officiel.

— Nous avons reçu ce matin à la première heure le rapport d'autopsie, reprit-il. Si le Dr Merchant a établi que la cause de la mort était bien la noyade, il a également relevé que le cerveau de ce garçon présentait une importante hémorragie épidurale, c'est-à-dire un épanchement de sang entre l'os et la dure-mère, dû à un violent coup reçu peu avant sa mort. Le toubib ne l'avait pas décelé lors du premier examen, car la contusion est interne et n'a occasionné sur le cuir chevelu qu'une légère excoriation.

— Mais alors, s'il est prouvé qu'il a été la cible d'un assaillant, cela signifie que ce n'est pas lui le meurtrier de Miss Crowrie !

— Avec ce type de traumatisme, il n'est pas rare de conserver ses facultés quelque temps avant que l'esprit se brouille et qu'on tombe dans un profond coma. On a vu des cas où les personnes ont continué de vaquer pendant près d'une heure à leurs occupations, comme si de rien n'était. Le capitaine Chambers estime que c'est Miss Crowrie qui a porté le coup à son compagnon en cherchant à se défendre de lui. Ce dernier, après l'avoir égorgée, a ensuite battu en retraite en direction du lac. Les effets de l'hémorragie se faisant sentir, il a perdu connaissance et a glissé dans l'eau. Nul besoin d'avancer la thèse du suicide tout compte fait. Le représentant du coroner est entièrement de cet avis.

Il fit une pause avant de poursuivre.

— Cependant, ce n'est pas le seul point important.

— Qu'y a-t-il d'autre ?

— Le Dr Merchant a confirmé que la victime souffrait d'une forme d'hypertrichose généralisée. Je ne vous apprends rien. Mais il a également relevé que certains organes internes présentaient un aspect très inhabituel : le sujet aurait subi plusieurs greffes sur les glandes endocrines, en l'occurrence les surrénales et la thyroïde. Et, toujours selon le médecin, ces opérations auraient été pratiquées durant la prime enfance.

— Des greffes ? répétai-je comme en écho. On aurait cherché à contrecarrer son hypertrichose au moment où les premiers signes se sont manifestés ? Si tel a été le cas, ces transplantations ont été un échec.

— Je ne vous cache pas que c'est effectivement l'explication qu'a fournie le Dr Merchant dans son rapport, mais il m'a quand même confié qu'il n'avait jamais vu pareille chirurgie de toute sa carrière. En tout état de cause, si interventions il y a eu sur certains organes endocriniens, celles-ci remontent à près de quinze ans, peut-être vingt. Elles sont par conséquent sans aucun lien avec la mort de Miss Crowrie.

— C'est ce qu'il semblerait. Mais si je peux me permettre, sergent, pourquoi me confiez-vous tout cela ?

Latimer expulsa par les narines deux puissants jets de fumée bleue. L'espace d'un instant, je crus voir flotter dans son regard délavé comme la fugitive lueur d'une hésitation.

— Disons que vous vous êtes donnés du mal, vous et votre associé, et j'ai estimé que vous aviez le droit d'être mis au courant. D'autre part, je voulais connaître votre sentiment sur la question de ces opérations. Votre réaction me conforte dans la décision qui a été prise de clore ce dossier.

— Ce n'était qu'une réaction à chaud, m'empressai-je de préciser. Le problème mériterait qu'on s'y arrête plus avant.

C'eût été le moment de lui parler des deux types dans la Chevrolet, mais j'estimai au final qu'il valait mieux ne pas aborder le sujet.

— De toutes les manières, l'heure n'est plus aux conjectures. Vous transmettrez mes salutations à Mr Trelawney. Et puisque l'on ne se reverra certainement pas d'ici votre départ, je vous souhaite un bon retour en Europe.

Lui ayant rendu son salut, je suivis du regard le policier qui s'engageait dans la porte-tambour et attendis que sa silhouette ait disparu à l'angle de South Grand Avenue pour gagner la rue à mon tour.

— N'est-ce pas le sergent Terrence Latimer que j'ai vu sortir il y a un instant ? dit James quand je remontai dans l'auto.

— En effet.

— Je parie qu'il est venu nous présenter ses politesses de la part de son supérieur.

— Ne sois pas caustique, Jim ! Latimer est un flic intègre, tiraillé par les récriminations de sa conscience, et je crois qu'au fond il ne verrait pas d'un mauvais œil que nous poursuivions l'enquête en toute discrétion.

XII

À BRAS RACCOURCIS

Le quartier de Central Alameda était une concentration de petites maisons sans aucun cachet, en pierres rousses, en briques ou en stuc pour les plus fastueuses, en bois ou en tôle ondulée pour les autres, avec sur le devant un carré d'herbe pelée où s'étiolait un parterre de plantes grasses.

Situé à proximité d'une énorme usine de moteurs électriques et d'une autre, non moins importante, de pneumatiques – grosses pourvoyeuses de travail à une main-d'œuvre non qualifiée –, le secteur était surtout habité par une population de migrants venus en Californie après la Grande Dépression et, le long de Central Avenue, par des Noirs et des Hispaniques.

La portion est de la Cinquante-Septième Rue ne dérogeait point à la règle, mis à part le fait qu'elle était, sur la distance de presque deux blocs, essentiellement constituée de bungalows en préfabriqué, conçus selon le même modèle rudimentaire. Seules de légères variantes permettaient à quelques-uns de se signaler par un semblant de caractère, ici un avant-toit plus pentu, là une véranda qui débordait jusque sur les côtés, là encore trois fenêtres en façade au lieu de deux.

Le numéro 1433 était dévolu à l'une des plus petites de ces bicoques, légèrement en retrait.

Nous passâmes devant l'adresse au ralenti, prenant soin d'aller nous garer un peu plus loin, à l'angle d'Ascot Avenue, pour revenir à pied.

Bien que ce fût l'après-midi, les rideaux étaient fermés et, contrairement aux cabanons les plus proches, où des éclats de voix se faisaient entendre et où du linge séchait au bout des cordes, rien ne laissait augurer d'une présence.

Sur la véranda, un vieux rocking-chair montait la garde et, près de lui, sur une table en rotin percée, les reliefs d'une collation étaient parsemés de moisissure. Dans un coin, on avait abandonné un nombre incalculable de bouteilles, toutes vides à l'exception d'une, vraisemblablement laissée là par mégarde et au tiers remplie de mauvais alcool.

James appuya sur le bouton de la sonnette. Personne ne répondit. Le crochet de la porte-moustiquaire étant dégagé, il tira vers lui pour l'ouvrir, et, au moment où il s'apprêtait à tourner la poignée de la porte principale pour voir si elle était verrouillée, j'arrêtai son geste du bout de ma canne et donnai trois nouveaux coups de sonnette.

Cette fois-ci, un bruit de pas traînants se fit entendre. Lorsque nous eûmes encore une fois joué avec le timbre, une voix de femme gronda derrière le battant.

— Qu'est-ce qu'vous voulez ?

— Nous sommes bien chez Mrs Tomasso ? dis-je.

— Fichez-moi la paix, bande d'sales p'tits mioches !

— Vous vous trompez, nous ne sommes pas ce que vous croyez. Nous souhaitons seulement vous poser quelques questions.

— Comprenez pas c'que j'dis ? Je vais m'plaindre à vos parents !

Les premiers mots trahissaient un fort accent du Midwest combiné à une élocution quelque peu entravée. La locataire n'avait visiblement aucune intention de nous ouvrir. Il s'annonçait difficile de nouer le dialogue.

James, qui n'était jamais à court d'idées, était retourné vers le tas de bouteilles et avait ramassé celle qui contenait encore de l'alcool.

— Vous ne devriez pas laisser traîner vos flacons, dit-il en se collant contre l'huis pour que l'occupante perçoive distinctement le clapotis qu'il provoquait en agitant la bouteille. Un maraudeur serait trop heureux de se rincer le gosier à l'œil.

Il s'ensuivit un long silence. Puis le rideau de l'une des deux fenêtres s'écarta. James fit un pas sur le côté de manière que la femme, dont l'ombre se devinait derrière le drap, pût examiner ce qu'il tenait.

Quelques instant plus tard, le battant s'entrouvrit, et un bras s'immisça dans l'étroite ouverture.

— Donnez-moi ça ! Pas à vous que j'sache !

James approcha la bouteille de la main qui avançait sournoisement tel un serpent à cinq têtes, et, au moment où celle-ci agrippa le goulot, il plaça son pied en butée pour empêcher qu'on ne rabatte la porte. Sans doute, sa tactique était-elle de contraindre May Tomasso à parlementer, mais la sienne à elle s'avéra beaucoup moins pacifique. Avant qu'il ait eu le temps de réagir, elle avait passé la tête et planté ses crocs à la base du pouce pour lui faire rendre son butin.

— Aha ! Quelle furie !

Comme elle ne se décidait pas à desserrer son étreinte – et qu'il était peu désireux qu'on lui arrache un bout de chair sans son assentiment –, James lâcha la bouteille. Dès qu'elle eut obtenu gain de cause, la femme écarta les mâchoires et, laissant la porte s'ouvrir en grand, reflua à reculons dans la maison sans plus se préoccuper de nous. Toutefois, manquant d'équilibre, elle se serait lourdement affalée sur le parquet sans la présence d'un fauteuil dans lequel elle s'effondra telle une marionnette démantibulée.

À la suite de James, je pénétrai dans le logement, qui manquait cruellement de lumière et sentait le renfermé, et bouclai derrière moi.

Je me hâtai vers la fenêtre la plus proche, craignant que le grabuge n'ait alerté le quartier. Aucune silhouette n'apparaissait aux fenêtres des maisons, les voitures roulaient à une allure normale et les rares piétons que j'apercevais passaient devant le bungalow sans même tourner la tête. À l'évidence, les voisins n'avaient rien entendu ou ils s'étaient donné pour règle de ne jamais se mêler des affaires des autres.

Près de moi, James soufflait sur sa main. Il ne saignait pas, mais assurément l'implantation des canines de May Tomasso lui resteraient tatouées sur la peau durant quelques jours.

Maintenant qu'elle avait sa bouteille, la femme semblait s'être calmée. De taille moyenne, affreusement maigre, elle était vêtue d'une robe de chambre dont elle étranglait les pans pour dissimuler le négligé qu'elle avait laissé entrevoir en manquant trébucher, le flacon si chèrement acquis collé contre son sein.

— À toi l'honneur ! fit-il, peu convaincu de son changement d'humeur. Je te laisse le soin de lui parler. Si elle doit mordre encore quelqu'un, j'aime autant que ce ne soit pas moi.

Au premier abord, j'avais estimé que Mrs Tomasso avait dans les trente-cinq ans, mais, à présent qu'elle se tenait tranquille, sous le halo d'une lampe à pied qui constituait l'unique éclairage de la pièce, un examen plus attentif me fit considérer qu'elle devait être plus jeune, et que son penchant immodéré pour l'alcool était cause de cette déchéance précoce. Sa bouche aux lèvres molles était devenue trop grande pour son visage, ses yeux d'un vert glauque posaient devant elle un regard dolent et hébété, et il était manifeste qu'elle perdait ses cheveux noirs par touffes entières sur le sommet et le côté du crâne.

Elle semblait avoir oublié jusqu'au souvenir de notre présence. Puis, revenant progressivement à la réalité, mais sans porter à notre égard davantage d'intérêt, elle se souleva tant bien que mal du fauteuil. Après avoir fait quelques pas en direction d'une table, elle saisit un verre et le remplit d'alcool.

Le mobilier était on ne peut plus sommaire. Les murs étaient revêtus d'un papier jaunâtre, sans presque aucun élément de décoration. Sur un grand tapis piqueté de trous de cigarettes, il y avait un canapé à ramages, le fauteuil qu'elle venait de quitter, plus loin un guéridon supportant un antique téléphone à écouteur et micro séparés, un buffet et, de chaque côté de la table contre laquelle elle s'appuyait, un lot de chaises dépareillées. Une cage à oiseau était posée sur une desserte derrière nous, entre la porte et l'une des fenêtres, mais elle était vide, et je pensai que ça devait faire une éternité qu'un chant n'avait pas résonné derrière ces barreaux. Comme tout ce qui venait du dehors, la lumière du jour n'avait pas droit de cité.

Une porte entrebâillée donnait sur ce qui ressemblait à une chambre, et une autre, tout au fond, sur une cuisine minuscule.

Après s'être servi un deuxième verre, puis un troisième, la jeune femme sortit un paquet de cigarettes de la poche de sa robe de chambre et en alluma une, la tête ramenée en arrière, perdue dans Dieu seul sait quelles pensées.

L'alcool et le tabac avaient sans conteste un effet apaisant sur ses nerfs. En attendant, elle paraissait nous avoir complètement oubliés. Quand je l'appelai par son nom et qu'elle tourna son visage, on eût dit qu'elle me découvrait pour la première fois.

À ce moment-là, je compris qu'il y avait quelque chose qui ne tournait pas rond chez elle. Ce n'était pas son alcoolisme invétéré qui était le seul responsable de sa conduite déroutante. Elle souffrait d'un trouble plus profond. Une pathologie d'ordre mental, à n'en pas douter.

— Comme je vous l'ai expliqué tout à l'heure, Mrs Tomasso, nous avons des questions à vous poser. J'espère sincèrement que vous pourrez nous aider.

Constatant qu'elle ne tenait pas sur ses jambes, je l'incitai à laisser la bouteille sur la table et à revenir s'installer dans le fauteuil, ce qu'elle accepta sans faire d'histoires. Quand elle fut assise, son quatrième verre à la main, je pris position sur le bord du canapé, à deux pas d'elle, tandis que James restait debout.

Après avoir laissé passer quelques secondes, je repris la parole.

— Mrs Tomasso, connaissez-vous une jeune femme du nom d'Innes Crowrie ?

— Innes ? fit-elle en vidant son verre.

— C'est cela même.

Ce disant, j'avais sorti la photo rapportée de la pension de Mrs McCormick et la lui plaçai sous les yeux. À la vue du portrait, l'esprit de la jeune femme s'éclaira.

— Innes vous a-t-elle rendu visite récemment ? pressai-je pour l'encourager à parler.

— Ma cousine ! J'étais contente qu'elle vienne m'voir. Ç'faisait longtemps que j'lui avais pas parlé.

James et moi nous dévisageâmes. Random et Brisbee avaient évoqué une parente enfuie à Los Angeles, mais, d'après eux, Miss Crowrie n'avait jamais réussi à retrouver sa trace.

— Vous et Innes étiez cousines ? dis-je.

— Sûr que c'est une belle fille à présent.

Elle baissa les yeux vers son verre vide.

— J'ai soif ! assena-t-elle en tendant le bras.

James m'interrogea du regard. Après que je lui ai répondu d'un mouvement de tête, il saisit la bouteille et remplit le verre à hauteur d'un doigt. Le contenu fut vidé sans délai.

Nous avions frappé à la bonne porte, c'était désormais une certitude. Quant à savoir pour quelle raison Innes avait déployé une telle activité ces derniers temps, il apparaissait que la joie de revoir un proche dont elle avait été sans nouvelles depuis des lustres n'y était pas étrangère. Mais alors, quel rapport entre ces touchantes retrouvailles et le drame du Malibu Lake ?

Comme je me faisais ces réflexions, le regard flasque de la jeune femme avait derechef glissé vers un ailleurs lointain.

— Quand est-elle venue ? s'enquit James. Il y a un peu plus de deux semaines, n'est-ce pas ? Le lundi 21 novembre ?

— L'21 novembre.

L'intonation était flottante. Nous ne savions si c'était une réponse ou si elle se contentait de répéter machinalement.

Si Innes avait eu tant de mal à découvrir où demeurait sa cousine, c'était probablement qu'elle s'était mariée et qu'elle avait changé de patronyme. L'hypothèse n'avait pas non plus échappé à Miss Crowrie, et celle-ci avait continué à mener de loin en loin des recherches, en témoignait le courrier administratif reçu à la pension. Un simple coup d'œil autour de nous suffisait néanmoins pour se convaincre que Mrs Tomasso vivait seule dans cette maison.

Elle restait muette, les yeux rivés vers une portion de mur au papier déchiré.

— Innes est-elle passée vous voir à plusieurs reprises ? repris-je, sur un ton doux et bienveillant.

En entendant prononcer le nom de sa cousine, son attention revint se fixer sur nous, mais elle n'avait manifestement pas saisi la question.

— Vous vous êtes vues souvent ces quinze derniers jours ? reformula mon camarade.

— Oh, oui ! Elle m'apportait d'la nourriture, et puis aussi un peu d'argent.

— Que vous a-t-elle dit quand vous vous êtes retrouvées ?

— Elle voulait savoir comment j'allais, c'que j'avais fait tout c'temps.

May Tomasso ne semblait en capacité de suivre la conversation que par intermittence. Il fallait profiter qu'elle se trouvait dans des dispositions favorables pour en apprendre le plus possible.

— Et qu'avez-vous fait tout ce temps ? la relançai-je.

— J'ai habité avec Dale. Dale, il travaillait à l'usine. On s'aimaient tous les deux, mais il a eu un accident. Il est monté au ciel.

— Nous en sommes désolés.

— Ensuite, quelqu'un du bureau d'aide sociale m'a installée ici. Et puis, après, j'suis allée dans la maison du docteur.

— Le docteur ? s'étonna James.

— L'Dr Sandorsky.

— Qui est le Dr Sandorsky ?

— C'lui qui m'a opérée.

— Opérée de quoi, Mrs Tomasso ? poursuivis-je.

— Du ventre.

Elle lâcha le verre, qui tomba sans se briser sur l'épais tapis, puis enserra vigoureusement son abdomen de ses deux mains. Je me penchai pour déposer le verre au pied du canapé.

— Qu'aviez-vous à votre ventre ? demanda James.

— M'l'a pas dit.

— Le Dr Sandorsky ne vous a jamais confié ce dont vous souffriez ?

— Non.

— Qu'avez-vous raconté à Miss Crowrie à propos du docteur ? fis-je.

— Qu'c'était un homme savant. Il disait que nous autres, on lui étaient très précieuses. Les infirmières s'occupaient bien d'nous. Mais un jour, l'docteur m'a expliqué qu'c'était fini, fallait qu'j'rentre à la maison. Moi, j'voulais pas partir. Mais m'ont ramenée quand même.

— Et Miss Crowrie, est-ce qu'elle s'intéressait au docteur ?

Elle emprunta un air offusqué.

— Sûr qu'elle s'y intéressait. Quand j'lui ai parlé d'lui, m'a fait répéter son nom, comme si elle en croyait pas ses oreilles. Ensuite, elle m'posait plein d'questions. J'crois qu'elle aussi, elle voulait l'rencontrer.

Mon acolyte m'adressa un signe d'intelligence. Après avoir appris de la bouche de sa cousine l'existence du Dr Sandorsky, on peut imaginer qu'Innes ne s'en était pas tenue là et qu'elle avait cherché à obtenir des renseignements au sujet du médecin. On lui aura vanté les mérites de ce dernier, expert dans sa profession, capable de réaliser l'intervention qu'elle désirait plus que tout, en l'occurrence l'ablation de son troisième sein, et – ce qui n'était pas la moindre de ses qualités – attentif aux patients les plus fragiles.

Du reste, depuis que notre interlocutrice l'avait prononcé, le nom de « Sandorsky » résonnait dans mon esprit avec un accent étrangement familier. Dans quelles circonstances l'avais-je entendu ? Ce nom avait-il circulé dans une conversation ? Figurait-il dans un article de journal que j'avais parcouru ? Impossible de m'en souvenir.

— Où exerce le Dr Sandorsky ? demanda James.

Elle apposa une nouvelle fois ses mains sur son ventre.

— Au milieu des collines.

— Est-ce une clinique ?

S'alarmant de ne plus trouver son verre, elle s'était tout à coup raidie. Je le ramassai pour le lui glisser entre les doigts. De son côté, James y versa le peu qui restait de la bouteille.

Je tentai de revenir à la charge.

— Mrs Tomasso, nous aimerions beaucoup nous aussi rencontrer le Dr Sandorsky. Comment doit-on faire pour lui parler ?

Mais la jeune femme commençait à multiplier les marques d'agacement. Elle se contenta de répondre d'un vague geste en direction de la cage à oiseau, et il fallait considérer que c'était l'indication la plus précise que nous étions en mesure d'obtenir.

Inutile de risquer un nouvel accès de rage. Si ce médecin était réellement une pointure dans sa spécialité, il ne devait pas être difficile à trouver.

— Je vous remercie, dis-je en me levant du canapé. Nous avons fini de vous importuner.

— Innes reviendra m'voir, marmonna-t-elle. Elle m'l'a promis.

Je ne me sentais pas la force de lui annoncer la triste vérité.

— Je n'en doute pas, Mrs Tomasso.

Elle nous regarda partir sans plus dire un mot. Quand nous eûmes poussé la porte derrière nous, nous ne fûmes pas fâchés de nous retrouver sous la lumière vive du soleil.

— Alors ? Que penses-tu de ça ? demanda James en descendant les marches du perron. Hormis le fait, bien sûr, que cette fille a une araignée au plafond…

— J'en pense que, tout autant que sa cousine May, il se pourrait que le Dr Sandorsky ait occupé l'esprit d'Innes ces deux dernières semaines. J'ai le sentiment que, grâce à ce médecin, nous allons enfin obtenir quelques éclaircissements.

— En tout cas, quand on aura déniché ce toubib, je ne manquerai pas de lui relater le comportement inapproprié de certains de ses anciens patients.

Disant cela, il brandit sa main droite. Elle présentait, au croisement du pouce et de l'index, un cercle de pointillés blancs sur une portion de chair écarlate.

Une fois que nous eûmes regagné la voiture, j'avisai le cadran de ma montre-bracelet. Avant le Dr Sandorsky, j'avais un autre homme de l'art à visiter, et mon rendez-vous avec le Dr Peerless n'était que dans une heure. Comme nous n'avions rien avalé de solide depuis le matin, nous convînmes de profiter du temps qui restait en allant nous sustenter quelque part.

Nous filâmes vers le nord. James jeta son dévolu sur un bar aux couleurs tape-à-l'œil, à l'angle de San Pedro Street et de la Neuvième Rue, qui annonçait un menu spécial à soixante-cinq *cents*. À peine avais-je passé la porte que, ayant repéré une cabine téléphonique, je me pressai pour y consulter l'annuaire. Mais, à ma grande déconvenue, je ne découvris aucune référence à un « Sandorsky » – ou « Sandorski » –, alors même, pourtant, que le registre couvrait toute l'agglomération de Los Angeles.

Comme ce n'était pas le moment de me laisser abattre, j'essayai de nouveau de contacter les deux nains, de même que Stuart au journal, mais le mauvais sort s'acharnait sur moi. Le numéro des premiers était occupé. Pour ce qui était du second, le service était en pleine réunion, et je lui laissai un message afin qu'il nous retrouve à notre hôtel en fin d'après-midi.

Puis je rejoignis James, occupé à éplucher le menu. À peine avais-je pris place sur la banquette qu'une serveuse rousse aux formes pleines surgit pour enregistrer notre commande, un steak grillé aux oignons et aux épinards pour lui, deux œufs au chester accompagnés d'une salade verte pour moi.

Quand les plats furent apportés, nous essayâmes, en même temps que nous mangions, de relier les différentes données récoltées.

Dans les deux semaines qui avaient précédé sa mort, Innes avait retrouvé sa parente et peut-être découvert le chirurgien qu'elle appelait de tous ses vœux. Si ces deux événements suffisaient à justifier le changement de conduite observé chez elle par Mrs McCormick, cela n'expliquait pas la présence de l'homme-loup dans le cottage. Était-ce Miss Crowrie qui l'avait fait venir en Californie ? Lui avait-on fait savoir que, outre la polymastie, le Dr Sandorsky était aussi en mesure de traiter un cas d'hypertrichose sévère ? Le rapport d'autopsie laissait supposer qu'une tentative du même genre avait été effectuée sur le « velu » lorsqu'il était enfant, bien qu'à l'époque l'opération n'eût pas été couronnée de succès.

Depuis le soir où nous avions croisé la course de l'étrange créature sur Mulholland Highway, nous avions grandement avancé dans la compréhension des événements. Et pourtant, force était de reconnaître que la manière dont les pièces du mystère s'assemblaient n'était pas satisfaisante. Rien encore ne permettait d'entrevoir une réponse à la plus importante de toutes les questions : par qui et pourquoi le double meurtre avait-il été perpétré ?

En dehors des deux types à la Chevrolet, qui demeuraient insaisissables, la seule piste sérieuse dont nous disposions était celle de ce médecin. Encore fallait-il pouvoir entrer en contact avec lui.

Un disque se mit à entonner l'air de *Caminito* de Xavier Cugat. Pour me changer les idées, je saisis l'édition du *Los Angeles Times* qui traînait sur une table voisine. On eût vainement cherché une mention de l'affaire qui nous occupait, mais un article en une, qui se poursuivait en page 7, retint néanmoins mon attention. Il relatait la mise à mort devant trente-neuf témoins des condamnés Albert Kessel et Robert Lee Cannon, qui avaient été les premiers à expérimenter, à leur corps défendant, la chambre à gaz de la prison d'État de San Quentin. Au-dessous d'un plan de coupe de la sinistre cabine, appelée à remplacer l'échafaud, la légende signalait que l'exécution avait été un franc succès. Cannon avait attendu douze minutes avant de succomber, tandis que Kessel en avait mis trois de plus. D'autres condamnés devaient les imiter dans les jours prochains.

L'histoire n'était qu'un éternel recommencement. Quand Jack London avait fait paraître son *Vagabond des étoiles*, en 1915, le livre avait suscité un tel mouvement d'opinion que l'usage de la camisole de force avait été proscrit pour les détenus de droit commun à San Quentin. Se trouverait-il un successeur à l'illustre écrivain pour mener de nos jours la bataille ?

Levant les yeux vers la vitre extérieure du bar, je repérai sur le trottoir d'en face l'enseigne d'une librairie. Il me revint à l'esprit que, sur les lieux du drame, les policiers avaient découvert un roman dans les bagages du jeune homme. Au point où nous en étions, il ne fallait négliger aucun détail. J'avais juste le temps de faire un saut de l'autre côté de la rue.

Abandonnant James à sa tarte aux pommes, je traversai la chaussée et pénétrai dans la boutique. Celle-ci était relativement grande, lumineuse, avec de hautes étagères qui débordaient d'ouvrages.

J'approchai du libraire, un homme d'aspect robuste, à la solennelle toison grise et aux lunettes en écaille relevées sur le front. Il était occupé, derrière son comptoir, à déballer des livres d'une boîte en carton.

— Que puis-je faire pour vous ? dit-il d'une voix qui tenait le milieu entre la basse et le baryton.

— Je suis à la recherche d'une édition de *L'Homme qui rit*, de Victor Hugo.

— Excellent choix. Sûrement l'œuvre la plus envoûtante du grand écrivain.

Ma connaissance de Hugo, comme la plupart des auteurs français que j'avais lus avec passion durant l'adolescence, remontait à mes années au pensionnat de Dartmouth, en Nouvelle-Écosse, et aux cours de littérature prodigués par le professeur Harriman. Je gardais un souvenir ému de ce livre, mais je me rappelais de manière tout aussi prégnante le film muet que Paul Leni en avait tiré pour les studios Universal il y avait une dizaine d'années.

L'histoire se situait au tournant du XVIIIe siècle et racontait le destin tragique du jeune Gwynplaine. Enlevé à sa naissance par les Comprachicos, brigands dont le commerce était d'acheter et de mutiler des enfants pour en faire des phénomènes de foire, Gwynplaine avait subi l'abjecte opération de la *bucca fissa* – la bouche fendue jusqu'aux oreilles –, qui figeait son visage dans un rire grotesque. Au début du roman, ayant échappé à ses tortionnaires, le garçon était recueilli par le vieil Ursus, un saltimbanque auprès duquel il allait sillonner les routes d'Angleterre et acquérir la célébrité sous le nom de scène de « *L'Homme qui rit* ». Jusqu'au jour où, devenu adulte, Gwynplaine apprenait que son véritable nom était Fermain Clancharlie, fils naturel et légitime d'un lord du royaume, et que son enlèvement par les Comprachicos était le fait du roi Jacques II, farouche ennemi de son père. Contrairement au roman de Hugo, le film se terminait sur une note optimiste : après une expérience humiliante à la Chambre des lords, Gwynplaine renonçait à la pairie et retournait auprès d'Ursus et de la jolie Dea filer des jours heureux.

— En fait, on m'a dit qu'il existait une édition enrichie de photographies de plateau, précisai-je.

— Oh, je vois ! L'édition Grosset & Dunlap, en un seul volume. Dans la même série, Grosset & Dunlap a publié la plupart des grands classiques que la Universal ou d'autres studios ont adaptés ces dernières années pour leurs films d'épouvante. Du *Fantôme de l'Opéra* à *Dracula*, *Frankenstein* et *L'Homme invisible*. Il doit m'en rester un exemplaire. Si vous voulez bien patienter.

Le libraire sortit de derrière le comptoir et disparut dans les rayonnages. Il revint trente secondes plus tard.

— *L'Homme qui rit* ! fit-il en me tendant le livre.

Je m'en saisis et le feuilletai. C'était un volume de plus de cinq cents pages imprimées en petits caractères. Sur l'illustration de couverture, tout comme sur chacune des dizaines de photos encartées à l'intérieur, apparaissait Gwynplaine sous les traits de l'acteur Conrad Veidt. Il émanait de sa pâle figure à l'hilarité scandaleuse – création de Jack Pierce, le chef maquilleur de Universal Pictures –, une formidable intensité dramatique.

— Il vous en coûtera deux dollars et cinquante *cents*. Si vous appréciez particulièrement cet auteur, sachez que je possède aussi l'édition de *Notre-Dame de Paris*, agrémentée d'images du film de Wallace Worsley.

Je déclinai la proposition pour le roman de Quasimodo, alignai la somme réclamée pour celui de Gwynplaine et ressortis de la boutique, le livre sous le bras.

Quand je revins à l'intérieur du bar, James en avait fini avec son assiette. Il était bientôt l'heure de mon rendez-vous. Surtout que la femme au téléphone avait insisté sur le fait qu'il ne fallait pas faire attendre le vénérable médecin.

Le Dr Peerless officiait dans North Spring. Nous devions donc remonter San Pedro, puis Los Angeles Street. L'endroit se trouvait à peu de distance de Union Station, la nouvelle gare appelée à remplacer celle de Santa Fe, trop vétuste et inadaptée aux dernières générations de locomotives.

Comme l'avait déploré Timothy Random, la municipalité avait fait raser une grande partie du quartier chinois, entre North Alameda et Benjamin Street, pour construire le terminal ferroviaire. À quelques mois de l'inauguration officielle, le secteur était encore en travaux, et les ouvriers travaillaient d'arrache-pied.

— Nom de Zeus ! fit James tandis qu'on roulait à hauteur de la gare.

— Qu'est-ce qu'il te prend ?

— La Chevrolet verte, je l'ai dans le rétroviseur. Elle s'est faite discrète, mais je suis sûr qu'elle nous file depuis le bar. Peut-être même depuis Central Alameda. Et cette fois, je ne vais pas la laisser nous fausser compagnie !

Au lieu de continuer vers North Spring, James bifurqua à droite et s'engagea dans Macy Street, maintenant la vitesse pour ne pas donner à penser aux occupants de la voiture qu'ils avaient été repérés.

— Peux-tu au moins m'expliquer ce que tu fais ?

— Je suis passé par là une fois en me rendant à Montebello pour une partie de golf, et j'ai eu l'occasion de constater que l'endroit est truffé de terrains désaffectés le long des berges de la *River*.

— Eh quoi ? Tu comptes arrêter ces types à mains nues ?

— Pourquoi pas ? Ah, si seulement j'avais pris la peine de glisser mon revolver d'ordonnance dans la valise !

Nous avions traversé un tunnel qui passait en dessous des lignes de chemin de fer, mais la circulation automobile était trop importante à cet endroit pour tenter quoi que ce soit. Deux encablures plus loin, l'Oldsmobile franchit un long viaduc en pierres qui surplombait une nouvelle portion de voies, puis, parallèle à celles-ci, la Los Angeles River, que les dernières pluies n'avaient que faiblement grossie.

James dépassa le cours d'eau et, au carrefour suivant, tourna dans une artère perpendiculaire où les autos se faisaient beaucoup plus rares. Pour cause, la rue était presque exclusivement occupée par des hangars et des entrepôts délabrés. L'actuel réaménagement du quartier, allié à la dernière crue du fleuve qui, l'hiver précédent, avait provoqué de considérables dégâts, expliquait sans doute qu'autant d'édifices étaient tombés en déshérence.

— Ils ont tourné aussi, notai-je.

— Exact, mais ils gardent leur distance.

James continua quelques minutes jusqu'à un long bâtiment gris-vert dont la façade arborait l'effigie géante d'un chef indien devant un troupeau de buffles. Puis, ayant pris soin de constater dans le rétroviseur que nos poursuivants ne perdaient rien du spectacle, il accéléra brusquement et prit à droite une ruelle en terre battue qui bordait l'entrepôt.

Au bout de la ruelle, James vira encore de bord en faisant crisser les pneus et s'engagea sur un long quai de chargement, à un lancer de pierre de la *River*.

— J'espère que tu sais ce que tu fais ! m'alarmai-je, le cœur au bord des lèvres après avoir été ballotté dans tous les sens.

À cinquante yards devant nous se dressait une haute clôture grillagée qui paraissait interdire toute espérance de poursuivre plus avant la promenade.

— Pas encore, mais je ne vais pas tarder à trouver une idée.

Il roula à toute bringue vers la grille. Au-delà, comme pour nous narguer, le quai se prolongeait vers des horizons plus heureux.

Arrivés devant la clôture, je me disais que James allait bien devoir s'arrêter, mais, après avoir vérifié encore une fois que la Chevrolet n'était pas apparue dans le miroir du rétroviseur, il attendit la dernière seconde pour braquer et s'engouffrer à gauche dans un chemin non carrossable que je n'avais pas remarqué, jonché de vieilles planches et de rebuts en tout genre, et où la voiture avait à peine la place de passer.

Après une kyrielle de cahots dont chacun faillit me coûter plusieurs vertèbres, nous quittâmes l'interminable boyau et regagnâmes la rue principale.

Il n'y avait pas trace de la berline. Selon toute vraisemblance, elle nous avait emboîté le train et se trouvait à présent à l'arrière de l'entrepôt.

L'effigie du chef indien observait mon acolyte d'un œil réprobateur. Dès que nous fûmes sur la chaussée goudronnée, James remit les gaz pour avaler en sens inverse la longueur du bâtiment, puis il tourna dans la ruelle en terre que nous avions empruntée quelques minutes plus tôt.

— Tu as prévu combien de tours de manège ? hoquetai-je.

— N'aie crainte ! J'ai vu faire de la sorte dans un Laurel et Hardy.

— J'apprécierais énormément, Jim, que tu élargisses tes sources d'inspiration.

Il stoppa la voiture avant d'atteindre le bout de la ruelle et descendit pour aller se poster à l'angle de l'édifice.

Je sortis le rejoindre, ma canne serrée au creux de la main. Non que je fusse impatient de connaître en détail sa stratégie, mais j'avais surtout grand besoin, après un tel rodéo, de poser le pied sur la terre ferme.

— Ils sont là ?

— Ouais. Et ils doivent se demander où l'on a bien pu disparaître.

Je passai la tête à mon tour. La Chevrolet roulait au ralenti. Elle se trouvait presque devant la grille. De l'autre côté du fleuve, sous la lumière rougeoyante du soleil qui abordait la dernière étape de sa course, on reconnaissait les silhouettes de l'hôtel de ville et du nouveau building fédéral.

James promena un regard autour de lui, à la recherche d'un objet pouvant servir d'arme, mais il n'y avait qu'un vieil évier de ciment éventré.

On distingua soudain le bruit d'un claquement de portière, puis un second. La berline venait de s'arrêter.

La situation ne me disait rien qui vaille. Il n'y avait pas un quidam dans les environs, personne en mesure de nous prêter secours ou, à tout le moins, d'alerter la police. Si les types étaient armés, nous n'avions aucune chance de faire le poids.

Comme j'allais informer James de l'avancée de mes réflexions, il me somma de faire motus. D'un air hardi, il m'entraîna aussitôt vers notre voiture. J'eus à peine le temps de me poser sur le siège qu'il remettait le contact et écrasait le pied sur le champignon pour se lancer à l'assaut de la Chevrolet.

Lorsque notre coupé opéra le virage à la corde, les deux hommes tiraillaient les chaînes de la clôture, s'interrogeant sur la manière dont on avait pu leur faire faux bond.

Ils se retournèrent de conserve en nous entendant arriver. L'un ne paraissait pas être armé – ou du moins il n'avait pas encore exhibé son artillerie –, en revanche le second, un petit râblé, serrait dans sa main un revolver.

J'ignorais comment cela s'était terminé pour Laurel et Hardy, mais, dans la situation présente, nos adversaires ne furent pas long à saisir nos intentions. Celui au revolver attendit que nous nous fûmes rapprochés, puis il tira sans plus de cérémonie. Le premier projectile siffla à distance, mais le second fit exploser le pneu avant droit, et notre voiture manqua l'embardée. Mon cœur avait sauté un battement. À l'inverse, cela donnait des ailes à mon camarade. Après avoir rétabli le véhicule d'un coup de volant, il mit la gomme et exécuta un dérapage plus ou moins contrôlé devant le tireur, qui n'avait pas été assez prompt pour ajuster.

À peine la voiture fut-elle à l'arrêt que James jaillit de l'habitacle et plongea sur l'individu. Au sortir d'un roulé-boulé rondement négocié, tandis que le revolver glissait devant l'Oldsmobile, il lui adressa dans la foulée un crochet assorti d'un uppercut.

Il fallait empêcher son complice, un grand maigre à la peau grise et aux yeux globuleux qui ne demandait qu'à en découdre, de récupérer le précieux objet.

Malgré ma cheville récalcitrante, je m'extirpai de mon siège aussi vite que possible, fouettant l'air avec ma canne pour tenir le type à distance. Comme il allait se ruer sur moi, je le contrai en dépêchant un coup de jonc en plein dans son estomac.

Pendant que James bataillait au sol avec son adversaire, je me pressai d'atteindre l'arme à feu, un Colt calibre .38 à canon court, dont je fus soulagé de sentir la crosse entre mes doigts. L'homme, qui s'était remis de mon estocade, s'apprêtait à charger. Je me redressai illico, le canon dans sa direction.

— Haut les mains ! criai-je. Je vous promets que je n'hésiterai pas à m'en servir.

Derrière moi, bien que les lutteurs fussent en dehors de mon champ de vision, je devinai au bruit caractéristique qui venait de s'élever, celui d'un os ou d'une articulation qui cède, suivi d'un long râle caverneux, que l'un des deux avait pris le dessus.

Obéissant à la sommation, l'individu aux prunelles exorbitées souleva les bras au-dessus de sa tête, non sans avoir au préalable, dans un geste équivoque, détaché les deux boutons de son veston de drap bleu aux épaules rembourrées.

Je pointai le Colt d'un air encore plus déterminé. Craignant qu'il ne cache une arme sur lui, je m'avançai et, de l'autre main, avec le bout de la canne, je soulevai les pans de son blazer, mais il n'y avait rien.

Je reculai de quelques pas pour jeter un œil du côté de mon camarade. James se tenait à genoux sur son adversaire, qui avait les oreilles bizarrement crénelées, et il le menaçait de son poing dressé, prêt à lui aplatir les naseaux.

C'est alors qu'il se produisit un événement que personne n'eût été en mesure d'imaginer. Le grand maigre portait sous son veston, par-dessus sa chemise, une sorte de corset en cuir jaune attaché sur le devant. Sous la poussée exercée par quelque chose qui se trouvait à l'intérieur du corset, celui-ci se dégrafa d'un coup, et, devant mes yeux ébahis, apparurent une paire de bras supplémentaires, parfaitement mobiles, mais beaucoup plus courts que leurs grands frères levés vers le ciel. À leur extrémité, ces membres arboraient des mains minuscules, protégées dans des gants blancs d'une taille à l'avenant. Hormis ces derniers, les nouveaux bras étaient dénudés. Ils s'ajustaient au tronc légèrement au-dessous des deux autres, et on entrapercevait leur naissance par des échancrures pratiquées sur les côtés.

Le spectacle était déconcertant. Il me fallut quelques secondes pour me convaincre que mes sens n'étaient pas en train de m'abuser.

Avec dextérité, l'une des mains en modèle réduit, pas plus grosse qu'une menotte d'enfant, avait dégainé un poignard, lequel était recourbé et se dissimulait dans le revers du corset. L'homme brandissait le fer dans ma direction d'un air surexcité. Il avait rabaissé les bras – les deux plus grands – et les agitait pour rendre sa posture plus impressionnante.

— Je vais te saigner, minus, martela-t-il d'une voix furieuse.

Nul doute que James avait assisté au numéro de la créature quadrumane et se trouvait tout aussi abasourdi que moi, car je l'entendis pousser un juron. Quand je tournai le regard dans sa direction, le courtaud en avait profité pour reprendre l'avantage. L'un de ses poignets était manifestement désarticulé, mais, avec celui qui restait opérationnel, il avait réussi à décocher une puissante droite à mon acolyte, suivi d'un coup de tête dans le plexus qui l'envoya rouler sur le côté. Puis l'individu se releva avec une grimace et, avisant le Colt en ma possession, sans paraître s'émouvoir du fait que j'étais armé, il sonna la retraite.

— Du calme, Mickey ! On a ordre de les ramener en vie. Prends le volant et tirons-nous d'ici ! Ce n'est que partie remise.

Tandis qu'il consentait à reculer vers la Chevrolet, le kandjar serré entre ses doigts, le dénommé Mickey ne me quittait pas des yeux. S'il lui prenait de ne pas se ranger au sagace avis de son compagnon, je préjugeai qu'il était en son pouvoir de m'expédier le poignard en plein cœur avant que j'aie eu le temps d'appuyer sur la détente, et cette seule pensée suffit à me faire perdre le peu de moyens que j'avais rassemblés. James n'étant pas en état de me prêter main-forte, j'assistai impuissant au repli des deux sbires.

Quelques instants plus tard, leur voiture démarrait en trombe et, après avoir opéré un demi-tour tonitruant, disparut par où elle était venue.

Je me précipitai vers James. Il avait la respiration coupée. À croupetons, il humait l'air à grands traits pour reprendre son souffle.

— Bon sang, Andy ! haleta-t-il. Tu les avais au bout du canon !

Quoique j'eusse conscience d'avoir quelque peu manqué de sang-froid, je me raccrochai aux certitudes qui venaient de se faire jour dans mon esprit : la première était que j'avais raté l'heure de mon rendez-vous avec le Dr Peerless, la deuxième, que nous savions que ce n'était pas un nain qui avait égorgé Miss Crowrie, la troisième, que les types à la Chevrolet obéissaient à des instructions.

Les instructions de qui ? Là était désormais toute l'affaire.

XIII

OÙ SINGLETON
ET TRELAWNEY DÉLIBÈRENT
AVEC LEURS NOUVEAUX ÉQUIPIERS

Après avoir rallié cahin-caha un garage dans Macy Street afin de remplacer le pneu en charpie, nous n'étions arrivés que vers les huit heures dans le hall du *Mayflower* où Stuart nous attendait en feuilletant des magazines. Une fois tous montés à l'appartement, j'avais profité que James prenait une douche et soignait sa plaie à la pommette pour mettre notre ami au courant des derniers rebondissements.

À présent, c'étaient Random et Brisbee qui se faisaient attendre. Du garage, j'avais enfin réussi à les joindre chez eux, à Poinsettia. Ils assuraient avoir recueilli des renseignements du plus haut intérêt, mais espéraient encore un coup de fil important et ils nous retrouveraient dès que possible à notre hôtel.

Pour ce qui était de sa mission, Stuart était entré en communication avec le préposé de l'agence immobilière de Calabasas que Miss Crowrie avait rencontré. Lors de son passage, Innes avait seulement dit être à la recherche d'un endroit calme et isolé pour quelques jours de repos. Toutefois, devant l'insistance de Stuart – et sa promesse d'une invitation à l'avant-première du nouveau « Charlie Chan » –, l'employé avait fini par confier un détail : selon lui, le choix de la jeune femme avait semblé se porter sur la maison du Malibu Lake parce qu'elle se situait à peu de distance d'Agoura, une bourgade le long de la route 101.

En entendant cela, mon cerveau était entré en ébullition. Nous savions qu'Innes s'était fortement intéressée au Dr Sandorsky les jours qui avaient précédé le drame, et même qu'elle avait cherché à le rencontrer. Dans ces conditions, n'était-il pas concevable que le médecin exerçât dans les environs d'Agoura, au cœur des monts Santa Monica, et que ce fût précisément pour cette raison qu'elle et son compagnon s'étaient établis dans les parages ?

J'avais séance tenante appelé le service d'étage pour me faire apporter un annuaire du district de Malibu. Malheureusement, pas plus dans celui-là que dans le bottin de Los Angeles quelques heures auparavant, je ne trouvai la moindre trace d'un Dr Sandorsky, ni d'un établissement s'apparentant à une clinique dans ce coin perdu du comté, et mon enthousiasme était retombé comme un soufflé.

— Bah, il n'en reste pas moins que *nous* avons avancé à pas de géant ! jubila Stuart en portant l'accent sur le pronom personnel. Quand bien même les deux types à la Chevrolet ne sont que des exécutants, tout laisse à penser que ce sont eux les auteurs de la tragédie du Malibu Lake. Ton intuition selon laquelle le loup-garou est innocent du crime s'en trouve une bonne fois pour toutes confortée, Andy !

De mon canapé, où j'étais à demi allongé de manière à faire reposer ma cheville et à me remettre de mes émotions, je manifestai d'un hochement de tête ma reconnaissance à l'égard de Stuart. Son engagement à nos côtés faisait plaisir à voir. On aurait dit qu'il regrettait de ne pas avoir été lui aussi sur le bord de la *River* pour échanger les coups.

Il était assis à ma gauche dans l'un des fauteuils clubs et serrait entre les doigts une de ses cigarettes Old Gold. Ce soir-là, Stuart était vêtu d'une veste de popeline marron avec un pantalon de teinte assortie, ainsi que d'une chemise de finette blanche à rayures bleues qui avait comme seul désavantage de donner l'illusion qu'il avait noué sa cravate à un haut de pyjama.

— C'est pourquoi il faut se dépêcher de découvrir à qui obéissent Mickey-Quatre-Bras et l'autre affreux, clama James en émergeant de la salle de bains, dont il avait laissé la porte entrouverte pour garder une oreille sur ce qui se disait. Même s'ils risquent d'être sur le qui-vive à présent.

James nous rejoignit et prit ses aises dans l'autre fauteuil. Il était rasé de frais, en pantalon flottant et en débardeur. Hormis le pansement qui barrait sa joue droite, personne ne se serait douté qu'il venait de livrer combat contre le vilain en question.

— Justement, ne vaudrait-il pas mieux révéler votre mésaventure de tout à l'heure à la police ? fit Stuart. Cela convaincrait le shérif ou le coroner de rouvrir le dossier.

— Si on rapporte à Chambers ce qui est arrivé, arguai-je, il serait capable de nous accuser d'avoir monté cette histoire de toutes pièces. Le seul qui pourrait nous aider, c'est le sergent Latimer. Mais nous n'avons aucune preuve à lui fournir, mis à part le sparadrap sur la figure de Jim.

— Hé ! N'oublie pas que mon adversaire est reparti en plus mauvais état que moi ! Si l'autre Ganesh ne s'était pas lancé dans son espèce de strip-tease, j'avais match gagné.

— Il est vrai que les flics auraient du mal à avaler votre version. Qui irait croire à un assassin à quatre bras ? Et le second loustic, vous êtes sûrs qu'il était normal ?

— Ce que je peux certifier, c'est qu'il avait une droite fulgurante.

Mon camarade malaxa sa mandibule pour vérifier que cette partie de son visage tenait encore en place.

— On se croirait dans *La Monstrueuse Parade*, le film de Tod Browning, médita Stuart en expulsant un rond de fumée. À chaque jour, son nouveau phénomène : d'abord une fille à trois seins, ensuite un syndrome d'Ambras, maintenant cette étonnante créature… Sans compter Eileen Llewellyn et son cortège de *freaks*.

— Lorsque tu t'es renseigné sur la faune de l'*Angels Club*, s'enquit James, il n'a jamais été fait mention d'un homme répondant à la description de ce Mickey ?

— Je m'en serais souvenu !

— C'est fort dommage.

Les recherches s'annonçaient rien moins que difficiles. Heureusement, je n'étais pas resté tout à fait stupide pendant que nos assaillants prenaient la fuite : j'avais eu la présence d'esprit de relever le numéro d'immatriculation de la Chevrolet. En priant le ciel pour que la plaque ne fût pas trafiquée.

— 9-BA-265, égrenai-je. Pour l'instant, il s'agit de l'unique moyen dont nous disposons pour remonter jusqu'à eux. Tu pourrais te renseigner, Stuart ?

— C'est dans mes cordes, assura-t-il en jetant un coup d'œil vers le cadran de la pendule. Toutefois, il est trop tard pour appeler l'Automobile Club ou le service des cartes grises. Même Jerry Bruckner ne pourrait rien obtenir à cette heure. Mais je promets de m'y atteler demain dès l'ouverture des bureaux.

Stuart allongea les jambes avec un sourire dispendieux qui ne laissait entrevoir de ses yeux que deux traits scintillants. Le septième art avait occupé son esprit il y avait quelques secondes, et j'aurais parié qu'il était encore plongé dans son sujet de prédilection. Je ne me trompais pas.

— Cette histoire de bras serrés dans un corset m'a fait penser à un autre film de Browning, avec Lon Chaney et Joan Crawford[1], reprit-il. Dès que j'aurais un peu de temps, je crois que je vais consacrer un papier au génie du grand « Tod ». Sadique, alcoolique, misanthrope, mais surtout l'un des metteurs en scène les plus inventifs que Hollywood ait connu. Savez-vous pourquoi il s'est choisi ce prénom ?

— Pourquoi donc ? fit James.

— Parce qu'il signifie la « mort » en allemand et que cela collait à la perfection avec le patronyme que son géniteur lui avait légué : « Browning », comme l'inventeur du pistolet semi-automatique. Ah ça ! J'aimerais tellement obtenir une interview !

1. Il s'agit de *L'Inconnu (The Unknown)*, film muet datant de 1927. Lon Chaney y joue le rôle d'un fuyard qui se cache de la police en s'engageant dans un cirque, où il se fait passer pour un artiste manchot, ses bras enfermés dans un corset. Cependant, afin d'échapper à ses poursuivants, et par amour pour une femme que les mains des hommes terrorisent, il décide de se faire réellement amputer des deux membres… (*N.d.É.*)

— Qu'est-ce qui t'en empêche ? dis-je.

— Il exècre les journalistes. L'an passé, il a failli en étrangler un dans le jardin de sa maison, à Beverly Hills.

Au même instant, on entendit frapper de petits coups secs à la porte.

James se chargea d'aller ouvrir, le Colt dissimulé derrière son dos au cas où il se serait agi de Mickey et son collègue, mais ce n'étaient que Random et Brisbee.

Quand ils aperçurent le pansement sur le visage de James, et surtout le revolver qu'il avait laissé retomber le long de sa cuisse, les deux nains marquèrent un arrêt. Je les encourageai incontinent à nous rejoindre.

— Soyez les bienvenus ! Je vous présente Stuart Dauncey, un vieil ami à nous. Stuart, je te présente Timothy Random et Joey Brisbee, dont nous t'avons parlé.

— Enchanté, messieurs.

— Enchantés.

— Désirez-vous nous accompagner ? enchaîna Stuart en désignant la bouteille de bourbon.

— Ce n'est pas de refus, dit Random qui finissait de traverser la pièce de sa démarche bringuebalante.

Le meuble à alcool se trouvant à côté de lui, Stuart se chargea du service, pendant que James, après avoir reposé son revolver sur la grande table, à l'entrée du salon, s'occupait de trouver à nos invités de quoi s'asseoir.

Coiffé de son habituelle casquette, Timothy Random était vêtu d'un manteau court et d'un complet gris foncé. Joey Brisbee, de son côté, avait troqué son costume moutarde contre un ensemble trois-pièces en flanelle de couleur rouille, impeccablement coupé, avec une cravate en laine verte. Il était chaussé de délicats souliers marron clair.

Les nouveaux arrivés m'apparaissaient encore plus petits que lors de notre précédente rencontre. Au détour de la conversation chez *Bernstein*, Random nous avait appris que son jeune ami était détenteur d'un brevet de pilotage, aussi essayai-je de me représenter celui-ci à mille pieds d'altitude, aux manettes de son aéroplane.

— Votre pommette… Est-ce la marque de votre accrochage avec les occupants de la Chevrolet verte ? questionna l'aviateur lorsque James revint au milieu du salon, une chaise à chaque bras.

— En effet. Je m'en suis servi pour stopper un de leurs poings qui fendait l'air beaucoup trop vite.

— Valeureuse entreprise ! repartit Random, pince-sans-rire, en escaladant son siège.

Un peu plus tôt, lorsque je leur avais téléphoné du garage de Macy Street, je m'étais contenté de les avertir de notre escarmouche au bord du fleuve. Cette fois-ci, comme je l'avais fait pour Stuart, je leur relatai par le menu toutes les autres informations que nous avions récoltées depuis la mi-journée, à Bunker Hill et auprès de May Tomasso, sans oublier la rencontre inopinée avec le sergent Latimer et mon rendez-vous manqué avec le Dr Peerless.

— Ainsi donc, Miss Crowrie avait retrouvé la trace de sa cousine ! fit Brisbee.

— Selon nos recoupements, elle aurait renoué le contact deux ou trois jours avant votre dernière rencontre.

— Elle ne nous en avait rien dit.

— En tout cas, je constate avec plaisir que vous avez suivi mes recommandations concernant le Dr Peerless, se félicita Random qui, semblait-il, avait établi un palmarès très personnel des événements les plus marquants du jour.

— Du moins ai-je essayé. Je me suis empressé d'appeler pour présenter mes excuses et convenir d'une autre date, mais la secrétaire n'a rien voulu entendre.

— Oh, mais Nancy n'est pas une simple secrétaire ! Elle seconde le Dr Peerless pour les manipulations les plus délicates. Je vous ai certainement instruit qu'elle et son patron sont tous deux des nains achondroplases. Ah ! Qu'il me serait agréable de les embrigader au sein de notre ligue ! Je vais voir ce que je peux faire pour votre rendez-vous. Après tout, vous aviez une circonstance atténuante.

— Je vous remercie.

Quoi qu'il prétendît, Timothy Random ne m'avait pas tout dévoilé au sujet du Dr Peerless. Je me demandai s'il n'eût pas été plus indiqué de m'adresser à un cabinet médical un tantinet moins hétérodoxe, mais je ne voulais froisser personne.

— Avez-vous déjà eu connaissance d'un monstre humain à quatre bras ? fit James pour revenir au centre de nos préoccupations.

Random et Brisbee se consultèrent du regard avant de secouer négativement la tête.

— Il y avait les Tocci, qui se sont produits à la fin du siècle, avança Brisbee, mais eux c'étaient des sortes de siamois. Le bas du corps était celui d'une personne unique, tandis que le haut se dédoublait au niveau de la poitrine : deux paires de bras et deux caboches ! J'ignore s'ils sont encore de ce monde.

— Le plus incroyable, c'est que Giovanni Battista et Giacomo se sont mariés, déclara Random. Bien que la nature ne leur ait accordé qu'une verge pour deux, chaque frère avait la gouvernance d'un testicule. La nature fait admirablement les choses !

— À ce que j'ai cru comprendre, le phénomène qui nous occupe n'a qu'une seule tête, fit remarquer Stuart dont la voix commençait à produire quelques sifflements.

— Une seule tête, confirma James. Pas une de plus, pas une de moins.

— Dans un des traités de tératologie que j'ai consultés à la bibliothèque, intervins-je, j'ai lu qu'il pouvait arriver, dans le ventre de la mère, que des fœtus jumeaux fusionnent à tel point que l'un absorbe plus ou moins intégralement le corps de l'autre. Le survivant devient alors un être composite, qui hérite d'un ou plusieurs membres ayant appartenu à son frère.

— À l'instar du célèbre Lantini qui marche sur trois pattes, commenta Random. Mais la liberté de mouvement de ces malheureux est d'ordinaire très contrariée, quand ils ne sont pas tout bonnement impotents.

— Celui avec lequel vous avez eu maille à partir doit être un spécimen remarquable, souligna son condisciple lilliputien.

Stuart en profita pour sortir de sa poche sa petite boîte de pastilles à la réglisse. Il en versa quelques grains au creux de sa paume et les expédia aussi sec au fond de son palais.

— Selon vous, ce sont donc ces deux types qui ont assassiné Miss Crowrie ? sonda Random.

— Et mortellement blessé son compagnon, acquiesçai-je. En tenant compte des conclusions du légiste que nous a communiquées le sergent Latimer, le jeune velu aurait perdu connaissance alors qu'il cherchait à leur échapper et il aurait glissé dans le lac. Néanmoins, cela ne fait aucun doute que ces individus n'ont pas agi de leur propre initiative.

— Qui aurait pu en avoir après eux au point de vouloir les tuer, ventrebleu ?

— Ça, nous donnerions cher pour le savoir ! Mais venons-en à l'identité de notre noyé, voulez-vous ? Qu'avez-vous appris à son sujet ?

— Eh bien, la tâche n'a pas été facile, mais nous avons découvert qui il était, se targua le plus vieux des deux nains. Son nom était « Frazer », « Anton Frazer ». Il aurait vu le jour il y a vingt et un ans en Hongrie, au pied des monts Bakony. Lui et Miss Crowrie se sont rencontrés en septembre 1936 dans le *freak show* où elle travaillait, aux environs de Minneapolis. Frazer arrivait de Philadelphie, et avant Philadelphie, où il n'était resté que six mois, il se produisait en Europe centrale et dans les Balkans.

— Le gamin avait la bougeotte, c'est peu de le dire ! poursuivit Brisbee. Quelques semaines avant qu'Innes n'ait décidé de partir en Californie, Frazer, lui, avait trouvé un engagement à Springfield, dans l'Illinois, puis à Des Moines, dans l'Iowa. En septembre dernier, il avait encore fait ses valises pour rallier un théâtre d'exhibition à Salina, au Kansas.

— À Salina, on nous a expliqué qu'il s'était volatilisé il y a dix jours, à la suite d'un coup de téléphone.

— Dix jours, le Kansas… Cela corrobore parfaitement nos informations, fis-je observer. Personne n'a la moindre idée sur les raisons de son départ précipité ?

— Anton Frazer était quelqu'un de taciturne et tourmenté qui ne s'épanchait pas facilement, dit Random. Au reste, son arrivée à Salina était récente. Il n'avait pas laissé le temps aux autres d'en connaître beaucoup sur son compte.

— C'est à Minneapolis qu'on en a appris le plus sur lui. Selon notre contact, Anton lui avait révélé un jour qu'il portait sur ses épaules le poids d'un terrible secret.

— Un secret ? Quel secret ? demandai-je.

— Il n'en a pas dit davantage. La seule personne à qui il se confiait, c'était Innes. Les deux jeunes gens ont été très proches durant les mois qu'ils ont passés ensemble.

— Étaient-ils amants ? demanda James.

— Pas que l'on sache. Miss Crowrie l'avait pris sous son aile, comme une sœur en quelque sorte. Avant d'arriver, Anton parlait à peine l'anglais. C'est elle qui lui a enseigné notre langue.

— Il avait donc fait le voyage en solitaire jusqu'aux États-Unis ? s'étonna Stuart.

— En effet, dit Brisbee. Il semblerait qu'en Europe un certain Krunjec, qui l'avait pris en charge au décès de ses parents, alors que ce n'était qu'un tout jeune enfant, ait été à la fois son tuteur et son impresario. À la mort de ce Krunjec, quand il a eu dix-sept ans, le gamin se serait subitement mis en tête de traverser l'Atlantique. Depuis, il n'a cessé de parcourir le pays en allant de théâtre en spectacle de foire, sans jamais accepter de se mettre sous la coupe d'un autre.

— À mon avis, il a eu tort. Un phénomène comme lui aurait fait fortune en Amérique s'il avait eu quelqu'un pour gérer sa carrière.

Après avoir dans un bel ensemble avalé chacun une gorgée, les deux nains gardèrent le silence.

— C'est tout ? demandai-je.

— C'est tout.

— Félicitations ! Vous avez accompli de l'excellent travail.

— Et cela, pour trois dollars et soixante-quinze *cents* de communications interurbaines, se glorifia Random. Mais Joey et moi vous faisons grâce de cette somme. Nous avons décidé de la passer sur le budget de l'association.

— Voilà qui est tout à votre honneur ! s'exclama Stuart en levant son verre.

James et moi trinquâmes à notre tour.

Depuis l'après-midi, nous connaissions le visage des agents d'exécution, à défaut de leur état civil, et, cerise sur le gâteau, nous venions d'apprendre le nom de leur deuxième victime. Pour autant, il nous restait à découvrir le mobile et l'identité de celui qui tirait les ficelles. Pourquoi Mickey-Quatre-Bras, comme se plaisait à l'appeler James, avait-il égorgé Innes avant que lui ou son complice n'écrasât le crâne du jeune Frazer ? Toute cette affaire avait-elle un lien avec le « terrible secret » dont Anton semblait être le dépositaire ?

— Nous savons que c'est Innes qui a contacté Anton au Kansas, résumai-je. Comme ce dernier avait pas mal bourlingué depuis qu'elle et lui s'étaient perdus de vue, il a fallu au préalable qu'elle découvre le lieu où il travaillait. D'où les nombreux coups de fil passés de la pension de Mrs McCormick.

— La question est donc la suivante, enchaîna James : pour quelle raison Innes l'a-t-elle appelé ?

— Tout ce qu'on peut affirmer, rétorqua Stuart, c'est que c'était suffisamment important pour qu'Anton quitte Salina sur-le-champ et rejoigne Miss Crowrie en Californie.

— Quelque chose me dit que cela a un rapport avec l'opération qu'Innes projetait de subir, pronostiquai-je, et peut-être aussi avec les interventions qu'a subies Anton lorsqu'il était enfant. Ah, si seulement on réussissait à en savoir plus sur ce Dr Sandorsky ! Je suis persuadé que cela nous aiderait à y voir plus clair.

Je me soulevai du canapé et fis les quelques pas qui me séparaient de la table du salon. À côté du volume de *L'Homme qui rit* et de la photo d'Innes que j'avais déposés en arrivant se trouvaient les cartes routières dont je m'étais servi deux jours auparavant. Saisissant celle qui fournissait le plus de détails sur la région des monts Santa Monica, je l'étalai à plat devant moi.

— Ici, c'est le Malibu Lake, fis-je en désignant la tache bleue en forme de tête de chameau. Le cottage est sur Mulholland Highway, au-dessus de la rive nord du bassin, et, en remontant un peu plus haut, il y a la petite ville d'Agoura. Tout autour, ce sont des arpents de collines et de vallées.

— Selon le gars de l'agence, rappela Stuart, il semblait important pour Innes que le chalet se situe à proximité de cette bourgade.

— C'est juste, mais nous n'y avons découvert aucun Dr Sandorsky.

Mon constat d'impuissance était d'autant plus rageant que j'avais toujours le sentiment d'avoir déjà entendu ce nom quelque part.

Soudain, un élément qui m'avait jusque-là échappé me sauta aux yeux. Agoura se trouvait aux confins du comté de Los Angeles. À un mile et demi au nord était figurée par des pointillés la frontière qui séparait le comté de son voisin. Je me hâtai vers le téléphone et réclamai à la réception que l'on fît monter au plus vite un annuaire du comté de Ventura.

Je faisais les cent pas en fumant une cigarette. Le préposé ne fut pas long à transmettre ma requête. Quelques minutes plus tard, je glissai un *quarter* à un garçon en livrée qui me remit solennellement le registre entre les mains.

Puis je retournai vers la table en commençant à feuilleter le bottin en quête d'un « Sandorsky ». J'avais la certitude que le nom était là, quelque part parmi ces milliers de lignes, sagement rangé à sa place alphabétique. Las, j'eus beau vérifier, encore et encore, il fallut me rendre à l'évidence : il n'y avait rien. À croire que ce toubib n'était qu'une vue de l'esprit. J'étais sur le point de refermer l'annuaire quand une nouvelle idée me traversa. Je me mis en quête des hôpitaux, cliniques et autres maisons de santé que comptait le territoire, en me bornant aux localités établies dans la zone limitrophe au comté de Los Angeles. Je dénombrai ainsi trois établissements. Je n'eus aucun mal à positionner les deux premiers sur la carte, du côté de Thousand Oaks, la plus grande ville du secteur. Pour le troisième, en revanche, je ne pus le localiser que de façon très approximative.

— Le Crestview Sanatorium, prononçai-je tout haut en traçant un cercle avec l'index. Cela doit se situer par là, non loin d'Agoura.

— Quel nom avez-vous dit ? entonnèrent de concert les deux nains.

— « Crestview Sanatorium ».

— Hé, c'est bien ça ! se récria Random. C'est le nom que Miss Crowrie avait prononcé lors de notre dernière rencontre.

— En êtes-vous certains ? dit James en se levant d'un bond pour me rejoindre devant la carte.

— Absolument ! soutint Brisbee. Même que je me souviens m'être dit qu'un sanatorium, c'est plutôt fait pour les tuberculeux.

Manifestement, Innes avait obtenu de la part de sa cousine beaucoup plus que James et moi n'avions réussi à le faire. Quand elle s'était entretenue le jeudi soir avec Random et Brisbee, elle était déjà au courant du nom de la clinique, et éventuellement aussi de sa situation géographique.

Nos amis se montraient affirmatifs, il y avait donc toute raison de croire qu'il s'agissait de l'établissement auquel la jeune femme avait fait référence. Hormis l'adresse et le numéro de téléphone, le registre ne fournissait aucune indication qui aurait pu nous éclairer sur la nature des soins prodigués au Crestview Sanatorium. J'eus un instant la tentation d'appeler le numéro, mais il importait d'agir avec la plus grande discrétion. Surtout ne pas commettre d'impair. Il apparaissait qu'Innes et Anton avaient cherché à entrer en contact avec le Dr Sandorsky. Or, qui sait ? C'était peut-être pour nous empêcher de l'atteindre à notre tour que les types à la Chevrolet nous avaient pris en chasse.

Stuart et les deux nains avaient eux aussi abandonné leur siège. Nous étions tous les cinq postés autour de la grande table.

— Qu'est-ce qu'on attend ? s'enflamma James. Allons tout de suite voir de quoi il retourne !

— Le temps d'arriver là-bas, il ne serait pas loin de onze heures ! Nous aurions le plus grand mal à recueillir sur place des informations. Non, le mieux est de patienter jusqu'à demain matin. Pendant que nous ferons le voyage à Agoura, toi, Stuart, tu te renseigneras au sujet du véhicule. Quoi qu'on apprenne sur ce Dr Sandorsky, l'immatriculation de la Chevrolet demeure le meilleur moyen de remonter jusqu'aux tueurs.

Conscient de la lourde responsabilité qui lui incombait, Stuart réajusta fièrement son nœud de cravate.

— Et nous ? s'exclamèrent les deux nains.

— Votre aide nous a été très précieuse, dis-je, et nous vous savons gré de tout ce que vous avez fait. Néanmoins, je pense qu'il n'est pas nécessaire de vous accaparer plus longtemps.

— Pas question que nous en restions là ! se rebella Random, dont seule la tête dépassait du plateau de la table. Nous avons commencé à vous aider, nous irons jusqu'au bout. Au demeurant, puisque c'est un *freak* qui a commis cette atrocité, il est essentiel que la ligue dont nous sommes les ardents représentants collabore aux investigations.

— Nous pourrions aller aux nouvelles sur cet homme à quatre bras, enchérit son compère. S'il a jamais frayé un jour dans le milieu des phénomènes de foire, il doit se trouver des gens au courant de quelque chose le concernant.

— Emballé, c'est pesé ! fit James. Votre offre de service nous paraît on ne peut plus sensée.

Il n'y avait pas grand-chose à ajouter. Nous avions mis sur pied la plus improbable équipe de « durs à cuire ». Sam Spade ou Dick Tracy n'avaient qu'à bien se tenir !

— Puisqu'il en est ainsi, glissai-je, je suggère que nous fassions le point demain sur nos avancées respectives. À trois heures, ici même, au *Mayflower*. Cela vous semble raisonnable ?

Tout le monde approuva d'une seule voix.

— Eh bien, je crois que tous les détails sont réglés, lança James en s'éloignant vers le téléphone. Que diriez-vous dans ce cas de nous faire monter de quoi manger un brin ?

XIV

LE *MILLER'S LAST STAND*

Il était aux environs de neuf heures lorsque nous parvînmes à Agoura sans que la moindre Chevrolet verte se soit manifestée. Le soleil ne donnait pas encore sa pleine mesure, et la brise qui avait commencé de souffler au sortir de Los Angeles était retombée aussi vite qu'elle était venue, laissant augurer que les températures resteraient conformes à ce qu'elles avaient été les derniers jours.

L'avant-veille, en retournant la première fois du côté du Malibu Lake, nous avions quitté la route 101 à la sortie de Calabasas pour rattraper Mulholland Highway. Cette fois-ci, laissant à bâbord l'itinéraire précédemment emprunté, nous avions continué tout droit et atteint en un rien de temps la petite bourgade.

On s'attendait à un endroit tranquille, mais, à dire le vrai, pas à ce point. Au bord de la chaussée, il ne se trouvait qu'un petit groupe de maisons et deux ou trois échoppes, la plupart alignées du même côté, face à la chaîne de collines où s'apercevait de-ci, de-là un troupeau de moutons broutant l'herbe rare. Quelque part derrière ces reliefs, à deux miles à vol d'oiseau, devaient s'étaler les eaux vertes du Malibu Lake.

Depuis la traversée de Tarzana, la jauge de notre réservoir alertait que le niveau d'essence devenait critique, mais James avait estimé que nous pouvions attendre Agoura pour prendre du carburant. De cette manière, nous ferions d'une pierre deux coups et tenterions de glaner quelques informations sur le Crestview Sanatorium. Encore fallait-il qu'il y eût une pompe dans ce fichu patelin.

Par chance, deux poteaux téléphoniques plus loin, une pancarte signalait la présence d'un relais baptisé *Miller's Last Stand*, qui proposait l'essence bon marché, de quoi manger sur le pouce et un coin épicerie en libre-service. Curieusement, la station ne se situait pas sur le bord de la nationale et l'on devait, pour y faire escale, prendre une rue à droite. Du coup, nous supposâmes naïvement que nous trouverions par là ce qui ressemblerait à un centre-ville.

Nous en fûmes pour nos frais. Passé quelques habitations en ordre dispersé, un commerce de graines et d'ustensiles agricoles, l'entrée d'un ranch au portique coiffé de deux bustes de chevaux en simili-bronze et le fameux relais, le paysage redevenait au loin celui qu'il était partout, une succession de vallons et de montagnes aux flans pelés.

James braqua pour se ranger devant la pompe à essence, qui arborait le label « Union Gasoline », et nous descendîmes de voiture. Il ne se passa rien pendant quelques minutes, puis, après qu'on eut fait retentir le klaxon, un individu entre deux âges émergea du magasin par la porte de saloon. Il était plutôt corpulent, affublé d'une salopette d'une propreté douteuse et d'une casquette de base-ball de laquelle dépassaient de longues mèches d'un jaune virant au roux. Quoiqu'il cherchât à se donner contenance en exécutant les derniers pas à petit trot, ses yeux bouffis et son teint chiffonné témoignaient que nous venions de le sortir d'une sieste matinale.

En tout état de cause, et compte tenu du fait que la clientèle ne paraissait guère se bousculer au *Miller's Last Stand*, son propriétaire avait le droit de profiter comme il l'entendait de ses plages de temps libre.

— Melvin Miller, pour vous servir, fit-il en s'efforçant de sourire malgré son souffle court. C'est de l'essence que vous voulez ?

— S'il vous plaît, répliqua James. Nous aimerions aussi du café, et quelques renseignements.

— Pour l'essence et le café, y a pas de problème. Pour le reste, faut voir ce que je peux faire. Allez donc vous installer à l'intérieur, je n'en ai pas pour longtemps.

Nous entrâmes dans la boutique. Le coin épicerie n'était ni très grand ni très fourni. Il se composait de deux minuscules allées aux rayonnages remplis de boîtes de conserve, de produits d'entretien et autres denrées non périssables qui devaient déjà être là sous la mandature du président Wilson et, pour la plupart, ne trouveraient pas acquéreurs avant des années. Sur le côté, des tabourets trônaient devant un comptoir de type bar et, collées entre les sièges et les têtes de gondole, deux tables désespéraient de voir un jour des audacieux prendre une collation sur leur plateau. Au fond, une porte qui n'avait pas été entièrement refermée donnait, supposai-je, sur la partie logement.

Je résistai à l'appel des tables et m'installai sur un des tabourets. James, quant à lui, s'était éloigné vers un présentoir de pâte dentifrice et de bandes adhésives Chlorox à appliquer sur l'émail. À en croire la réclame jaunie par les ans, représentant une starlette en maillot de bain languissamment appuyée contre un rocher, il n'y avait pas mieux pour détruire jusqu'à la dernière les bactéries qui colonisent notre bouche.

Les pales du ventilateur de plafond étaient à l'arrêt, comme, semblait-il, tout ce qui se trouvait à une lieue à la ronde. On apercevait de la fenêtre Melvin Miller en train de remplir le réservoir de l'Oldsmobile, sur laquelle s'était perchée une poule. Quand il eut raccroché le tuyau à la pompe, il s'essuya les mains sur les cuisses de sa salopette et retourna vers le bâtiment, sans trop pousser l'allure cette fois-ci.

Il lui fallut tout compte fait une minute entière avant de parvenir de l'autre côté de la caisse, ce qui laissa largement le temps à James de faire ses adieux à la baigneuse et de prendre place à côté de moi devant le comptoir.

— Pourquoi n'êtes-vous pas installé sur la nationale ? dis-je tandis que Miller empoignait une grande cafetière reposant sur un réchaud à gaz. Il me semble que cela aurait été plus approprié.

— Quand je suis arrivé dans ce bled il y a un quart de siècle, il y avait déjà dans l'air le projet d'une route depuis Los Angeles jusqu'à Frisco, alors je me suis dépêché d'ouvrir un comptoir. Seulement, ils ont construit la voie deux cents coudées plus bas que prévu. Les premiers temps, ça allait encore. Ceux qui avaient besoin de carburant ou d'une boîte de pickles, ils poussaient jusqu'ici, mais, de nos jours, faut convenir que le chaland se fait plutôt rare. Goûtez-moi cette merveille ! M'en direz des nouvelles !

Après avoir versé le breuvage dans deux timbales en fer-blanc, il les déposa sur le comptoir et tendit le bras pour ramener vers nous le sucrier. Les grains étaient agglomérés et ne passaient plus à travers les trous.

— Si vous avez un petit creux, je peux vous bricoler quelque chose, ajouta-t-il en se hissant sur son siège.

— Sans façon, fit James.

Lui comme moi repoussions le moment de porter le godet à nos lèvres. Le café dégageait une drôle d'odeur, comme s'il avait été confectionné avec l'eau d'un bocal à poissons.

— Il paraît qu'il y a eu du grabuge dans le coin, continua mon camarade sur le ton de celui qui souhaite seulement alimenter la conversation. Les flics auraient découvert deux macchabées en l'espace de vingt-quatre heures du côté du Malibu Lake.

— Suis pas au courant.

— Vraiment ? m'étonnai-je. Pourtant, ce n'est pas loin d'ici. Les habitants du lac ont dû en causer.

— Je vous l'ai dit, il ne passe pas grand-monde dans ma cambuse. Ceux du Malibu Lake encore moins. Ils ont leur épicerie, et même une pompe Texaco. Et, pour ce qui est de boire un coup, il y a la buvette du *Mountain Club*. À trente *cents* le demi de bière. Sans la mousse, évidemment ! Avec, c'est cinq de plus.

— Je pensais qu'une feuille locale aurait fourni des détails.

— Pas de journaux ici. Pour les nouvelles fraîches, c'est la radio.

Si Melvin Miller était de bonne foi, il était heureux que nous n'ayons pas fait appel à lui plus tôt dans notre enquête. Ce n'était pas sa contribution qui nous aurait permis de beaucoup progresser.

Joignant le geste à la parole, il se contorsionna pour atteindre le poste de marque Zenith qui reposait derrière lui et tourna celui des boutons en bakélite situé le plus à droite. L'aiguille du cadran ovale trépida avant de se stabiliser sur la fréquence de la station KFOX. Le son d'une voix nasillarde jaillit du haut-parleur qui annonça *Let's Pretend There's a Moon* du regretté Russ Colombo. Pour le bulletin d'informations de dix heures, ça attendrait un peu.

— Bah ! De toute façon, nous ne sommes pas venus pour ça, repartit James. Nous recherchons une amie qui a demeuré quelques jours dans la région. Une jeune femme blonde. Elle s'appelle Innes Crowrie. Vous l'avez peut-être vue.

Pour aider l'homme à se rappeler, je sortis le portrait d'Innes de la poche intérieure de mon veston. Il saisit la photo entre ses gros doigts raidis et l'observa attentivement.

— Je l'ai vue, confirma-t-il en me rendant le cliché.

— Quand était-ce ? demandai-je.

— Il y a environ deux semaines.

— Vous souvenez-vous du jour avec précision ?

Soulevant sa casquette, il se frictionna l'occiput. L'occasion pour nous de constater que les mèches qui débordaient au-dessus de ses oreilles et derrière la nuque étaient en réalité tout ce qui lui restait de chevelure. Le sommet de son crâne n'était qu'un vaste désert capillaire, rose et lustré.

— Voyons, voyons, ce devait être le jeudi… non le vendredi après-midi.

C'est-à-dire quelques jours après qu'Innes eut entendu pour la première fois parler du médecin par l'entremise de sa cousine, formulai-je en moi-même, et un peu plus d'une semaine avant le drame du Malibu Lake.

— Elle était seule ? fit James.

— Hin-hin. Elle conduisait une Ford noire. Elle s'est arrêtée ici.

— Quoi ? Dans votre boutique ?

— Même qu'elle s'est assise à votre place, dit-il en pointant le nez dans ma direction. Je lui ai servi un Pepsi.

Je considérai le visage rond de notre interlocuteur, la mine désormais complétement réveillée, et son sourire aux lèvres collées. Je m'en voulais de l'avoir jugé trop vite. Pour me faire pardonner, je fis disparaître au fond de mon gosier un tiers du contenu de la timbale. C'était tiède, épais et saumâtre. Mais ce n'était pas tant le goût que l'odeur qui soulevait le cœur.

— Vous avez discuté avec elle ? reprit James.

— Bien sûr. Elle était comme vous, elle voulait des informations.

— De quelle sorte ?

— Elle recherchait quelqu'un.

— Un médecin ?

— Mouais.

— Un certain Sandorsky ?

— C'est ça.

— Et que lui avez-vous répondu ?

— Que je ne connais personne de ce nom. Il n'y a pas de docteur par chez nous. Si quelqu'un est souffrant, faut qu'il aille à Calabasas ou à Thousand Oaks. Là-dessus, elle a insisté en demandant s'il n'y avait pas un endroit appelé « Crestview Sanatorium ».

Je lui ai dit que si. De l'autre côté de la frontière du comté. Moi, je ne me doutais pas que c'était de ce genre de toubib qu'elle voulait parler !

— Qu'entendez-vous par « ce genre de toubib » ? réagit mon acolyte.

— Ben, le Crestview Sanatorium, c'est comme qui dirait un hospice pour les simples d'esprit, ou les fêlés du ciboulot. Sauf que là, ils prennent surtout des femmes. Des paumées sans le sou et sans famille qu'ils ramènent d'on ne sait où et qui restent là plusieurs semaines. À ce qui paraît, c'est une association de bienfaisance qui est derrière tout ça.

James me lança un regard déconcerté avant de porter distraitement la tasse jusqu'à ses lèvres. Ce fut non sans mal qu'il se retint de tout recracher.

Lors de notre visite dans son bungalow, à Central Alameda, Mrs Tomasso ne nous avait pas semblé avoir toute sa tête. À supposer que le Crestview Sanatorium, comme le prétendait Miller, accueillait des jeunes femmes souffrant de problèmes psychiques, il n'était pas extravagant qu'elle eût été prise en charge, à un moment ou un autre, par un établissement de ce type. Mais il en allait différemment pour Innes. Un asile n'est pas le meilleur endroit pour se faire retirer un sein surnuméraire. Quelles avaient été ses intentions en prenant des renseignements sur le Dr Sandorsky ? Et pourquoi Anton Frazer avait-il quitté bille en tête son théâtre d'exhibition à Salina pour la rejoindre ici ?

— Vous affirmez ne pas connaître le Dr Sandorsky, poursuivis-je. Selon vous, ce médecin n'exerce donc pas au Crestview Sanatorium ?

— Ah, je n'ai pas dit ça ! Je l'ignore, c'est tout. Nous autres, on ne se mêle pas trop de savoir ce qui se trame entre ces murs. J'ai conseillé à votre amie d'aller voir par elle-même, mais elle a expliqué qu'elle ne préférait pas pour l'instant. Elle se contentait de glaner des informations.

— Ceux qui travaillent là-bas, vous devez cependant les croiser quelquefois !

— La route qui mène au sanatorium se prend un peu plus haut, sur la nationale. Ils n'ont pas besoin de passer par ici pour aller et venir.

Au bruit d'un véhicule qui se rapprochait, il interrompit la conversation. Nous tournâmes tous ensemble la tête au moment où une camionnette blanche apparaissait par la fenêtre. Comme elle avait semblé ralentir, Miller entretint une seconde l'espoir que le conducteur allait virer de cap pour se ranger devant la pompe ou venir visiter sa boutique, mais, après que l'embrayage eut affreusement craqué, la voiture reprit de la vitesse et s'échappa de notre vue.

— Vous voulez encore du café ? reprit Miller, la main sur l'anse de la carafe.

— Ça ira comme ça, je vous remercie, m'empressai-je de répondre. Savez-vous depuis combien de temps existe le sanatorium ?

À la radio, Russ Colombo avait fait place à Jack Johnson et son *jazz band*.

— C'est un entrepreneur de Norwalk, un certain Henry Spencer, dont la femme était tuberculeuse et qui s'était persuadé que l'air de ces collines était le seul qui lui réussissait, qui a fait construire la maison au début du siècle. Une grande bicoque dans le style anglais. Au meilleur de son activité, l'endroit accueillait une demi-douzaine de malades, triés sur le volet. Mais Spencer finançait tout ça sur ses deniers personnels. Quand le vieux est mort, sept ans après sa femme, l'établissement a dû fermer ses portes, et la baraque a été mise en vente en l'état, avec tout le mobilier. Ce n'est que plusieurs années après, vers 1930, qu'elle a été rachetée et transformée en hospice.

— Cette association de bienfaisance, avez-vous une idée de quoi il s'agit, ou par qui elle est dirigée ? demandai-je.

— Je n'en sais fichtre rien. Des gens de la ville, sans aucun doute. Comme je vous ai dit, ils se montrent plutôt discrets.

J'essayais comme je pouvais de donner du sens aux explications de ce brave Miller, mais il fallait convenir que rien ne correspondait à ce à quoi on s'attendait. On était partis en quête d'un spécialiste capable de traiter une polymastie ou de neutraliser les effets d'une hypertrichose, et voilà qu'on se retrouvait avec un groupe d'aliénistes philanthropes qui, en outre, cultivaient un certain sens du secret.

La cousine d'Innes nous avait affirmé que le Dr Sandorsky avait pratiqué sur elle une opération. C'était donc que le Crestview Sanatorium comptait au moins un chirurgien parmi ses membres. Pour quelle autre raison, sinon, Miss Crowrie et Anton Frazer seraient-ils venus jusque dans ces montagnes ? Les deux jeunes gens espéraient-ils obtenir les services du médecin, comme nous le croyions jusqu'alors, ou bien avaient-ils en ce qui le concernait un tout autre dessein ?

Depuis que May Tomasso avait prononcé devant nous le nom du Dr Sandorsky, ma conviction que cet individu détenait des informations cruciales, à même de nous aider à découvrir la vérité, n'avait cessé de se renforcer. À cet instant, appuyé au comptoir de cette épicerie-bar déserte, j'éprouvais le vigoureux sentiment que nous n'avions jamais été aussi près d'élucider le drame qui s'était déroulé à deux pas d'ici, au bord du Malibu Lake.

— Vous êtes sûrs que vous ne voulez plus de café ?

— Absolument certains ! répliqua James. Comment se rend-on au sanatorium ? Vous avez parlé d'une route qui y mène.

Miller agita le pouce à la manière d'un auto-stoppeur vers la porte de saloon. Suivant du regard la direction indiquée, j'aperçus un trio de poules qui batifolaient au pied de la pompe à essence.

— Reprenez la nationale dans le sens de Thousand Oaks et tournez à droite au deuxième croisement. Roulez deux petits miles et, arrivés à un cèdre mort – pouvez pas le rater –, vous verrez un sentier qui file à travers la colline : y a plus qu'à le suivre à la trace. Vous et votre amie blonde connaissez quelqu'un qui a été recueilli là-bas, c'est ça ?

— Il se pourrait.

— C'est moche.

— On vous doit combien ? fis-je.

— Quatre-vingt *cents* pour l'essence, plus dix pour les cafés.

Je posai un dollar sur le comptoir auquel j'ajoutai un second billet. Les renseignements de Melvin Miller le valaient bien.

Ce dernier ramassa l'argent avec un sourire satisfait et glissa la totalité de la somme dans la poche ventrale de sa salopette. À première vue, la caisse enregistreuse ne servait que pour le décorum.

— Merci pour les infos ! dis-je en reposant précautionneusement ma cheville sur le plancher.

— Pas de quoi. Si vous repassez par ici un de ces quatre, je vous préparerai des sandwiches au thon et au beurre de cacahuètes. C'est ma spécialité.

— Mes papilles en salivent d'avance ! s'exclama mon acolyte.

Il n'était pas loin de dix heures. À l'extérieur, le soleil avait grimpé d'un cran dans le ciel.

Comme l'un des gallinacés qui peuplaient la station n'était pas résolu à me laisser le passage, je dus cogner sur le sol du bout de ma canne afin de pouvoir ouvrir la portière.

— Ce Dr Sandorsky est décidément une énigme, déclara James en grimpant dans la voiture. On a le plus grand mal à apprendre quelque chose sur cet individu, et, pourtant, May Tomasso n'avait que son nom à la bouche, quant à Innes et Anton le lycanthrope, ils remuaient ciel et terre pour le voir de plus près. À ton avis, quel genre d'association de bienfaisance subventionne le sanatorium ?

— Je l'ignore. Mais dans un État comme la Californie, qui se targue d'appliquer avec fermeté des mesures de stérilisation sur les déficients mentaux et les faibles d'esprit, l'existence d'un établissement comme celui-ci est loin d'être anodine. Cela expliquerait leur volonté de ne pas attirer l'attention.

— Alors, qu'est-ce qu'on fait ?

— Commençons par aller voir à quoi cet endroit ressemble. Nous aviserons le moment venu.

— Hé ! C'est exactement ce que je voulais entendre ! fit James en mettant le contact.

Le patron du *Miller's Last Stand* était sorti sur le seuil de son échoppe. Je répondis à son salut pendant que l'Oldsmobile s'engageait sur la chaussée. Après quoi, nous repartîmes en direction de la nationale, et je me dépêchai d'allumer une cigarette pour chasser l'arrière-goût âcre qui me restait dans la bouche.

XV

IN VITRO VERITAS

Nous suivîmes à la lettre les consignes qui nous avaient été fournies et roulâmes environ cinq ou six minutes. La frontière du comté n'était pas indiquée, et nous avions dû la dépasser sans nous en apercevoir, car, bientôt, nous arrivâmes au fameux repère, un cèdre qui ne s'était jamais remis de la foudre abattue sur lui.

Quelques pas avant l'arbre débutait un chemin de terre bordé de chaque côté d'un bouquet d'arbustes. Seul un panneau planté dans le sol, à moitié masqué par les broussailles, mentionnait le nom de l'établissement. Le chemin serpentait ensuite entre deux collines, et, au loin, on entrapercevait le toit d'un bâtiment derrière les feuillages.

À part le sanatorium, aucune habitation n'était en vue. Quand bien même nous aurions espéré recueillir davantage d'informations, nous n'avions d'autre solution que d'aller nous rendre compte par nous-mêmes ou bien de rebrousser chemin. Or, nous étions trop près du but pour renoncer. L'Oldsmobile troqua donc le bitume contre les cailloux et, après environ un quart de mile, nous longeâmes une haute clôture grillagée qui paraissait faire le tour du domaine.

Arrivés devant le portail, nous fûmes surpris de constater que la grille avait été laissée ouverte. Au-delà, le chemin de terre laissait place à une large allée de gravier blanc qui traversait le jardin en ligne droite et menait à une demeure à l'architecture typiquement victorienne, avec sa façade en bois ocre, riche en reliefs et en ornements, sa tourelle d'angle et une toiture biscornue.

Je sortis le premier du véhicule et m'approchai du portail où une plaque affichait, très ostensiblement cette fois-ci, « Crestview Sanatorium ». Au-dessous, protégé des intempéries par un auvent, était fixé un gros boîtier noir estampillé du sigle « Pairfone », en caractères jaunes sur fond vert. Il s'agissait d'un de ces dispositifs de communication, avec haut-parleur et microphone intégrés, qui commençaient à fleurir aux entrées des grandes propriétés et servaient au visiteur à montrer patte blanche auprès des gens de la maison.

— C'est bizarre qu'on n'ait pas pris la peine de fermer la grille ! fit James qui m'avait rejoint et, la main en visière, considérait les abords de la bicoque. Ils ne craignent pas que leurs pensionnaires prennent la poudre d'escampette.

Il régnait tout autour de nous un profond silence, seulement rompu par le piaillement d'un oiseau ou la fuite d'un animal derrière les buissons. Au bout de l'allée, sur l'espace dégagé qui s'étendait entre la pelouse et le bâtiment, aucun véhicule n'était stationné. Les rideaux aux fenêtres étaient presque tous tirés. De surcroît, et ce n'était pas le moins intrigant, on n'entendait pas même l'écho d'une voix.

— Aucun signe de présence humaine, soupirai-je. On dirait que les lieux sont vides.

— Vides… ou qu'ils ont été vidés, rectifia James en s'agenouillant au milieu du chemin de terre, sur une partie que les dernières pluies avaient rendue particulièrement meuble et où de profondes traces de pneus étaient visibles.

Je me penchai à mon tour pour examiner les empreintes.

— Un véhicule est sorti d'ici pour rejoindre la route, dis-je. Cela remonte à un jour ou deux, maximum.

— Et au vu de l'écartement des roues, il ne s'agit pas d'une voiture. Plutôt un camion, lourdement chargé.

James s'était relevé et scrutait de nouveau la maison.

— Le Crestview Sanatorium aurait-il décidé de mettre subitement un terme à ses activités ? formula-t-il tout haut.

Je ne savais quoi penser. James, lui, comme souvent en pareille circonstance, n'était guère partisan de tergiverser.

— Eh bien, il n'y a pas trente-six façons d'être fixés.

Avant que j'ai eu le temps de le retenir, il avait tendu la main vers le boîtier noir et pressé le bouton d'appel. Le lointain bourdonnement d'une sonnerie se fit entendre à l'intérieur des murs.

Nous n'avions aucun plan d'établi, et je me demandai quelle tactique adopter dans le cas où quelqu'un viendrait à nous répondre. Nous demeurâmes une longue minute à attendre, mais le geste de mon compagnon resta sans effet. Aussi bien du côté de l'appareil, qui s'obstinait à demeurer silencieux, que de celui de la maison où nulle silhouette ne se profilait.

— Dans ces conditions, s'exclama-t-il, rien ne nous empêche d'aller jeter un coup d'œil.

— D'accord, Jim, mais soyons vigilants ! En premier lieu, il serait préférable de dissimuler la voiture. Si jamais quelqu'un s'avise de revenir, on ne doit pas se douter de notre présence.

— Je crois que j'ai trouvé la cachette qu'il nous faut, dit-il après avoir promené son regard aux alentours.

Il s'éloigna aussitôt pour aller prendre place au volant. Après quelques tours de roues à reculons, il manœuvra de sorte à quitter le chemin et à ranger le véhicule derrière un écran de genévriers sauvages.

Lorsqu'il revint, James tenait à la main le Colt que les occupants de la Chevrolet nous avaient laissé en souvenir et il vérifia le nombre de balles à l'intérieur du barillet. De mémoire, il en restait quatre. Les deux manquantes avaient été tirées sur le quai de chargement, le long de la Los Angeles River.

Il rangea le revolver dans la poche de son blouson, puis nous pénétrâmes dans la propriété. Plutôt que d'emprunter l'allée de gravier, nous accomplîmes un léger détour, coupant à travers les quelques chênes et les pins tordus.

Le perron était flanqué de deux paires de colonnes et coiffé d'un avant-toit en forme de fronton échancré. Sur le tympan, de même qu'au-dessus de la porte à double vantail, étaient figurés des entrelacements de motifs végétaux.

Une fois en haut des marches, nous nous dirigeâmes vers l'entrée. La partie supérieure des battants était composée de petits vitraux multicolores. En collant l'œil contre le verre à la transparence semée de bulles, on parvenait à distinguer l'intérieur de ce qui, au premier abord, s'apparentait davantage à une maison d'habitation qu'à un établissement de santé. Tout au bout du hall, un escalier montait vers les étages.

James tourna la poignée, mais la porte était verrouillée.

— L'endroit semble bel et bien vide, dit-il. Il doit cependant exister un moyen d'entrer sans casser les carreaux.

Nous redescendîmes la volée de marches et fîmes le tour du bâtiment. À l'arrière, le terrain s'arrêtait au pied des premiers reliefs. À mi-chemin entre la clôture et la maison se dressait un grand hangar en bois.

Alors que j'hésitai un instant à aller vérifier l'intérieur de la remise, James, qui s'essayait à soulever les uns après les autres les panneaux coulissants du rez-de-chaussée, m'interpella à voix basse.

— Par ici ! J'ai trouvé une fenêtre qui n'est pas fermée !

Sans attendre, il avait sauté par-dessus le rebord, repoussant le rideau derrière lui pour me laisser le champ libre et fournir un peu de lumière. Je pressai le pas autant qu'il m'était possible et l'imitai en levant une jambe, puis l'autre, et en m'aidant de ma canne pour me rétablir de l'autre côté.

Nous nous trouvions dans une grande pièce aux murs tendus de tissu couleur havane et au plafond en relief, chargée d'un bric-à-brac au style bigarré. Il y en avait pour tous les goûts, du bahut en bois massif au coffre colonial, en passant par les vases chinois et la table recouverte d'une grande nappe imitant les motifs des mers du Sud, avec une floraison de soleils, de croissants de lune, et de formes en spirale. Deux canapés recouverts de chintz étaient disposés en angle, face à une cheminée surmontée d'une gravure représentant une vue panoramique de la région de Los Angeles au siècle dernier.

Au moment où je le rejoignis, James, qui avait ressorti le revolver de son blouson, écartait précautionneusement la porte livrant accès au vestibule aperçu à travers les vitraux. Bien qu'il apparût que nous étions les seuls à fouler le parquet de cette maison, nous n'en demeurions pas moins sur nos gardes, nous efforçant de ne pas faire de bruit.

Au fur et à mesure que nous progressions, nous regardions derrière chaque porte. Comme les rideaux étaient la plupart du temps fermés, les lieux manquaient de lumière et il fallait allumer pour y voir convenablement. Il se trouvait, ici, une cuisine avec une batterie de vieilles casseroles en cuivre suspendues à leurs crochets, là, une salle à manger pourvue d'une grande table. Les meubles et l'ornementation ne dataient pas de la veille, et on devinait qu'il n'y avait pas eu grand-chose de changé depuis l'époque de Henry Spencer.

De l'autre côté du hall, nous inspectâmes un cabinet de lecture aux rayonnages dégarnis, à l'exception d'ouvrages sans intérêt et de quelques magazines, ainsi que, mitoyenne à la bibliothèque, une grande pièce bureau dont le secrétaire et les casiers avaient été débarrassés de tout leur contenu.

Cela ne faisait aucun doute que le personnel avait quitté les lieux. Mais, à la question de savoir s'il existait un rapport entre ce départ soudain et le drame du Malibu Lake, ce que nous avions découvert jusqu'à présent ne permettait pas d'apporter le début d'une explication.

Nous convînmes d'aller examiner les deux autres étages. Comme j'étais ralenti par ma cheville – en dépit d'une très nette amélioration depuis le matin –, James ouvrait la marche, le revolver à la main.

Au premier, c'était un changement radical de décor, et il fallait croire que nous pénétrions dans la partie « sanatorium » à proprement parler. Les murs étaient peints de blanc, la décoration réduite à sa plus simple expression. À gauche de l'escalier, de part et d'autre d'un long couloir, se succédaient une série de chambres exiguës, destinées aux patientes de l'établissement selon toute vraisemblance. Chacune de ces chambres était équipée de manière très spartiate : un lit, une table, une chaise, un lavabo et une bassine pour les besoins urgents. En outre, l'unique fenêtre était soit munie de barreaux – pour celles qui donnaient sur l'arrière du bâtiment –, soit le mécanisme du châssis mobile avait été bloqué de façon à ne pouvoir le relever.

— Ces femmes étaient logées à la même enseigne, et ça n'avait rien d'un hôtel de première classe, fis-je remarquer en désignant les portes munies d'un judas et d'un verrou extérieur.

— Si elles étaient toutes capables de se montrer aussi mordantes que Mrs Tomasso, la chose n'est pas tellement surprenante.

À droite de l'escalier, le couloir était plus court et conduisait vers un nombre plus réduit de pièces. Une fois que nous eûmes poussé la porte de la première et que le commutateur fut abaissé, nous découvrîmes stupéfaits une salle d'opération digne des cliniques les plus modernes. Elle était entièrement carrelée de faïence, et les deux ouvertures avaient été obturées. Au centre, sous une rampe à réflecteurs, était disposée une table d'examen à étriers, entourée de divers appareils de contrôle et, rangés sur des plateaux ou des consoles mobiles, une panoplie d'instruments chirurgicaux tels que des pinces, de formes et dimensions variées, des spatules et ce qui ressemblait à des spéculums. Contre les murs, plusieurs armoires renfermaient des flacons emplis d'une multitude de produits dont, pour certains, je m'interrogeais sur l'utilité en un pareil lieu : chlorure de magnésium, acide cyanhydrique, colchicine, sels d'ésérine, sans compter une variété de mixtions à base d'alcaloïdes ou de sulfamides. Avec effarement, je dénichai même des fioles portant le nom de différents venins ainsi qu'une boîte en verre hermétiquement fermée indiquant « toxines microbiennes » sur l'étiquette.

Pendant que je continuais de fouiller les placards, j'entendis James qui m'apostrophait du couloir.

— Hep, Andy ! Viens voir par là !

Il s'était introduit dans la pièce en vis-à-vis. Elle aussi était carrelée de blanc, mais elle disposait d'une fenêtre, dont James avait relevé le store à lamelles. Pour l'essentiel, l'espace était occupé par une sorte de fauteuil médical, muni de bracelets en cuir au niveau des poignets et des chevilles. Sur le sol, autour du fauteuil, des stries noires révélaient que des machines avaient été déménagées il y a peu.

— À quoi pouvaient servir tous les engins qui se trouvaient ici ? s'exclama James. Et où ont-ils été transportés ?

Je n'aurais su répondre. Pourtant, le pressentiment d'une vérité insupportable avait commencé de sourdre en moi depuis que nous étions montés à l'étage et que nous avions examiné les chambres – les geôles plutôt ! – et la salle d'opération. L'impression n'avait fait que croître en entrant dans cette pièce.

Mais ce n'était pas tout ! Voilà qu'à présent des dizaines, des centaines de petites voix plaintives s'étaient mises à bruisser tout autour de moi. J'étais probablement le seul à les percevoir, car James, lui, se comportait comme si de rien n'était, s'appliquant à fouiller le contenu d'une volumineuse cantine en métal. Était-ce une de ces hallucinations dont j'avais été quelquefois la proie ces deux dernières années ? Dans le cas contraire, si les voix avaient la moindre once de réalité, à qui appartenaient-elles ? Aux femmes conduites dans ce sanatorium sans qu'elles sachent visiblement ce qu'on attendait d'elles et dont les cris s'étaient gravés sur les murailles aussi bien que sur des disques de cire ?

L'atmosphère était saturée de ces vagissements. Comme si une nuée de fantômes cherchaient à l'unisson à me livrer leur peine.

Passé le premier moment de surprise et de confusion, j'avais l'intuition qu'il fallait que je me fie à ces voix. En mobilisant toute mon attention, il me sembla bientôt que le son filtraient à travers cette tenture, tout au fond de la salle.

Je m'avançai jusque-là. Le drap dissimulait une porte basse et cintrée dont je soulevai le crochet. Le battant s'écarta sans résistance. De la forme d'un demi-octogone, la nouvelle pièce se situait apparemment dans la tourelle, à l'angle sud-ouest de la maison. Comme la majorité de celles que nous avions visitées, elle était plongée dans un demi-jour hésitant et il régnait à l'intérieur une odeur âpre et piquante.

Ma main chercha à l'aveugle l'interrupteur. Dès que je l'eus actionné, le bruit des voix cessa, aussi brusquement que cela avait commencé, et je réprimai un haut-le-cœur devant le spectacle qui s'offrait. Sur deux grands meubles à étagères occupant tout un côté de la pièce était disposée la plus incroyable collection qu'il m'eût été donné d'approcher.

Pour m'assurer de ce que j'étais en train de voir, je me pressai en direction des fenêtres et repoussai les rideaux. Aussitôt, le soleil, qui n'était plus loin de son zénith, jeta une lumière crue sur une pléthore de bocaux alignés en ordre serré et qui contenaient chacun, conservé dans un bain de formol, un cadavre de fœtus, à un stade plus ou moins avancé de son développement intra-utérin. La plupart de ces corps minuscules étaient pourtant déjà suffisamment constitués pour qu'on pût juger des graves difformités dont ils souffraient, analogues à celles qui figuraient dans les traités de tératologie. Je reconnus d'ailleurs quelques-unes de ces « erreurs de la nature » généralement répertoriées, tels ce cyclope dont l'œil démesuré, dépourvu de paupière, était pointé vers le ciel, ces siamois collés par la tête ou le flanc, ou encore ce couple de jumeaux dont le corps de l'un semblait vouloir s'extirper tant bien que mal des entrailles de son frère. Près d'eux, j'avisai un être dont la tête supportait trois faces distinctes, aux traits presque entièrement dessinés, sorte d'incarnation fœtale du Christ à trois visages de Vásquez.

Mais, pour un grand nombre de ces récipients, les créatures sans vie qui flottaient dans leur liqueur ambrée paraissaient avoir été créées par un démiurge fou. Il y avait là un être sans bras ni jambes ni crâne, dont personne n'aurait su déterminer à quelle classe de vertébrés il appartenait. Dans un autre, un fœtus au corps d'apparence normale mais coiffé d'une tête au profil de chien ou de veau, ailleurs, un tronc rachitique était suspendu à un crâne disproportionné, énorme comme un ballon prêt à éclater, avec des globes oculaires de la taille de calots. Ailleurs encore, cette « chose » n'était qu'une masse de chair informe, où le seul organe reconnaissable était une cavité buccale béante, comme saisie jusqu'à la fin des âges en un cri à la profondeur insondable.

Il était presque impossible de supporter la vue de ces caricatures d'humanité. Quand je tournai la tête vers l'un des bocaux situés le plus à ma droite, il me sembla que celui qui l'occupait, une affreuse créature simiesque, rendue plus abominable encore par sa ressemblance fugace avec notre espèce, venait d'ouvrir un œil et, le temps d'un dixième de seconde, avait jeté sur moi un regard suppliant avant de replonger dans les limbes liquides.

Je comprenais d'où provenaient ces voix que j'avais perçues de l'autre pièce. Ce n'étaient pas celles des jeunes femmes qui avaient séjourné jusque récemment en ce lieu maudit, c'étaient celles de leurs rejetons, ou de ce qu'il en restait, morts avant même que d'être venus au monde.

À cet instant, tel un trait de feu illuminant la nuit, je saisis pourquoi le nom du médecin me semblait familier depuis que Mrs Tomasso l'avait proféré devant moi. Et dans le même instant, comme si ces quelques lettres, orientées d'une certaine façon, avaient constitué le sésame permettant d'ouvrir toutes les serrures, l'ensemble des éléments que nous avions rassemblés sur l'affaire ces dernières quarante-huit heures s'éclairèrent d'un jour totalement neuf.

— *L'Homme qui rit* ! m'écriai-je.

— Comment ça ? marmonna James qui m'avait rejoint et s'était figé, abasourdi, devant le désolant tableau.

— Je sais pour quelle raison Anton transportait toujours ce livre avec lui.

— Dans ce cas, aurais-tu la bonté de m'éclairer un peu ?

— Tu te souviens des conclusions du rapport d'autopsie transmises par Latimer à propos du corps du jeune loup-garou ? En particulier celles concernant l'aspect de ses organes internes ?

— Il aurait subi plusieurs greffes sur son système endocrinien alors qu'il était enfant, d'après ce que tu m'en as rapporté.

— Exact. Eh bien, je suis persuadé que ces interventions n'avaient pas pour but de soigner son hypertrichose, comme je le croyais au départ, mais au contraire de la provoquer. Si Anton Frazer s'était identifié à Gwynplaine, c'est que, comme le personnage de Victor Hugo, il était devenu un monstre par la faute des hommes. Plus exactement d'un homme.

— Le Dr Sandorsky ?

Je me rapprochais de la collection de bocaux pour les observer au plus près, malgré la gêne et l'indignation que ce spectacle inspirait. C'était comme un foyer d'énergie vers lequel les regards se sentaient inéluctablement attirés.

— En entrant dans ce cabinet des horreurs, repris-je, je me suis soudain souvenu où j'avais déjà vu mentionné le nom de « Sandorsky ». C'était dans un ouvrage consulté à la bibliothèque centrale, datant d'une quinzaine d'années. Il y était fait mention d'un Dr Marcus Sandorsky, spécialisé en tératologie, autrement dit l'« étude des monstres », qui avait plusieurs fois défrayé la chronique. L'auteur exposait que ce chercheur hongrois à la réputation sulfureuse, qui se revendiquait de l'héritage de Geoffroy Saint-Hilaire et de Camille Dareste, assurait avoir reproduit dans son laboratoire à Budapest la plupart des malformations référencées dans les nomenclatures. Pour cela, il soumettait des lapines ou d'autres mammifères en gestation, à une période précise du développement des embryons qu'ils portaient, à divers traitements chimiques.

— Selon Random et Brisbee, le jeune Frazer venait lui aussi de Hongrie, admit James. Mais, dans son cas, la façon de procéder ne correspond pas à celle que décrit ton bouquin. Le légiste a parlé de greffes, et il a précisé que ces opérations remontaient à la prime enfance. Il n'a jamais été question de manipulations effectuées au stade prénatal.

— Je suppose que Sandorsky ne se cantonnait pas à des travaux sur les embryons. Il devait parfois se laisser tenter par d'autres types d'expériences, y compris sur des cobayes humains. Qui sait même s'il n'en tirait pas un profit financier ? Le trafic de monstres a toujours été florissant. J'ai lu dans un autre de ces ouvrages que, naguère, des princes s'en faisaient « fabriquer » par des chirurgiens peu scrupuleux pour leur divertissement personnel. Sur ce point, Hugo n'a fait que s'inspirer de la réalité.

— Krunjec ! s'exclama James. L'homme qui avait recueilli l'enfant ! Il savait peut-être quelque chose, et, à l'heure d'aller rendre des comptes au Très-Haut, il aura ressenti le besoin de soulager sa conscience en révélant la vérité au principal intéressé.

— Possible. En tout cas, dès qu'il a appris le nom de celui qui était le responsable de son malheur, Anton s'est lancé à corps perdu à sa recherche. Il a découvert que Sandorsky avait quitté l'Europe pour les États-Unis, mais sans plus de précision.

J'étais surexcité, comme grisé par l'enchaînement des idées et le fait que chaque pièce du puzzle était en train de trouver sa place respective. Près de moi, James était tout aussi galvanisé.

— Cela expliquerait pourquoi il ne tenait pas en place et changeait souvent de ville, poursuivit mon acolyte. Pour lui, nul répit n'était possible tant qu'il n'aurait pas mis la main sur cet individu. C'était cela, son « terrible secret », celui qu'il avait partagé avec Innes.

— Et en définitive, Anton n'aurait eu que très peu de chance d'apprendre où l'individu se cachait sans un invraisemblable coup de pouce du destin. Il y a douze jours, il a reçu un appel d'Innes lui annonçant que sa cousine, qu'elle venait de retrouver après des années sans nouvelles, avait séjourné dans une clinique des monts Santa Monica où sévissait un certain Dr Sandorsky, et que ce médecin avait fait subir à la jeune femme d'étranges expériences. La veille ou l'avant-veille, Innes avait été sur place pour reconnaître l'endroit. Imagine sa stupéfaction quand il a entendu cela !

— Tu veux dire que l'opération qu'aurait subie Mrs Tomasso…

Sa phrase resta en suspens. Son regard était plongé dans un des bocaux qui renfermait un homuncule au visage difforme, au crâne lisse et dilaté et au front proéminent.

— Cet endroit n'a rien d'un hospice ni d'une maison de santé, Jim, il s'agit d'un laboratoire de tératologie en bonne et due forme. Les jeunes femmes qui étaient recueillies ici, ce n'était pas leur santé mentale qui intéressait le maître des lieux, c'était leur utérus !

— Grands dieux ! Mais dans quel but ?

Sous le coup de l'émotion suscitée par la vue de ces créatures et l'affligeante vérité concernant le passé du jeune loup-garou, James et moi avions baissé la garde. Nous nous tenions dos à la porte, le Colt de mon compagnon négligemment pendu au bout de son bras.

Mal nous en prit.

Le Colt fut arraché des doigts de James et ma canne expédiée sans ménagement contre le mur, hors de ma portée, avant que nous ayons eu le temps de réagir.

— Vraiment perspicaces, messieurs Singleton et Trelawney ! fit une voix féminine.

Quand nous nous retournâmes, nous faisions face à nos amis à la Chevrolet. Le petit trapu avait le bras gauche en écharpe, mais cela ne l'empêchait nullement de serrer de l'autre main la crosse du revolver qu'il venait de subtiliser. Quant à ce cher Mickey, il n'arborait que ses membres ordinaires et nous menaçait avec un semi-automatique.

Cependant, ce n'était aucun de ces deux-là qui venait de parler. Derrière eux, une silhouette inconnue se découpait dans l'encadrement de la porte.

— J'ai surpris une grande partie de votre captivant échange, continua la femme, et, ma foi, je me dois de concéder qu'il n'y a pas grand-chose à jeter dans vos explications. Comme nous avions raison de nous méfier de vous !

À présent que nous étions désarmés, et sous le contrôle de ses nervis, elle avança de quelques pas. Elle portait un tailleur de twill marron sous un cardigan de laine blanche. Elle avait dans les quarante ans et des cheveux vénitiens ramenés au-dessus de la tête. Son visage formait un triangle parfait, avec un menton taillé en pointe, et un cou à la peau diaphane cerclé d'un collier de perles. On aurait pu lui accorder un certain charme, mais ses lèvres fines comme du papier et ses yeux trop écartés lui donnaient un air austère, voire légèrement inquiétant. Cela dit, le fait qu'elle et ses hommes nous tenaient en respect n'était sans doute pas étranger à cette impression.

— Qui êtes-vous ? demandai-je.

— Je suis Elizabeth Ashterton. C'est moi qui, jusqu'à ces derniers jours, avais la responsabilité du Crestview Sanatorium et surveillais l'avancée des travaux de ce cher docteur.

— Sandorsky agissait donc selon vos directives ? s'émut James.

— Notre projet réclamait le concours d'un scientifique de son acabit, capable d'exercer hors des sentiers battus. Il y a plusieurs années, la confrérie à laquelle j'appartiens a été informée des recherches qu'il menait, et nous l'avons persuadé de quitter la Hongrie pour venir travailler pour nous. À vrai dire, cela n'a pas été très difficile. Sa réputation commençait à pâtir de fâcheuses rumeurs entourant ses expériences. Le conseil de l'ordre des médecins n'aurait pas tardé à lui causer des ennuis s'il était resté là-bas.

— Quelle est cette confrérie dont vous parlez ? fis-je. Cette prétendue société de bienfaisance dont j'ai ouï dire qu'elle était à la tête du sanatorium ?

— Ne vous montrez pas cynique, Mr Singleton ! Vous vous rendrez compte qu'en un sens nous œuvrons pour le bénéfice de la race humaine.

— Il n'y a qu'à observer le contenu de ces bocaux pour comprendre à quel point vos motivations sont pures et estimables.

— Puisque cela semble vous tourmenter, persifla-t-elle, sachez que les patientes qui ont séjourné ici ont été choyées par nos infirmières. Les quelques accidents mortels que nous avons eu à déplorer sont indépendants de notre volonté.

— Combien de femmes sont passées entre vos sales pattes ? s'enquit James.

Le ton adopté n'était pas du goût du courtaud aux oreilles crénelées qui se mit à émettre un grondement. Elizabeth Ashterton le fit taire d'un signe avant de reprendre :

— Cinquante-quatre. En l'espace de huit années. Avouez que ce chiffre est tout ce qu'il y a de plus raisonnable.

— Et pas une seule d'entre elles ne s'est révoltée ?

— Pour quel motif ? Elles n'ont jamais eu conscience de ce qu'on leur faisait. Les inséminations artificielles, ainsi que les traitements sur les embryons, étaient effectués à leur insu, alors qu'elles étaient droguées. Après quoi, on les laissait en paix dans leurs douillets appartements jusqu'à ce que le moment fût venu, autour du sixième mois, de leur extraire le fruit de leurs entrailles et d'évaluer le résultat. Ces jeunes femmes vivent en dehors de toute réalité, dans un monde de chimères et de fantaisie. Selon les critères de l'État de Californie, la plupart tombaient sous le coup des mesures de stérilisation forcée.

Pendant qu'elle parlait, James avait subrepticement tourné la tête vers l'arrière. Je suppose qu'il cherchait à voir où ma canne avait atterri et que, à défaut d'une meilleure arme, il projetait de s'en servir pour lancer la contre-attaque.

— Si vous voulez qu'aucune goutte de votre sang ne soit versée, je vous conseille de ne rien tenter, menaça-t-elle. Mickey, attache-les ! Ce sera plus prudent.

Pendant que le revolver de son complice restait braqué dans notre direction, Mickey nous ligota les mains derrière le dos, à commencer par mon camarade, à l'aide de lacets qu'il avait fait surgir de nulle part. Quand mon tour arriva, il serra mes poignets avec tant de hargne que le sang avait peine à circuler.

Comme nous n'étions plus en mesure de bouger, la femme accomplit trois nouveaux pas. Elle s'était à ce point rapprochée que je pouvais respirer son parfum aux senteurs de thé vert.

Ensuite, sous le regard de ses affidés qui ne masquaient pas leur sentiment de triomphe, elle se promena autour de nous à pas lents, nous jaugeant de la tête aux pieds comme de vulgaires bestiaux.

— L'intelligence réflexive d'un côté, la force brute de l'autre. Précisément les ingrédients dont nous avions besoin ! s'extasia-t-elle de manière sibylline en reprenant place devant nous. Mickey, va télégraphier à Madame pour prévenir que nous avons la situation en main et que nous serons en mesure de commencer dès demain soir ! Après quoi, tu ramèneras leur voiture qu'ils ont dû cacher près du portail et tu sortiras la Chevrolet de la remise. Je veux les véhicules au plus vite devant la maison. Allons ! Dépêche-toi !

En bon petit soldat, Mickey s'exécuta et s'échappa hors de la pièce.

Je n'avais pas la moindre idée de qui pouvait être la « Dame » en question, probablement la mère supérieure de cette sympathique coterie, et de ce qu'ils prévoyaient de commencer le lendemain. En tout état de cause, c'étaient les personnes du sexe qui semblaient donner les ordres et mener la conduite des affaires.

Elizabeth Ashterton avait l'air impatiente d'en terminer avec nous, cependant de nombreux points m'échappaient encore et j'étais soucieux de faire toute la lumière.

— Je présume que le jeune Frazer a passé des jours et des nuits dans son chalet à élaborer un plan, déclarai-je. Cela faisait tellement longtemps qu'il espérait ce moment ! Mais plutôt que de solliciter de l'aide, Frazer et Miss Crowrie ont pris le parti d'agir seuls. J'ignore de quelle manière ils se sont manifestés à Sandorsky. Par téléphone ? Ils sont venus ici ?

— Ils ont téléphoné. Trois jours de suite, à tour de rôle. Le docteur n'en menait pas large, il ne s'attendait pas à cela. Frazer le menaçait de tout révéler à propos des expériences subies quand il était enfant, autant que des interventions pratiquées sur May Tomasso. Il était impératif de couper court à leurs enfantillages. Heureusement, Walter et Mickey les ont repérés le dimanche qui espionnaient le sanatorium de la colline, et ils les ont filés jusqu'à leur tanière.

— Hélas, enchaîna Jim, ces deux-là s'y sont pris comme des manches. Leur équipée nocturne au Malibu Lake a failli se terminer en eau de boudin. C'était moins une que le loup-garou ne se fasse la malle, hein, Walter ?

La réaction de ce dernier ne fut pas longue à venir. Son coup de poing atteignit James en plein estomac. Celui-ci étouffa un juron en se pliant en deux.

— Je ne saurais trop vous conseiller de ne pas le provoquer, Mr Trelawney. Il a eu les nerfs à vif ces temps-ci.

— Ce sont vos hommes que nous avons repérés mardi près du lac, continuai-je. Ils voulaient savoir si Anton, qu'ils savaient blessé, avait réussi à prendre la fuite. Dans l'hypothèse où celui-ci s'était réellement échappé, cela signifiait que l'alerte risquait d'être donnée. Quel soulagement ils ont dû éprouver en nous apercevant de loin remonter son cadavre !

— Ce jouvenceau à poils longs n'avait de toute façon aucune preuve à faire valoir, répliqua Elizabeth Ashterton. Qui aurait cru une histoire aussi abracadabrante que la sienne ? Les seuls dont il fallait s'inquiéter, c'étaient vous deux, messieurs ! Aux abords du lac, Walter et Mickey ont reconnu en vous les automobilistes qui, l'autre nuit, avaient failli renverser Frazer à la sortie du cottage. En fouillant votre voiture, alors que vous vous livriez aux joies de la baignade, ils sont tombés sur vos licences d'enquêteurs. Grâce à cela, il nous a été facile d'obtenir toutes les informations complémentaires vous concernant : Andrew Singleton et James Trelawney, enquêteurs privés installés à Londres, qui plus est jouissant d'une belle notoriété et en villégiature dans notre pays. Il était à craindre que votre sagacité et surtout votre obstination ne nous mettent des bâtons dans les roues.

— Comment vos sbires étaient-ils au courant de notre présence à Central Alameda ? questionna James une fois qu'il eut recouvré ses moyens. Vous aviez mis le bungalow de May Tomasso sous surveillance ?

— Au téléphone, Miss Crowrie affirmait qu'elle était sa cousine et qu'elle avait eu vent du Dr Sandorsky par son intermédiaire. Il n'y avait que grâce à notre ancienne pensionnaire qu'il vous était possible de remonter jusqu'à nous. Quelques billets ont suffi pour nous garantir l'appui de quelqu'un du voisinage. Dès que vous êtes entrés chez Mrs Tomasso, notre zélé indicateur s'est empressé d'appeler à un numéro convenu, celui d'un garni du centre-ville où Walter et Mickey attendaient des instructions.

— Si je comprends bien, après que vos hommes ont manqué leur coup près de la *River*, vous avez tranquillement guetté notre venue au Crestview Sanatorium, me rembrunis-je, furieux de nous être laissé piéger avec une crédulité de jocrisse.

— Nous avions même ouvert en grand le portail à votre intention. Vous voyez que nous sommes des hôtes prévenants !

— Arrêtez votre char ! pesta James. Vous faites mine d'afficher une crâne assurance, cependant vous avez mis fin aux activités de cet établissement en un temps record. C'est dire combien vous nourrissiez de craintes quant à l'issue des événements.

Elle se contenta de sourire à mon acolyte d'un air suffisant, son regard d'un bleu gentiane fiché dans le sien. Ses gencives étaient plantées de petites dents fines et espacées.

— Vous serez sans doute satisfaits d'apprendre que le Dr Sandorsky est enfin parvenu au terme de ses expérimentations, fit-elle sur un ton pontifiant. La dernière phase du programme, la plus cruciale, la plus exaltante, est désormais sur le point d'être inaugurée, et il a toujours été prévu que cela se fasse ailleurs, loin du fracas de la civilisation. Sans un léger retard dans le transfert des équipements, il s'en est même fallu de peu que Frazer et son amie ne trouvent le bâtiment déjà vide lorsqu'ils sont venus. Ça nous aurait évité à tous les navrants épisodes que vous connaissez.

— Mais qu'est-ce qui vous motive à créer tous ces monstres ! m'insurgeai-je. C'est en cela que consiste votre entreprise ? Une fabrique de fœtus contrefaits, destinés à être exposés dans le cabinet de quelque milliardaire blasé ou à servir de décor pour des spectacles à un dollar l'entrée ? Tout cela est grotesque, en plus d'être absolument ignoble !

— Oh, vous n'y êtes pas cette fois, Mr Singleton ! Ces pauvres petits cadavres que vous contemplez ne sont que le résultat de nos errements durant ces huit années, d'inévitables loupés, des anomalies comme la nature elle-même en produit chaque jour. Alors que le sublime projet qui est le nôtre, c'est de tout autre chose qu'il s'agit. Le cours de l'humanité en sera bouleversé. À jamais !

Mickey venait de faire son retour dans la pièce, de l'air enjoué d'un gamin qui a mené à bien la tâche qui lui était confiée.

— C'est fait, mademoiselle.

— Dans ce cas, prenez la Chevrolet et conduisez-les sans tarder.

— Et vous ?

— Je reste superviser le dernier transport de matériel. Le camion se trouve en ce moment même à Thousand Oaks et n'attend que mon signal. D'ici quelques heures, la place aura été nettoyée de toute trace compromettante.

Pour indiquer que la fin de la partie était sifflée, elle se retourna et s'engagea dans la pièce où trônait le fauteuil. Ses deux chiens de garde usèrent du canon de leur arme pour nous enjoindre de suivre son sillage. Arrivés sur le palier, nos chemins se séparaient. Miss Ashterton avait posé le pied sur la première marche de l'escalier menant à l'étage, tandis que notre groupe se disposait à descendre dans le hall.

— Je vous rappelle que vous devez les amener en un seul morceau, lança-t-elle à ses hommes. Nous avons une mission pour eux.

Walter et Mickey impulsèrent la cadence en nous poussant énergiquement en avant, et je m'efforçai de ne pas trébucher. Il y avait des semaines que je n'avais pas descendu un escalier sans le secours de ma canne, et plus longtemps encore que je ne l'avais fait les poignets ficelés.

Dans le vestibule, Walter ouvrit la porte qui donnait sur le perron. Notre coupé Oldsmobile et la Chevrolet verte étaient garés devant la maison.

J'ignorais où nous allions et combien de temps durerait le voyage, mais ce dont j'étais persuadé, c'est qu'ainsi attachés cela serait très inconfortable. Elizabeth Ashterton avait parlé d'une mission nous concernant. Quelle était-elle ? À tout le moins, il fallait se féliciter que notre exécution n'ait pas été immédiatement mise au programme.

À peine James s'était-il penché pour prendre place à l'arrière de la Chevrolet que Walter, interprétant à sa guise les consignes qui avaient été données, lui assena un vigoureux coup de crosse sur la tête. James s'écroula inconscient, tandis que Mickey, passé par l'autre portière, s'employait à tirer le corps vers lui et à l'asseoir sur le siège.

Comme je protestai, je sentis la pression d'un canon au bas de mon échine. Puis une clameur assourdissante embrasa l'intérieur de mon crâne, suivie d'un long fondu au noir.

XVI

LE CHÂTEAU DANS LE DÉSERT

Après avoir ouvert les yeux, je restai d'abord à observer sans réaction les poteaux téléphoniques qui défilaient derrière la vitre. Ma joue était appuyée contre le cuir moite de la banquette, mes mains ligotées dans le dos, et je ressentais des picotements au niveau de l'occipital. Je me soulevai avec difficulté. C'est en apercevant la nuque des deux vilains que je me rappelai où j'étais. Une fois que j'eus recouvré un tant soit peu mes esprits, il me sembla que ma douleur au crâne n'était rien en comparaison du supplice qu'endurait le reste de mon corps. On aurait dit que mes os et mes muscles avaient été réduits en bouillie.

Manifestement, James avait refait surface depuis plus longtemps. Comme je m'étais tourné vers lui, il dodelina du chef en entonnant une série de grognements. Nos ravisseurs l'avaient bâillonné avec une bande de tissu qui lui passait entre les mâchoires, et les phrases qu'il s'essaya à prononcer se transformèrent en un bredouillis impénétrable.

À peine Walter s'était-il rendu compte que j'avais émergé du sommeil qu'il chercha à m'appliquer le même traitement, ou plutôt une de ses variantes, bien que je me débattisse comme un diable. De sa main valide, il réussit à me loger dans le museau une épaisse boule de chiffon. Après quoi, lui et son complice partirent d'un grand éclat de rire.

Nous devions rouler depuis un bon moment car, à l'extérieur, sous la lumière dorée du soleil, la végétation se résumait à des buissons de cactus et de plantes sauvages. En pivotant le cou, je remarquai que nous avions laissé derrière nous une chaîne de montagnes et traversions une immense plaine, nue et aride, qui s'étendait aussi loin que le regard pouvait porter. Au bout d'une demi-heure à peu près, alors que nous croisions un hameau, un panneau érigé au croisement d'une route secondaire nous informa que nous filions en direction de Barstow. Je connaissais de nom cette agglomération. Il s'agissait de la dernière cité d'une certaine importance avant de pénétrer au cœur du désert Mojave. Était-ce donc là qu'on nous emmenait ? Dans ce *no man's land* de poussière et de rocaille, l'une des terres les plus ingrates du pays, où seuls se plaisaient les coyotes et les serpents à sonnette ?

J'avais prévu que le voyage serait pénible, il le fut en effet. Et aussi interminable. Au reste, ce n'était pas grâce au chauffeur ni à son copilote que nous risquions de trouver le temps moins long. Les paroles qu'ils échangeaient étaient aussi rares que les voitures sur la chaussée et, quand ils ouvraient la bouche, c'était pour se quereller. Une douce apathie commençait à s'installer en moi qui m'aidait à oublier les douleurs dont j'étais perclus. Je me serais volontiers abandonné à une complète torpeur, mais il fallait conserver de la lucidité et comprendre où les deux hommes nous entraînaient.

Après avoir contourné Barstow, peut-être afin de ne pas être aperçus avec leurs passagers, ils continuèrent vers le nord-est en suivant sur une courte distance la ligne de chemin de fer de Santa Fe. D'abord, je pensai que leur objectif était de changer d'État et de nous faire passer dans celui du Nevada ou de l'Arizona, mais, après une soixantaine de miles, ils délaissèrent la grand-route macadamisée pour emprunter une voie qui repiquait du côté du nord-ouest, vers cette portion de désert poétiquement baptisée la « Vallée de la Mort ».

Le soir tombait quand nous entreprîmes de traverser une nouvelle zone montagneuse. À partir de là, il n'y eut plus aucun endroit habité avant une éternité. Puisque nous ne nous étions pas arrêtés prendre du carburant, je présumai qu'il ne nous restait plus longtemps à rouler, mais Walter et Mickey avaient pensé à tout, y compris à emporter des bidons d'essence. Lorsque enfin ils se rangèrent sur le bas-côté, au beau milieu de nulle part, ce fut pour remplir le réservoir de la Chevrolet et soulager leur vessie. James s'étant remis à grogner avec des mouvements de tête explicites, nous fûmes autorisés à satisfaire nous aussi aux exigences de la nature. Nos mains furent libérées, chacun notre tour. Ce n'était pas l'envie qui me manquait de regimber, mais je me sentais tellement brisé qu'il était vain de vouloir jouer au brave.

James, lui, tandis que Mickey s'apprêtait à renouer la corde autour de ses poignets, ne put résister à la tentation de ruer dans les brancards. Il lui en coûta un puissant coup de crosse entre les omoplates qui le laissa groggy quelques secondes.

Puis, sans nous avoir permis d'étancher notre soif à la gourde en peau de chèvre qu'ils se partageaient, nos convoyeurs nous expédièrent de nouveau dans la voiture et le calvaire reprit de plus belle, dans un silence que seul troublait le ronronnement du moteur.

Je n'avais plus aucune notion du temps. Mes uniques repères étaient la nuit qui peu à peu recouvrait le paysage autour de nous et, dans le ciel, les étoiles qui s'allumaient les unes après les autres. Je bougeais régulièrement les doigts pour faire circuler le sang et lutter contre le sommeil. Quant au chiffon trempé de bave dans lequel je mordais, j'avais réussi à en recracher un morceau, ce qui facilitait ma déglutition.

La lune dans sa presque plénitude se leva à l'horizon, rendant le décor plus insolite encore. Le monde d'avant les premiers hommes avait dû ressembler à ce qui s'étalait sous nos yeux. Des montagnes aux flancs scintillants, gorgés de cuivre ou de mica, succédaient aux dunes d'un anthracite profond, semblables à des concrétions de lave. De grands rochers aux formes fantastiques nous regardaient passer avec étonnement.

Arrivés à un écriteau que je n'eus pas le temps de déchiffrer, nous quittâmes la route pour une piste au tracé à peine visible sous la lumière des phares. Nous nous dirigions vers une chaîne de collines au centre de laquelle se profilait une sorte de couloir naturel. Lorsque nous fûmes rendus au pied du défilé, j'eus la surprise de constater qu'une clôture grillagée en barrait l'accès. Walter descendit pour déverrouiller le cadenas. Un panneau d'interdiction d'entrer était accroché – à l'intention de quel touriste, on se le demandait bien –, puis, une fois que nous eûmes franchi la grille et que celle-ci fut refermée, Walter remonta en voiture.

Le corridor permettait de rallier d'un trait l'autre versant. À la sortie du défilé, nous débouchâmes sur une étendue aussi plate qu'un lac, d'un diamètre de deux ou trois miles, cernée par les reliefs. Droit devant nous, un rectangle gris brillait sous l'éclat de la lune. Je crus d'abord qu'il s'agissait d'un colossal bloc de pierre ciselé par quelque divinité au commencement des siècles, mais, à mesure que la Chevrolet s'en rapprochait, je compris que nous avions affaire à un ouvrage créé des mains de l'homme, en l'occurrence un château – un château en plein désert ! – dont les deux tours se dressaient vers le ciel.

James m'adressa un coup de genou en découvrant ce spectacle. La piste conduisait à l'entrée du domaine. Quand nous fûmes sous les remparts, hauts de douze ou treize pieds et qui s'étiraient sur près de deux cents yards, Walter n'eut point besoin cette fois-ci de sortir du véhicule. Les massives portes s'ébranlèrent sans qu'on leur demande rien.

Nous nous trouvions à l'intérieur d'une propriété entièrement fortifiée, constituée de plusieurs bâtiments. Sur notre gauche s'élevait le plus imposant, un *castello* de style mauresque avec ses tourelles aperçues de la plaine, qui semblaient toutefois moins monumentales vues de près. L'une était ronde, située à l'avant de l'édifice, l'autre carrée, à l'arrière-poste. Quelques fenêtres du château étaient éclairées. En face de nous, ainsi que sur notre droite, se trouvaient d'autres constructions – trois ou quatre à ce que j'en pouvais juger –, de taille plus modeste.

Une végétation abondante nous environnait, comme je n'en avais plus vu depuis que nous avions quitté la région de Los Angeles : des arbres de

Josué, des cactus, mais aussi quelques dattiers, et je crus même distinguer, au milieu de cette oasis de verdure, le clapotis d'une fontaine.

Walter et Mickey nous sommèrent de mettre pied à terre. Quelqu'un était sorti du château et cheminait à notre rencontre. Une jeune femme brune, engoncée dans une gabardine pour se protéger de la fraîcheur qui était subitement tombée, rejoignit nos gardiens. Elle devisa à voix basse avec eux, leur remit un gros trousseau de clefs, après quoi elle repartit par où elle était venue, non sans avoir au préalable jeté sur nous des coups d'œil emplis de curiosité.

Dès qu'elle s'en fut allée, les deux hommes nous entraînèrent en direction d'un des bâtiments annexes, un pavillon blanc à un seul niveau édifié sur un tertre de rocailles. Ma cheville était sensible, mais pas plus que les autres parties de mon corps, j'y prêtais donc à peine attention.

Nous gravîmes les marches d'un escalier extérieur et nous retrouvâmes dans une galerie à arcades qui distribuait une série de portes. Walter ayant ouvert la première, je fus poussé seul à l'intérieur du logement. Là, le courtaud dénoua mes liens, ôta mon bâillon, puis ressortit aussi sec trouver son complice en donnant un tour de clef derrière lui. Leurs pas résonnèrent sur le dallage. D'après le nombre de foulées, je supposai qu'ils n'avaient pas l'intention d'établir James dans la chambre contiguë, ni même la suivante. De fait, ils le conduisirent dans l'une des plus écartées.

Le mur de façade disposait de trois hautes ouvertures aux vitrages scellés, aussi rétrécies que des meurtrières, qui donnaient sur la coursive et, en contre-bas, sur le *castello*. Au-dessus de la porte se trouvait un petit vasistas pour faire circuler l'air, mais il était fermé. Quelques instants plus tard, les ombres de Walter et Mickey glissèrent devant les étroites fenêtres. J'attendis qu'ils eussent disparu dans l'allée menant au château et, me hissant sur la pointe des pieds pour tirer le battant à soufflet du vasistas, je tentai d'entrer en communication avec mon camarade.

Je dus m'époumoner avant qu'il finisse par répondre.

— Jim, tout va bien ?

— J'ai connu des heures plus glorieuses. As-tu déjà vu un endroit pareil ? On se croirait dans les *Mille et Une Nuits* !

— Espérons que l'issue nous soit aussi favorable qu'à Schéhérazade.

— Et surtout que cela prenne moins de temps... À ton avis, qu'est-ce que ces gens veulent de nous ?

— Je n'en sais rien, mais on ne devrait pas tarder à être fixés.

En quête de lumière, je passai la main sur les murs, de part et d'autre de la porte. Il n'y avait aucun commutateur. Pourtant, le château semblait bénéficier de l'éclairage électrique, même si je n'avais remarqué en chemin ni pylône ni câble aérien pour transporter le courant.

Je jetai un regard à ma montre-bracelet. Les aiguilles luminescentes marquaient huit heures. Nous avions roulé sept heures sans discontinuer. Durant le trajet, je m'étais senti tellement abattu que je n'avais pas eu le loisir de ruminer la situation. Or, celle-ci m'apparaissait en cet instant dans sa cruelle réalité. Nous étions prisonniers, à la merci d'individus dont nous ne savions presque rien, hormis qu'ils avaient fait subir d'odieuses expériences à des dizaines de femmes durant des années et assassiné sans état d'âme ceux qui s'étaient placés en travers de leur chemin. Je pris aussi conscience combien j'avais soif et froid.

De même que son vis-à-vis, le mur du fond était pourvu de meurtrières. J'ignorais si ces logements avaient été conçus dès le départ pour servir de prison ou si ce type de percée était jugé plus adéquat pour résister aux feux du soleil, mais le résultat était le même : il n'existait aucune chance de s'échapper par là. J'avisai deux taches opalescentes qui, sous les fenêtres, avaient l'aspect d'un lavabo et d'un siège de toilette avec son réservoir. Je me dirigeai vers le premier. Le robinet fonctionnait, j'y bus à pleines mains, priant pour que l'eau fût potable. Je m'en appliquai également à l'arrière du crâne, à l'endroit où Walter m'avait estourbi avec son pistolet. Cela ne saignait pas, mais je sentais au bout des doigts l'hématome qui s'était formé.

M'étant accoutumé à la pénombre, j'étudiai le reste de la pièce. Un lit se profilait contre le mur de partition et, sur le côté opposé, une table et une chaise. Je repérai encore une commode, une étagère et, sur le carrelage, un tapis aux motifs alambiqués. Je remarquai également au plafond une ampoule enfermée dans un boîtier de protection, mais toujours pas la moindre trace d'interrupteur.

Une épaisse couverture était pliée en quatre sur le matelas. Je m'en saisis et l'enroulai autour de mes épaules, par-dessus mon manteau, afin de me prémunir de la fraîcheur du désert.

Après cela, je me postai devant l'une des ouvertures vitrées pour considérer le domaine. En haut des remparts, une galerie de bois placée en encorbellement et coiffée d'un toit de tuiles rouges faisait office de chemin de ronde. S'il s'y trouvait une sentinelle, elle était cachée dans l'ombre.

De la partie du château la plus proche, là où brillaient les lumières, parvenaient des éclats de voix. En se démanchant le cou, on distinguait l'arrière du *castello*. Au sommet de la tour carrée, quelqu'un se tenait dans l'encadrement d'une fenêtre en ogive, la seule du beffroi à être éclairée, juste sous le cercle de la lune. L'endroit était distant d'au moins une centaine de yards, pourtant, par un effet d'optique que je ne m'expliquais pas, la silhouette semblait incroyablement nette. Cet « être » – masculin ou féminin – n'avait rien d'ordinaire. Son crâne chauve était en forme de pain de sucre inversé, le sommet beaucoup plus évasé que la base, et d'une proportion si extravagante que je ne pouvais bientôt plus en détacher les yeux.

L'individu avait de temps à autre un mouvement, mais il ne s'éloignait jamais de la fenêtre et il était toujours tourné dans la même direction. Que regardait-il ? Après de longues minutes, je me surpris à imaginer que c'était notre pavillon qu'il observait, et même que c'était moi qu'il épiait. Une idée absurde en chassant une autre, je me persuadai que la créature cherchait à m'atteindre par la puissance de son esprit. Un champ vibratoire émanait d'elle qui, si je restais planté là, s'infiltrerait insidieusement en moi et prendrait le contrôle de ma volonté.

Malgré l'incongruité des pensées qui me traversaient, je me détachai du mur et reculai vers le lit. L'impression cessa sur-le-champ.

Assurément, les visions d'horreur au Crestview Sanatorium n'étaient pas sans avoir eu de sérieuses répercussions sur mes nerfs. Ajouté à cela la fatigue du voyage et le coup sur la tête qui n'avait pas dû arranger les choses.

Je laissai le vasistas ouvert, au cas où James appellerait. Ensuite, je m'allongeai tout habillé.

La couverture rabattue jusqu'au menton, les yeux rivés vers le plafond, je finis par recouvrer mon calme. Mon intention était de rester les sens en alerte, cependant, avant que je m'en sois rendu compte, j'avais sombré dans le sommeil.

XVII

LA CRÉATURE EN HAUT DE LA TOUR

Lorsque je m'éveillai, en proie à un léger mal de tête, le soleil dardait ses rayons à travers les percées. Le cadran de ma montre affichait midi. J'avais dormi presque seize heures d'affilée.

N'ayant rien avalé depuis plus d'une journée, mon estomac criait famine. En outre, au moment de me redresser sur un coude, je notai que ma cheville n'avait que fort modérément goûté notre récente équipée dans le désert.

Assis au bord du lit, je massai mes tempes pour calmer la migraine et chasser les dernières vapeurs du sommeil. C'est alors qu'il me revint des bribes d'un songe que je venais de faire, d'évidence en lien avec la silhouette aperçue de ma fenêtre, mais qui n'avait pas cet aspect décousu et incohérent que revêtent en général les rêves.

Je me concentrai pour tenter de ramener les images à la conscience : je me vis gravissant les marches d'un escalier de pierre. De l'autre côté des murailles s'étendait une immensité ocre bordée de collines. À n'en pas douter, la scène se déroulait dans l'enceinte du *castello*, à l'intérieur de la tour carrée. Arrivé tout en haut, je tournai la poignée de l'unique porte qui se présentait et pénétrai dans une pièce sobrement décorée. Au milieu, comme attendant ma venue, se tenait debout celui dont mon esprit surmené avait esquissé les contours. Il m'apparaissait distinctement, éclairé par la lumière ardente du soleil. Je n'avais jamais rien vu de pareil. Son corps était de petite taille, d'une extrême maigreur, presque sans musculature, la peau luisante, couleur de parchemin. Le crâne, entièrement glabre, était surdimensionné, comme si le cerveau qu'il renfermait était d'un calibre hors norme, et surmonté d'une fine crête osseuse. Chaussée de mocassins d'une pointure d'enfant, la créature portait un genre de toge blanche qui laissait découverts ses avant-bras et ce qui lui tenait lieu de mollets. Son visage était nanti d'un nez minuscule, sa bouche à peine dessinée, et ses yeux démesurément grands me fixaient avec intensité. J'avais l'impression que l'humanoïde cherchait à me dire quelque chose, bien que ses lèvres restassent immobiles. Je m'avançai d'un pas vers lui, mais, à ce moment-là, le souvenir de mon rêve s'égara sans que je puisse en retrouver le fil.

— Andy !

La voix de James résonnait à l'autre bout de la coursive.

— Andy !

— Je suis là !

Je m'étais levé et essayai de parler en direction du vasistas.

— Ce n'est pas trop tôt, cela fait des heures que je t'appelle !

— Je viens de me réveiller.

— Quelle veine ! Moi, j'ai à peine fermé l'œil. Pour ton information, un camion a passé les portes de la forteresse, vers deux heures du matin. Elizabeth Ashterton le précédait au volant de notre Oldsmobile. Ils arrivaient sûrement du sanatorium.

— Le camion est toujours là ?

— Sa cargaison a été déchargée du côté d'un des bâtiments annexes, puis il est reparti aussi sec. Autre chose encore : hormis nos deux affreux, on dirait que le château est surtout fréquenté par des représentantes du beau sexe.

Je m'écartai vers la première fenêtre. Sur le rempart, un garde en faction déambulait dans la portion du chemin de ronde qui se trouvait au-dessus de l'entrée principale. Il portait un fusil en bandoulière, mais son maintien et sa longue toison aux reflets roux laissaient supposer que c'était une femme.

Au pied de la sentinelle était parquée la Chevrolet dans laquelle nous avions voyagé, ainsi que trois autres voitures. Notre coupé Oldsmobile était du nombre. En utilisant ce véhicule pour venir jusqu'ici, Elizabeth Ashterton avait effacé l'indice le plus probant de notre passage au Crestview Sanatorium.

Mon esprit s'assombrit d'un coup. Si la clinique avait été « nettoyée » de manière aussi efficace que Miss Ashterton le prétendait, il y avait peu de chance qu'on retrouve jamais notre trace. La veille, dans l'après-midi, Stuart avait rejoint Random et Brisbee à notre hôtel. Ne nous voyant pas arriver, ils auraient patienté une heure, peut-être deux, avant de prendre la route de la clinique et d'y trouver les lieux vides. Dans les prochains jours, quand bien même une enquête serait diligentée au sujet du sanatorium, celle-ci ne déboucherait sur rien, pour la simple et bonne raison qu'il n'y avait rien à découvrir. L'acte de propriété avait probablement été falsifié, ou libellé au profit d'un prête-nom, et aucun indice ne permettrait d'établir le moindre lien entre la clinique et le château où nous nous trouvions. James et moi étions condamnés à demeurer ici, dans l'attente de notre sort.

— Hé ! Tu t'es rendormi ?

— Je réfléchissais.

— … quoi ?

— Je réfléchissais !

— Non, je te demande *« à quoi »* !

La communication était laborieuse. Il fallait forcer la voix pour se faire entendre.

Mon esprit se reporta sur cet individu dont la fascinante étrangeté m'avait poursuivi jusque dans mon sommeil. Cet être existait-il en dehors de mon imagination ? Sa silhouette n'avait-elle pas été déformée par la distance et l'éclairage dans le beffroi ?

J'opérai deux pas de côté pour me placer devant celle des meurtrières qui offrait le meilleur point de vue sur la tour carrée, mais il n'y avait personne à la fenêtre en ogive.

Au premier plan, sur le sommet de la tour ronde, crénelée et moins haute que l'autre, s'élevait ce qui ressemblait à une antenne radioélectrique.

Par association d'idées, je m'interrogeai de nouveau sur la source d'énergie utilisée au château.

— L'électricité ! proférai-je.

— Eh bien ?

— Je n'arrive pas à comprendre par quels moyens elle est amenée ici. On se trouve à des centaines de miles de toute civilisation. Est-ce qu'ils la fabriquent sur place ?

— Hum… Garde plutôt tes forces pour chercher comment on va se sortir de là ! En attendant, j'ai faim ! S'ils comptent me rassasier avec le déjeuner qu'ils ont apporté ce matin…

— Un déjeuner ?

J'inspectai la pièce du regard. Sur le bureau, un verre de jus de fruits et une assiette de sandwiches avaient été déposés.

— Appelle-moi si tu vois du nouveau ! m'égosillai-je. Il faut que je mange quelque chose, sinon je vais tomber d'inanition.

Je me hâtai pour aller mordre à pleines dents dans le casse-croûte. À l'évidence, nos ravisseurs n'étaient pas si pressés de nous faire mourir puisqu'ils gardaient le souci de notre subsistance.

Tout en mastiquant, j'avisai l'étagère, au-dessus de ma tête, de laquelle dépassait la tranche de plusieurs livres reliés pleine peau.

Je tendis le bras et en agrippai un au hasard que je plaçai sur la table.

C'était un gros ouvrage intitulé *La Doctrine secrète*, signé Helena Petrovna Blavatsky, la charismatique fondatrice de la Société théosophique, morte en 1891. Si j'en croyais ce qu'indiquait la couverture de cuir rouge, je tenais entre les mains le deuxième d'une série de trois volumes. Après m'être redressé pour vérifier, je constatai que les numéros un et trois figuraient sur l'étagère, à côté des deux tomes d'un autre ouvrage de l'occultiste russe naturalisée américaine : *Isis dévoilée*.

La présence de ces œuvres revêtait à coup sûr une signification. Les gens avec qui nous avions affaire avaient-ils un lien avec ce mouvement ? Était-ce cela la fameuse « confrérie » qu'évoquait Miss Ashterton ?

De ce que je savais de la Société théosophique, elle avait été créée dans les années 1875 et constituait sinon une franc-maçonnerie réservée aux femmes – nombreux étaient les hommes qui figuraient parmi ses hauts dignitaires –, du moins un ordre ésotérique établi selon une morale proprement « féminine », la seule supposée capable d'endiguer la guerre, la violence et la haine à travers notre planète. Une fraternité pacifique et éclairée, mue par la charitable ambition de guider l'humanité vers son accomplissement. Rien là que de très inoffensif. Et surtout rien de commun avec les expériences menées au Crestview Sanatorium.

Lorsque j'eus terminé mes sandwiches, je déposai quelques-uns de ces volumes sur le lit avant de retourner à mon poste d'observation. Le ciel était d'un bleu de cobalt. À l'horizon, le regard portait jusqu'à la chaîne de montagnes et le défilé que nous avions traversé, paysage stérile et frappé de lumière.

Brusquement, en haut de la tour carrée, il me sembla entrevoir une ombre derrière la fenêtre. La vision avait été tellement furtive que je n'eus pas le temps de juger si c'était le même individu.

J'attendis qu'il veuille bien se montrer de nouveau, mais, pour cela, je dus m'armer de patience. Une demi-heure après, il finit enfin par s'approcher de la croisée et resta un moment à guetter du côté de notre bâtiment. Malgré la distance, j'avais la conviction que cet inconnu ressemblait à l'étrange créature qui m'était apparue en rêve, avec sa boîte crânienne d'une dimension formidable, tout en longueur, et la légère proéminence sur le dessus. Cependant, il ne se trouvait pas seul dans la pièce. Quelqu'un de beaucoup plus grand, à la configuration physique manifestement normale, s'avança vers lui et l'éloigna de la fenêtre. Puis ni l'un ni l'autre ne reparurent.

La première fois que j'avais aperçu cette silhouette au sommet du beffroi, j'en avais éprouvé de la crainte et de la répulsion. Or, curieusement, ce n'était plus ce type d'émotions que la créature m'inspirait. La peur avait fait place à un irrépressible désir de savoir qui elle était, et même à une forme d'empathie.

Le temps s'écoulait inlassablement, et toujours personne ne pointait le bout de son nez. Je m'occupais comme je pouvais. Tantôt je surveillais les abords du pavillon, tantôt je m'allongeais pour parcourir les ouvrages d'Helena Blavatsky, bien que j'eusse le plus grand mal à me concentrer. Le style était tout ce qu'il y a d'amphigourique, quant au fond ce n'était qu'un salmigondis de théories empruntées à la Rose-Croix, à la kabbale, à la mystique indienne ou aux religions orientales. Par chance, ma migraine s'en était allée.

Sur les coups de trois heures, alors que je m'étais à moitié assoupi, un lointain bourdonnement me fit me précipiter hors du lit. Je plaquai le front contre les carreaux et scrutai fiévreusement le ciel, convaincu d'avoir reconnu le moteur d'un avion. Certes, je ne discernai aucun appareil, mais les angles de vue étaient réduits et, sur le chemin de ronde, la sentinelle se tenait aux aguets, une paire de jumelles collées devant les yeux. J'en déduisis qu'elle aussi avait entendu quelque chose.

Je restai sans bouger, le cœur battant, escomptant que l'avion passerait au-dessus de ma tête. De la sorte, je pourrais alerter le pilote que nous étions prisonniers et qu'il fallait au plus vite nous porter secours. Comment m'y serais-je pris pour me signaler à lui ? Impossible à dire. Je n'osai même pas apostropher James, de crainte que mon fol espoir ne s'envole en fumée. Quoi qu'il en soit, il fallut me rendre à l'évidence : le bruit s'était évanoui. Si cet aéroplane avait jamais existé, il avait poursuivi sa route.

Il se passa encore des heures sans que rien advienne. Ce ne fut qu'un peu avant la tombée du soir que les lieux commencèrent à s'animer. À plusieurs reprises, j'aperçus Elizabeth effectuer des allers et retours le long de l'allée, à moitié cachée par les yuccas et les buissons de mimosas, qui reliait le *castello* aux maisons hors de notre vue. En une occasion, elle était accompagnée de trois jeunes femmes ainsi que d'un individu d'allure replète, vêtu d'un ensemble beige et d'un chapeau de paille. Il y avait fort à parier que ce dernier n'était autre que le Dr Sandorsky.

Je m'exaspérais de l'ignorance dans laquelle on nous laissait. James avait autant de mal que moi à se résoudre à la situation, et je l'entendais fréquemment tempêter contre ceux qui nous gardaient captifs.

La nuit était déjà tombée depuis longtemps lorsque enfin, aux alentours de huit heures trente, l'attente toucha à sa fin. Il y eut des bruits de voix dans l'escalier, puis les silhouettes de Walter et Mickey passèrent devant les fenêtres. L'un des deux s'arrêta à ma porte. Pendant qu'il déverrouillait la serrure et que son complice s'éloignait vers la chambre où James était enfermé, l'ampoule du plafond s'alluma violemment. Il me fallut quelques secondes avant de pouvoir rouvrir les yeux. Quand je fus en mesure d'y voir, Walter se tenait près du lit. Son poignet blessé toujours pendu à une bande d'étoffe, il serrait le Colt dans son autre main tout en versant sur le matelas le contenu d'un grand sac en papier. Il y avait là des vêtements, une serviette, un rasoir, du savon, une brosse à dents et de la poudre dentifrice.

— Vous avez cinq minutes pour vous laver, vous raser et passer une tenue propre. Madame veut que vous soyez présentable.

— D'accord, mais voulez-vous bien sortir pendant ce temps ?

— J'bouge pas de là !

Son arme pointée sur moi, il s'assit au bord du lit. Ce n'était pas la peine d'insister.

Je me rasai, me lavai du mieux que je pus eu égard aux circonstances, puis j'enfilai la chemise, le pull-over, le pantalon en toile et une paire de chaussettes. Tout était à ma taille. La personne qui les avait choisis avait le compas dans l'œil.

Lorsque je fus prêt, Walter m'intima l'ordre de sortir de la chambre. Mon acolyte, qui lui aussi avait revêtu des habits propres, ne tarda pas à nous rejoindre dans la galerie, suivi par son garde du corps. Celui-ci portait son traditionnel corset jaune. Selon toute apparence, Mickey ne faisait prendre l'air à ses membres en surplus que dans les grandes occasions.

Tandis que le petit râblé nous menaçait avec le Colt, le grand maigre remisa son semi-automatique et nous lia une nouvelle fois les mains en serrant comme une brute.

Ensuite, ayant désigné le chemin qui conduisait au château, ils nous enjoignirent de marcher.

L'air était frais, chargé de senteurs. Dans le ciel étoilé, une lune parfaitement pleine entamait sa lente ascension au-dessus des reliefs.

Après quelques foulées, ma cheville me faisait mal, mais je m'efforçais de n'en laisser rien paraître. Arrivés au *castello*, nous passâmes sous une première, puis une seconde arcade. Il fallait traverser ensuite une cour intérieure jusqu'à une lourde porte dont Mickey tira le battant, tandis que Walter nous pressait avec le canon de son revolver.

On pénétra dans une salle aux dimensions impressionnantes. La moitié supérieure était entourée d'une galerie desservie par un escalier droit aux balustres en forme d'arabesques. Du plafond pendait un majestueux lustre en cristal qui surplombait des meubles finement marquetés, mêlant les styles espagnol, français et extrême-oriental.

Sur la gauche se dressait une cheminée dans laquelle un cheval entier aurait pu se tenir. Derrière nous, je remarquai une bibliothèque dont l'un des étages recelait, facilement reconnaissables à leurs dos incarnats, les mêmes ouvrages que ceux découverts dans ma cellule. D'ailleurs, un grand portrait d'Helena Blavatsky était accroché dans un cadre en verre poli. À droite, le lieu donnait sur un réfectoire. Le repas du soir venait visiblement de se terminer, car des servantes étaient occupées à débarrasser les tables.

Nous n'eûmes guère le loisir de musarder. Ceux qui nous escortaient commandèrent d'accélérer la cadence. Au fond de la salle, après la cheminée, se trouvait une énorme porte double dont chaque battant en chêne massif était muni d'un anneau. L'un de ces vantaux était entrebâillé. Lorsque nous fûmes à quelques pas, je constatai qu'il ouvrait sur une pièce aux dimensions plus réduites que celle où nous étions, mais décorée avec tout autant de faste.

À l'instant où nous fîmes notre apparition, tous les visages se tournèrent vers nous. On se trouvait dans une sorte de salon où quatre femmes et un homme étaient confortablement installés.

— Messieurs Singleton et Trelawney ! prononça celle qui, la chevelure blanche comme neige, occupait le centre du groupe. Nous vous attendions avec impatience !

XVIII

MUTATIS MUTANDIS

Walter et Mickey nous poussèrent dans le dos pour nous faire avancer. Le bruit de nos semelles était étouffé par d'immenses tapis qui recouvraient le sol sur toute la surface. À notre gauche, une alcôve oblongue en séquoia abritait un orguc ct un piano à queue. Le plafond était constitué d'un alignement de poutres en arc de cercle, dans le même bois que l'estrade, qui fournissaient à la pièce une acoustique étudiée.

La femme aux cheveux blancs était assise en face de nous sur un canapé de velours, à quelques pas d'une fenêtre bordée d'étoffe à travers laquelle on apercevait les portes du domaine et une partie du mur d'enceinte. Habillée d'un chemisier de soie grège et d'une jupe longue de laine noire, elle devait avoir pas moins de soixante-dix ans. Pourtant, son regard gris-bleu, ses traits réguliers et son visage harmonieusement sculpté laissaient paraître les vestiges de son ancienne beauté. La colonne droite, la nuque haute, les mains croisées sur les cuisses :

il se dégageait d'elle une supériorité naturelle qui ne laissait aucun doute sur la position qu'elle occupait au sein de cette assemblée. Chacune de ses oreilles était parée d'un brillant couleur de jais.

À côté d'elle, deux autres septuagénaires se partageaient un divan plus étroit et dépourvu d'accoudoirs en sirotant un verre de porto qu'elles avaient dû puiser au cabinet à liqueurs qui se dressait dans leur dos. Avec leurs cheveux teintés, leurs visages trop fardés et leurs bijoux tapageurs, ces deux-là auraient fait sensation à la table de bridge d'un club de riches retraités. La première portait une toilette aussi sombre que sa coiffure, la seconde affichait une crinière couleur de blé ramenée en chignon et une robe olivâtre nantie, sur sa poitrine, d'un gros nœud ridicule.

De l'autre côté, un fauteuil était occupé par l'individu que j'avais entrevu plus tôt dans les jardins : tout en rondeur, le nez court et renflé, les cheveux gominés peignés de manière à dissimuler une calvitie naissante. J'aurais bien été en peine de lui donner un âge. Toutefois, s'il était juste que nous avions affaire au Dr Sandorsky, et à en croire les états de service de celui-ci, il devait avoir passé la cinquantaine. L'homme, soucieux de son apparence, arborait un complet-cravate d'un blanc immaculé. Sa bouche lippue s'encadrait d'un trait de moustache et d'une barbiche en forme d'ancre de bateau. Un verre de whisky à la main, il nous considérait en esquissant un rictus narquois. Chose étonnante : ses yeux verts étaient frangés de cils longs et bombés comme ceux d'une jeune fille.

Elizabeth Ashterton complétait ce quintet. Habillée d'une robe de rayonne d'un bleu céruléen, elle se tenait en retrait, près de la cheminée en mosaïque dans laquelle un feu crépitait. Elle était la seule du groupe à rester debout et, de même que celle qui nous avait adressé la parole, elle ne consommait pas d'alcool.

— Avancez plus près que je vous observe mieux ! reprit la femme aux cheveux blancs. Ma fille, ici présente, n'a pas tari d'éloges à votre sujet. C'est elle qui nous a convaincus que vous pourriez nous être très utiles.

Walter et Mickey avaient remisé leurs armes de poing et demeuraient en arrière, de chaque côté de la double porte.

— Vous êtes donc la mère de cette adorable Elizabeth ? répliqua James du même ton faussement accort qui semblait prévaloir. Quelle touchante petite famille vous formez !

— Il est vrai que nous n'avons pas eu le temps de faire les présentations, fit-elle mine de se désoler. Je suis Margaret Ashterton, la doyenne de notre groupe. À ma gauche se trouve le Dr Sandorsky, que vous connaissez de réputation, me suis-je laissé dire. À ma droite, mes fidèles compagnes, tout entières au service de notre mission : Maybelle Kempner et Deirdre Longhurst. C'est grâce à elles, et à l'immense fortune de leurs regrettés maris, que nous avons pu financer la construction de ce palais.

— Que leurs âmes vertueuses reposent dignement ! récitèrent les intéressées de manière un tantinet désinvolte.

— Eh bien ? Qu'en pensez-vous, docteur ? questionna Margaret Ashterton.

— J'en pense que ces deux jeunes hommes seront parfaits. Absolument parfaits !

Sandorsky rendit sa sentence dans un anglais impeccable où seule une pointe d'accent trahissait ses origines. Il assécha son verre d'une traite, le posa sur une console près de lui, puis, tout en continuant de nous observer d'un air sarcastique, il se mit à aiguiser méticuleusement sa barbiche de ses doigts bouffis et néanmoins manucurés.

Avec répugnance, je me dis que c'étaient ces mêmes doigts qui avaient martyrisé autrefois les chairs du pauvre Anton, faisant à jamais de cet enfant un monstre parmi les monstres.

— Parfaits pour quoi ? m'exclamai-je. Allez-vous nous expliquer à la fin dans quel but vous nous retenez prisonniers ?

— « Prisonniers » ? se défendit Margaret. Quel déplaisant terme que voilà ! Assurément, vous n'êtes pas libres de nous quitter, si telles étaient vos intentions, mais peut-être vous agréera-t-il d'apprendre que vous avez été élus pour collaborer à notre grandiose et mirifique entreprise.

J'ignorais où voulaient en venir tous ces gens, mais cela paraissait les amuser follement de s'exprimer par énigmes.

— Dans quelques semaines, poursuivit-elle, quelques mois tout au plus, la guerre va éclater. Une guerre terrible, d'une ampleur à nulle autre pareille, durant laquelle des dizaines de millions d'individus vont périr à travers la planète. Ce conflit va marquer le début d'un lent processus, un mouvement sans retour qui ne s'achèvera qu'à la complète éradication de la race humaine. Notre confrérie a pris acte de cette réalité et a décidé de se retirer du monde.

— De quelle confrérie parlez-vous ? demandai-je. La Société théosophique ?

— Ah ! je vois que vous avez pris le temps de parcourir les ouvrages placés à dessein dans votre appartement, Mr Singleton. Les rapides recherches effectuées sur vous nous ont appris que vous aviez, entre autres qualités, un très estimable penchant pour les livres. Si cela vous intéresse, vous trouverez beaucoup d'autres volumes partout dans le château.

— Nous n'avons plus aucun lien avec les dignitaires de la Société théosophique, se félicita Mrs Kempner. Ils se sont dévoyés en transgressant les préceptes de notre mentor.

— Votre mentor ? fit James.

— Helena Blavatsky, soufflai-je tout haut à l'attention de mon camarade. Une figure haute en couleur, aventurière, libre penseuse, qui prétendait recueillir son savoir exceptionnel par l'entremise des puissances occultes. Considérée tantôt comme une mystificatrice, une sainte ou un génie.

— Une femme admirable, trancha Mrs Longhurst.

— Le plus grand esprit de son époque, enchérit Mrs Kempner.

— Selon nous, les leaders de la Société théosophique se sont disqualifiés il y a quelques années en soutenant qu'ils avaient découvert le jeune « messie » qui allait sauver le monde[1].

C'était Elizabeth qui avait parlé. Sa peau était plus diaphane que jamais. On aurait dit que l'intérieur de son corps, froid comme la glace, avait besoin d'être réchauffé aux flammes de l'enfer.

1. En 1909, les théosophes crurent déceler dans un garçon de quatorze ans, Jiddu Krishnamurti, issu d'une famille brahmane, le futur « Instructeur du monde » que tous les adeptes attendaient. Afin de préparer l'enfant à son nouveau destin, la Société mit en place un ordre spécifique, l'ordre de l'Étoile d'Orient. Mais, contre toute attente, en 1929, le jeune homme prononça avec fracas la dissolution de l'organisation qui s'était constituée autour de lui. Il s'est ensuivi au sein du mouvement d'irréparables scissions et une désaffection de nombreux membres. (*N.d.É.*)

— Ah çà ! Ils se sont mis le doigt dans l'œil ! glousssa la blonde Deirdre.

— Le monde tel que nous le connaissons ne peut être sauvé, appuya sa voisine. Il est définitivement et irrémédiablement condamné. Ça, on dirait qu'ils ne veulent pas l'entendre.

— Selon Helena Blavatsky, reprit Elizabeth, cinq cycles d'humanité se sont succédé depuis le début des temps, chacun instituant un degré de conscience supérieur et une chair s'émancipant davantage du poids de la matière. Elle les appelait les « Grandes Races ». Nous autres appartenons à la cinquième et dernière en date. Elle a aussi prophétisé qu'une nouvelle forme d'humanité était appelée à nous remplacer, et c'est en Amérique, plus précisément ici, en Californie, que les premiers spécimens doivent prendre naissance. Des enfants différents de nous, tant sur le plan physique que mental, et qui, pour cette raison, seront d'abord regardés comme des phénomènes de la nature.

— J'ai servi Helena Petrovna Blavatsky jusqu'à son dernier souffle, enchaîna Margaret. Je n'étais alors qu'une jeune fille. Pourtant, malgré ma timidité et mon inexpérience, c'est à moi que, sur son lit de mort, elle a confié la tâche de préparer la venue des premiers représentants de la « Sixième Grande Race ». Quand l'un de ces enfants verrait le jour, il faudrait le reconnaître, lui permettre d'installer son règne et assurer sa descendance. Je me suis attelée à ma mission avec ferveur et je n'ai jamais abdiqué.

Elizabeth quitta son poste devant la cheminée et vint se placer derrière sa mère, dans la ruelle qui séparait la fenêtre du canapé. Puis elle posa délicatement une main sur son épaule.

Sandorsky écoutait ce discours proprement hallucinant d'une oreille distraite. Il semblait surtout préoccupé par la présence, autour d'un de ses ongles, de disgracieux fragments de peau qu'il s'employait à détacher délicatement.

— Les choses auraient été beaucoup plus simples si nos frères théosophes nous avaient soutenus, poursuivit la doyenne en plaçant la main sur celle de sa fille. Mais, comme cela vient d'être expliqué, ils se sont égarés sur le mauvais chemin. J'ai recueilli auprès de moi une poignée de fidèles qui ont cru dans le message de notre inspiratrice.

— Vous voulez dire que vous espérez la naissance d'un représentant de cette nouvelle humanité ? s'exclama James.

— Nous ne sommes plus dans l'espoir, Mr Trelawney. C'est arrivé.

— Comment cela ? fis-je, interloqué.

— Le 31 décembre 1927, dans une ferme près de Bakersfield, a eu lieu un événement considérable. Cette nuit-là, une jeune femme a mis au monde un enfant à l'aspect si remarquable que sa mère, désemparée, a supplié qu'on le soustraie à sa vue. Quelques jours plus tard, la « créature » a été découverte abandonnée à la porte d'un couvent du comté de Kern, où elle a vécu au bon soin des religieuses jusqu'à ce que l'information parvienne aux oreilles d'une de nos affidés. Quand j'ai examiné pour la première fois le petit être, âgé de dix-huit mois, j'ai tout de suite compris qu'il était celui que nous attendions. Nous l'avons recueilli et nous en sommes occupés, nous émerveillant chaque jour un peu plus de ses facultés.

— Son intelligence est de beaucoup supérieure à celle d'un gamin de son âge, s'enthousiasma

Mrs Kempner. Il possède une mémoire phénoménale et s'imprègne du contenu des ouvrages les plus complexes avec une facilité déconcertante.

— Ironie du sort, sa mère avait choisi de le baptiser « Adam », déclara Mrs Longhurst. Elle ne croyait pas si bien faire.

— On lui a gardé ce prénom, quoique à la vérité il eût été plus adéquat de l'appeler « Nouvel Adam », s'esclaffa sa coreligionnaire.

L'inconnu de la tour ! Était-ce de lui qu'il était question ? Un enfant, donc, que ces illuminés avaient ni plus ni moins investi d'un destin messianique ! « Différent de nous, aussi bien physiquement que mentalement », tels étaient les termes d'Elizabeth. Cela expliquerait en tout cas mon étrange rêve de la nuit précédente. Il paraissait évident que cette créature appelait au secours, par tous les moyens dont elle disposait. Tout bien considéré, James et moi n'étions peut-être pas les seuls captifs dans ce bastion retranché, au milieu de cette vaste étendue sauvage.

— Il est ici ? demandai-je pour apporter confirmation à ce que je pressentais.

— Naturellement, répliqua Margaret. Cette forteresse n'a été érigée que pour lui. La construction a duré des années et coûté quelques millions, mais à présent qu'elle est achevée, Adam est amené à demeurer en ce lieu, hors d'atteinte de la folie du monde, aussi longtemps qu'il le faudra. Nos réserves regorgent de vivres et de matériels. En outre, nous disposons de notre propre centrale électrique grâce à des aqueducs souterrains qui amènent l'eau d'une rivière en provenance des montagnes, à raison de deux cents gallons par minute. Tels que vous nous voyez, nous sommes en capacité de subsister en autarcie complète.

— Les hommes peuvent s'entre-tuer jusqu'au dernier des derniers, enchaîna sa fille avec ferveur, rien n'entravera la mission que nous nous sommes assignée. Quand l'heure sera venue, à la fin imminente du temps des Nations, nous rouvrirons les portes de la citadelle. Lui et les siens se répandront alors sur la surface régénérée du globe.

— Attendez une minute ! se récria James. Il semble que vous alliez un peu vite. Si je vous ai bien suivies, il vous faut d'autres individus de son espèce pour espérer mener à terme votre entreprise. À tout le moins, une jolie petite « Ève » pour garantir à Adam une fourmillante progéniture.

— Hélas, trois fois hélas ! se lamenta Mrs Longhurst. Nous avons eu beau chercher auprès de tous les hôpitaux, maternités et couvents que compte l'État de Californie, nos efforts sont restés vains.

— Alors donc ? Tout ça pour rien ?

— Laissez-moi deviner, intervins-je. Ce que la nature a créé une fois, vous pouviez l'aider à le refaire encore. C'est ce que vous vous êtes formulé, n'est-ce pas ? Vous avez eu l'idée de convier aux États-Unis le célèbre Dr Sandorsky, celui-là même qui prétendait pouvoir reproduire toutes les variétés de monstruosités, et il s'est montré conquis. Il faut dire que votre projet ressemblait à s'y méprendre au rêve secret de tous les tératurges passés, présents et futurs : créer de nouvelles formes, forcer le développement humain, orchestrer l'évolution de notre propre espèce.

À l'appel de son nom, Sandorsky avait suspendu ses travaux de manucure. Il salua la fin de ma diatribe en saisissant son verre vide et en le levant en direction de ces dames.

— Béni soit le ventre de la femme ! déclama-t-il. Il est le plus fantastique laboratoire de l'univers que l'on puisse imaginer. L'utérus, c'est lui l'authentique *athanor* des anciens alchimistes, la caverne de toutes nos métamorphoses.

— Quel charmant poète vous faites, docteur ! minaudèrent Maybelle et Deirdre. Vous savez si bien parler de nous !

— Quel était l'objet de vos recherches à l'époque de votre départ pour la Californie ? l'interrogeai-je, coupant court à leurs simagrées.

— Mon intérêt portait sur les récents travaux de Hermann Joseph Muller, qui avait obtenu les premières mutations artificielles en irradiant des mouches ou en les exposant à des substances chimiques. J'ai poursuivi ces travaux en les améliorant considérablement et en les appliquant sur des organismes, hum, comment dire, plus « sophistiqués » sur l'échelle de la création. Mais les modifications de programme que je réussissais à engendrer se révélaient toutes défavorables. Quand Mrs Ashterton m'a soumis le jeune Adam, il y a huit ans, cela a été un véritable choc. L'enfant n'était pas la victime d'une simple anomalie du développement. À l'instar des drosophiles de Muller, une mutation « positive » avait été à l'œuvre, capable de se transmettre de génération en génération. Pour appréhender le phénomène, il fallait d'abord chercher du côté des événements qui s'étaient produits durant la gestation.

— Et ?

— Non sans mal, j'ai retrouvé la trace de la génitrice, ou plutôt, car celle-ci était partie les pieds devant six mois plus tôt, d'un cul-terreux de son entourage. J'ai fini par apprendre que, alors qu'elle ignorait être enceinte de trois ou quatre semaines, la jeune femme avait été exposée à des rayonnements ionisants[1] pour traiter une affection bégnine. À coup sûr, je tenais là la cause de la mutation. Restaient à déterminer le type et le niveau de radiation, ainsi que le stade du développement de l'embryon. Malheureusement, les expérimentations ont été plus compliquées que prévu. Il s'est avéré que d'autres substances aux effets mutagènes avaient dû interférer, et il a fallu trouver lesquelles.

— C'était donc à ça que vous travailliez au Crestview Sanatorium ! lança James. Créer d'autres spécimens de la prétendue prochaine humanité !

— Un travail titanesque, il faut l'avouer. Mais nous avons réussi. Ou plutôt, nous allons désormais procéder à son parachèvement.

— Où ?

— Ici même.

— Vous avez amené dans vos bagages quelques-unes de vos pensionnaires de la clinique ? dis-je.

— Surtout pas ! On ne pouvait espérer créer une génération « pure » à partir de ces maritornes de seconde zone, à la cervelle détraquée. Elles n'ont fait que servir de cobayes pour élaborer et fixer le processus.

— Celles sur lesquelles nous allons œuvrer maintenant ont été sélectionnées selon de hauts

1. Dans l'entre-deux-guerres, les rayons X ou le radium ont été appliqués de manière inconsidérée pour traiter tout un tas d'affections plus ou moins graves, de la dépression à la syphilis en passant par les douleurs articulaires, les varices, la teigne, l'acné ou les taches de vin. Un certain William H. Rollins informa très tôt des risques tératologiques concernant l'utilisation de ces rayonnements, en particulier sur les femmes enceintes, mais ses mises en garde sont restées ignorées jusqu'à la fin des années 1940. (*N.d.É.*)

critères d'excellence, précisa Elizabeth. Saines de corps et d'esprit, et toutes volontaires, éminemment conscientes du privilège qui est le leur. Ce sont nos filles, nos nièces, nos condisciples les plus fraîches et les plus physiologiquement fertiles…

— Et qu'escomptez-vous de nous ? demanda mon camarade, incrédule.

— Tu ne vois pas, Jim ! répliquai-je d'une voix légèrement hors de ton du fait de l'émotion. De servir de reproducteurs. Féconder ces jeunes femmes afin que leurs embryons puissent être irradiés selon le protocole établi et que ceux-ci deviennent les futurs représentants de la nouvelle humanité.

— Telle est votre mission, en effet ! confirma la femme aux cheveux blancs. Et telle est la raison pour laquelle nous allons vous garder en vie tout le temps qu'il sera nécessaire !

Je tirai nerveusement sur mes poignets pour essayer de relâcher mes liens, mais Mickey avait trop bien serré. Mon acolyte effectua la même tentative sans davantage de succès.

— Hé ! La paternité est une chose sérieuse, mesdames, se récria James. Il faut d'abord que nous réfléchissions, mon associé et moi-même. Quand doit-on vous adresser notre bulletin-réponse ?

— Nul besoin d'une approbation de votre part, ricana Sandorsky. Chaque soir, je me ferai un plaisir de vous injecter une dose suffisante de véronal pour vous expédier en l'espace d'une demi-minute au doux pays des songes. Ensuite, à l'aide d'une seringue, je collecterai la précieuse semence directement à l'intérieur de vos glandes génitales, puis j'en libérerai une parcelle dans un ou plusieurs utérus aptes à la recevoir. C'est aussi simple que cela.

— Hum… À choisir, j'aurais préféré la bonne vieille méthode naturelle.

— Certes, mais, en ce qui me concerne, je n'ai aucune confiance en vous.

— Et quand commençons-nous ?

— Tout de suite.

— L'astre lunaire vient d'entrer dans sa plénitude, professa Margaret, et il le restera jusqu'aux premières lueurs du jour. Les fécondations accomplies durant ces heures bénies ont été célébrées par toutes les civilisations : c'est le « cycle de la lune blanche », gage de fortune et de prospérité. Réjouissons-nous, trois de nos protégées sont en période de fertilité ! Les choses s'annoncent sous les meilleurs auspices, vous ne trouvez pas ?

XIX

OÙ IL EST CONFIRMÉ QUE LE SALUT VIENT TOUJOURS DU CIEL

Tous les cinq nous observaient en silence, savourant l'effet que leurs révélations produisaient sur nous. Inutile de chercher à dissuader cette bande d'illuminés. Ils étaient pénétrés de la grandeur de leur entreprise, et peut-être estimaient-ils véritablement que nous aurions tôt ou tard fini par rallier leur cause.

James et moi croisâmes nos regards. Je devinais chez lui l'envie irrésistible d'en découdre, tandis qu'il devait lire sur mon visage un mélange de dépit et de rage contenue. Puis, d'un même mouvement, nous tournâmes le cou vers l'arrière. Walter et Mickey étaient toujours postés de chaque côté de la porte, leur arme à la ceinture. La seule autre issue possible était la fenêtre qui se dressait dans le dos de Mrs Ashterton, mais les deux sbires n'auraient aucun mal à nous intercepter avant que nous ayons eu le temps de l'ouvrir. Si tant est qu'avec nos mains attachées nous fussions en mesure de le faire.

Au cours de notre carrière de détectives, songeai-je, nous avions connu quantité d'aventures, aussi périlleuses les unes que les autres. De nombreuses fois, j'avais cru mon dernier instant arrivé, mais jamais, à vrai dire, je n'avais envisagé de finir mon existence de cette manière, en tant que reproducteur désigné.

Dans la foulée, je spéculai sur le fait que le sort d'un être humain se jouait décidément à peu de chose. Rien de tout cela ne serait arrivé si, quelques jours auparavant, nous ne nous étions pas trompés de chemin dans les monts Santa Monica et si, au détour d'un virage, nous n'avions manqué renverser le pauvre Anton Frazer sur ce tronçon brumeux de Mulholland Highway.

En eussé-je eu le loisir, je me serais formulé d'autres lumineuses pensées, mais déjà, à un signal de Mrs Ashterton, Walter et Mickey avaient quitté leur place et nous empoignaient le bras.

À cet instant-là, un ronronnement étouffé se fit entendre à l'extérieur du bâtiment.

— Écoutez ! dit Margaret, le doigt levé pour commander aux autres de faire motus.

Ma première idée fut que cela provenait de la centrale électrique, que je supposais être l'un des bâtiments secondaires aperçus à notre arrivée. Toutefois, au vu de leur réaction à tous, l'éventualité paraissait peu plausible.

Le bruit ayant tendance à s'amplifier, l'incertitude laissait place à une certaine agitation. Le Dr Sandorsky avait rejoint Elizabeth à la fenêtre, tandis que, dans un bel ensemble, les douairières s'étaient levées de leur siège. À côté de moi, Walter lâcha mon bras et avança de deux pas vers le groupe.

Une telle opportunité ne se reproduirait pas de sitôt. James, surveillé de près par Mickey, n'était pas en bonne position pour agir. Tout en priant pour que ma cheville ne flanchât pas, je décochai à l'adresse du courtaud un *shoot* avec le plat de la semelle dans lequel je mis tant de conviction qu'il fut littéralement propulsé en avant dans les bras de Mrs Longhurst. En sa compagnie, il exécuta un renversé digne des meilleurs danseurs de salon, après quoi, à court d'équilibre, le couple bascula au pied du meuble à liqueurs dont les flacons tintèrent comme les cloches angelines de St. Vibiana. Mon geste avait été accompli si rondement que Mickey lui-même fut pris au dépourvu. Il brandit son pistolet, mais, avant qu'il ait eu le temps d'appuyer sur la détente, James lui avait assené un de ces coups de tête dont il a le secret et qui l'envoya s'échouer au bord de la cheminée.

Sans attendre notre reste, nous courûmes vers la porte double. Je tremblais de recevoir une balle avant que d'y parvenir, mais, dans notre dos, j'entendis Elizabeth qui houspillait ses nervis en leur sommant de nous avoir vivants, ce dont je lui sus gré. À peine avions-nous franchi le seuil que James stoppa net son élan et se mit en tête, malgré ses entraves, de rabattre le pesant vantail. Puis, ayant écarté suffisamment les mains pour empoigner conjointement les deux gros anneaux fixés sur les panneaux de chêne, il tira dessus avec la dernière énergie.

— Qu'est-ce que tu fabriques ? dis-je avec irritation alors que la porte commençait déjà à s'ébranler sous la pression de nos gorilles.

— Dépêche-toi de glisser ce tube à l'intérieur des anneaux ! fit-il en pointant le menton vers un lampadaire qui se dressait près de moi. Vite, je ne tiendrai pas longtemps.

Comme la base était trop large et le pinacle coiffé d'un abat-jour, il me fallut d'abord, au prix d'une improbable torsion de tout le haut du corps, décapiter le luminaire en le fouettant contre le sol. Ensuite, je réussis tant bien que mal à coulisser le cylindre à l'intérieur des bagues. James, à son grand soulagement, put enfin lâcher prise.

Quand bien même cet accès serait momentanément condamné, Walter et Mickey avaient toujours moyen d'enjamber la fenêtre qui donnait sur l'avant du *castello*. Si nous empruntions le même itinéraire que celui par lequel nous avions été conduits devant leurs chefs, ils seraient trop heureux de nous tomber dessus.

Aussi désignai-je à mon acolyte l'escalier qui, de l'autre côté de la salle, menait à la galerie supérieure et permettait vraisemblablement d'accéder aux autres ailes de l'édifice.

J'étais tellement galvanisé que je ne sentais presque plus aucune douleur à ma cheville. Le cerveau devait juger qu'il était dans l'intérêt supérieur de ma personne de ne plus se préoccuper de cette partie du corps. Il fallait simplement espérer qu'elle tiendrait le coup et que je pourrais continuer d'avancer.

À la suite de James, j'escaladai les marches aussi prestement que possible. Derrière nous, nos adversaires avaient trouvé la parade et renoncé à s'acharner sur la porte. Dorénavant, il fallait s'attendre à les voir surgir de n'importe quel côté.

Le bruit à l'origine de tout ce remue-ménage était en train de gagner en intensité. Tandis que, à la croisée de plusieurs couloirs, nous choisîmes celui qui semblait nous éloigner au maximum de notre point de départ, le vrombissement se fit même très sonore. C'était un avion, il n'y avait plus l'ombre d'un doute, un appareil léger qui survolait la propriété à basse altitude. Et, à en juger par les détonations qui retentissaient sur les remparts, l'engin n'était pas le bienvenu.

— Ce sont peut-être nos nouveaux équipiers qui ont dépêché des secours ! s'enflamma James.

— Comment auraient-ils retrouvé notre trace au beau milieu du désert ?

— En tout cas, qui que soit le pilote, il faut lui faire savoir que nous sommes ici et que nous avons besoin de lui. Mais pour cela, nous devons d'abord nous débarrasser de ces liens.

Après avoir suivi jusqu'au bout le couloir dans lequel nous étions engagés, nous marquâmes un arrêt pour juger de la situation. À droite et à gauche s'étendaient les deux sections d'une autre interminable galerie qui donnait accès à une enfilade de pièces. Si mon sens de l'orientation ne me faisait pas défaut, en prenant à bâbord, nous devions rejoindre l'arrière du château. Au reste, tout au fond, il me semblait apercevoir à travers une grande porte-fenêtre ajourée la rampe d'un balcon et, au-dessus, le cercle scintillant de la lune. Par ce chemin, il y avait moyen de sortir du bâtiment.

Alors que l'on se précipitait dans cette direction, un des battants s'entrouvrit et un trio de jeunes femmes passa timidement la tête par l'embrasure. Parmi elles, je reconnus la demoiselle brune qui avait accueilli la Chevrolet le premier soir et confié les clefs du pavillon.

Les portes des chambres attenantes s'entrebâillèrent à leur tour, laissant apparaître d'autres superpositions de crânes.

James freina des quatre fers et se tourna vers le groupe le plus proche.

— Mesdemoiselles, aidez-nous à nous détacher ! prêcha-t-il en leur exhibant ses mains ligotées derrière le dos. La situation est grave, croyez-moi !

Sa supplique n'eut pas l'effet escompté. L'une des femmes hurla pour commander aux autres de se barricader et, l'instant d'après, toutes les portes s'étaient refermées en claquant bruyamment. Au moins, elles n'avaient pas lancé l'assaut. Vu leur nombre, nous n'aurions pas été de taille à résister.

Nous reprîmes notre course, mais le chahut avait été suffisant pour nous faire repérer par nos poursuivants. Walter et Mickey avaient surgi à l'autre extrémité du couloir au moment où nous atteignîmes la porte-fenêtre. Par chance, elle n'était pas verrouillée. À peine avions-nous repoussé le battant que le bois éclata sous l'impact d'une balle. Ils auraient mérité qu'on leur rappelle la consigne d'Elizabeth de nous ramener vivants, mais il était plus sage de se retrancher à l'extérieur.

À nos pieds, un escalier plongeait dans un jardin à la végétation foisonnante. Face à nous, de l'autre côté des arbustes, se dressait le beffroi.

— Gagnons le sommet de cette tour ! criai-je en levant l'index vers la fenêtre qui était éclairée. De là-haut, nous essaierons d'alerter le pilote.

Ayant dévalé les marches, nous traversâmes le jardin. La nuit était trop claire pour nous dérober à la vigilance de nos ennemis, mais les rangs d'acacias et de cotonniers nous permirent d'atteindre rapidement la tour.

Il semblait y avoir du mouvement sur le chemin de ronde. Si l'avion ne survolait plus la forteresse, on continuait d'entendre le ronflement de son moteur.

D'après l'écho qui nous en parvenait, on pouvait supposer que le pilote opérait de larges circonvolutions autour du domaine.

James s'étant placé contre la porte pour manœuvrer le loquet, celle-là s'écarta sans difficulté. Walter et Mickey ne se trouvaient pas très loin. Au moment de nous glisser dans l'édifice, une nouvelle détonation claqua, et la balle siffla tout près de mon oreille.

Nous nous trouvions au pied d'un escalier qui grimpait à n'en plus finir. Je le reconnaissais. C'était l'escalier que j'avais vu en rêve. Celui qui menait à la chambre de la créature.

À l'angle du mur, James avisa une caisse remplie d'outils de jardinage. Il fouilla le contenu du bout de sa chaussure, puis, ayant trouvé son bonheur, il attrapa entre ses doigts un genre de sécateur.

Nous attaquâmes l'ascension. À l'extérieur, le nombre des détonations avait redoublé. Ma cheville tenait bon, c'était ce qui comptait. Quelques secondes après James, je parvins au sommet. Comme dans mon rêve, une seule et unique porte se dressait sur le palier, mais elle ne voulait pas s'ouvrir. En dernier ressort, James tambourina contre le vantail.

— Il y a quelqu'un à l'intérieur, on a vu de la lumière d'en bas, fulmina-t-il. La personne a dû s'enfermer.

— Il est là, confirmai-je.

— Qui ça, *il* ?

— Celui qu'ils prétendent être le premier spécimen de la nouvelle humanité. Et il ne s'est pas enfermé. Il est retenu prisonnier. Regarde !

En disant cela, je désignai dans un coin de pénombre une clef pendue à un clou. Il n'y avait plus un instant à perdre. Dans l'escalier, on percevait la respiration haletante de Walter et de Mickey et le bruit de leurs godillots. James réussit à décrocher la pièce métallique au moyen de ses dents. Ensuite, il me la glissa entre les mains, et j'ouvris.

Quand nous eûmes refermé la porte derrière nous et donné un tour de clef, je considérai brièvement le décor. C'était une sorte de mansarde carrée, percée de deux fenêtres en vis-à-vis, garnie de quelques meubles en bois clair et, au fond, d'un lit à baldaquin. L'éclairage était fourni par deux appliques murales qui donnait à l'endroit une teinte jaune orangé. Comme nous nous trouvions juste sous le toit en forme de pyramide qui couronnait le beffroi, la lumière ne parvenait pas jusqu'à la partie la plus élevée de la charpente – qui devait culminer à une quinzaine de pieds –, et le faîte était plongé dans une nuit bien plus profonde que celle qui régnait au dehors.

La créature ne paraissait pas disposée à se montrer. Hormis le lit, dont les voilages ocres étaient rabattus, et un grand paravent en osier, il n'existait guère de solution pour se cacher.

Pendant ce temps, James s'était échiné à déplacer une armoire jusque devant l'entrée. Elle n'était pas très volumineuse, mais c'était ce qu'il avait trouvé de mieux. Après qu'il l'eut poussée contre la porte, on entendit les voix de Walter et de Mickey qui s'invectivaient l'un l'autre, et le battant se mit à trembler sous leurs coups de boutoir.

Nous ne disposions plus que de quelques minutes. Mon camarade s'approcha de moi et, à l'aide de la paire de cisailles qu'il avait récupérée, il sectionna mes liens. Quand ce fut fait, je lui rendis la pareille. Une fois libres de nos mouvements, nous consolidâment la barricade en faisant glisser une table, puis un coffre devant l'armoire, tout en ayant conscience que cela n'offrirait qu'un médiocre surcroît de résistance.

— Il faut se débrouiller pour faire signe au pilote, s'exclama James en se hâtant vers la fenêtre en ogive de laquelle la créature s'était manifestée à moi.

De l'autre côté de la mansarde, un bruit attira soudain mon attention. Cela semblait provenir de derrière le paravent, près du lit.

— Ce n'est pas la peine, prononça une petite voix frêle. Ils savent que vous êtes ici.

La créature à la fine crête osseuse s'était décidée à sortir de sa retraite.

Elle était exactement telle que je l'avais imaginée, ce qui m'encouragea dans l'idée qu'il n'était pas étranger au songe qui m'avait visité. Qui sait si, comme l'avait laissé entendre Mrs Kempner, Adam n'était pas réellement doué de facultés hors du commun et qu'il avait entrepris d'entrer en contact avec moi par le biais de cette vision ?

— J'ai adressé des signaux lumineux à vos amis quand ils ont survolé les parages cet après-midi, poursuivit Adam en approchant à petits pas. Ils ont compris mon message et reviennent avec des renforts.

— Comment savais-tu que c'étaient nos amis ? demandai-je.

— Je le savais, c'est tout.

Adam s'arrêta à quelques pas de moi. Il nous regardait en inclinant légèrement la tête, tel un petit animal tiraillé entre la crainte et une irrépressible curiosité à notre égard. Mais il n'avait rien d'un animal. C'était un enfant. Un enfant d'un genre particulier qui, dès le premier jour de sa vie, avait été tenu à l'écart du monde. À l'exception de Margaret Ashterton et de ses plus proches affidés, Dieu sait combien d'humains il avait rencontrés.

Il ne mesurait pas plus de quatre pieds et pesait autour de soixante livres, peut-être un peu moins. Ses membres inférieurs étaient courts en comparaison de son buste et, bien sûr, de son étonnante tête oblongue qui occupait près du tiers de la hauteur du corps. Il n'était pas vêtu de la toge blanche que je lui avais vu porter, mais d'un pantalon de cotonnade noué à la taille par une cordelette. Pour le reste, il était torse nu – ce qui me permit de dénombrer à travers ses flancs décharnés dix paires de côtes au lieu de douze –, et ses pieds minuscules étaient enfermés dans des souliers en peau.

Après être resté quelques secondes estomaqué à l'apparition de l'humanoïde, James se pencha par-dessus le rebord de la fenêtre pour tenter d'apercevoir nos sauveurs.

— Un biplan s'est posé sur la piste qui mène à la forteresse ! proclama-t-il. Et il n'est pas venu seul. Une dizaine de véhicules de police pénètrent en ce moment même à l'intérieur de l'enceinte.

Je parcourus lentement la courte distance qui me séparait de l'enfant.

— Nous ne te remercierons jamais assez de ton aide, dis-je en me baissant pour saisir sa main que terminaient des doigts fins et délicats. J'espère que nos amis seront là à temps. S'ils réussissent, nous t'emmènerons avec nous. Tu es d'accord ?

Mais c'était sans compter l'acharnement des deux irréductibles. Voyant qu'ils n'arriveraient à rien à coups de pied et d'épaule, ils canardèrent la porte au niveau de la serrure.

Celle-ci ayant volé en éclats, le battant cogna contre le bahut que l'on vit reculer pouce après pouce, entraînant la table et la malle dans son sillage.

James se précipita pour empêcher les meubles de perdre du terrain.

— Mets le gamin à l'abri ! s'écria-t-il.

Au moment des déflagrations, Adam avait comprimé ma main en tremblant.

Je l'entraînai avec moi vers le fond de la mansarde.

— Je n'ai pas voulu ça, chevrota-t-il alors que je l'exhortais à avancer. Je ne suis pas celui qu'ils prétendent. J'ai tenté de leur expliquer, mais ils ne me croient pas.

— Je te l'ai dit, nous allons te sortir de là.

— Je ne suis pas un roi, continuait-il. Je suis un monstre, un triste et misérable monstre…

Walter et Mickey étaient complètement surexcités. Dans un premier temps, James avait contenu leur poussée, mais à présent ils prenaient inéluctablement le dessus, refoulant les meubles contre la muraille.

La forteresse prise d'assaut par les forces de l'ordre, il était à craindre que nos assaillants ne fissent plus grand cas des instructions d'Elizabeth nous concernant. Il n'y avait que trop longtemps qu'ils piaffaient de nous régler notre compte de la plus radicale des manières.

Tentant le tout pour le tout, James relâcha brusquement son effort et s'aplatit derrière l'armoire. Lorsqu'ils firent irruption, les deux individus ne le virent d'abord pas. Avant qu'ils se fussent aperçus qu'il était dans leur dos, il se rua sur eux, adressant au grand maigre un furieux coup sur le crâne avec le manche du sécateur et au petit râblé une estocade à l'endroit de son bras blessé qui lui arracha un tonitruant cri de douleur et l'obligea à lâcher son Colt. Celui-ci roula par terre.

L'opération faillit réussir. Mais au moment où James, lâchant les cisailles, s'inclina pour agripper l'arme, Mickey, qui avait la tête dure, s'était déjà relevé et usa par deux fois de son semi-automatique. La première balle frappa la crosse du calibre .38, l'expédiant suffisamment loin pour que James ne pût s'en saisir, la seconde atteignit mon camarade à la cuisse.

James, un genou à terre, avait posé la main sur sa jambe ensanglantée. Néanmoins, Mickey n'en avait pas terminé avec lui. L'œil pétillant de jubilation, il dégrafa son corset, et ses deux mains en modèle réduit firent leur entrée en scène, l'une d'elles dégainant le funeste kandjar. Mickey n'avait désormais que l'embarras du choix.

— Inutile d'faire ta prière ! menaça le quadrumane. T'es déjà mort, mon pote.

Blessé et trop loin de son adversaire, James était dans l'incapacité de se défendre. Les cisailles étaient hors de vue. Quant au Colt sur le sol, Walter, les traits contorsionnés, l'avait déjà ramassé.

Dehors, les tirs avaient cessé. On entendait quelques hurlements de femmes, ainsi que les voix des policiers qui plaçaient tout ce joli monde en état d'arrestation. Au train où allaient les choses, les secours n'auraient plus le temps de grimper au sommet de la tour.

D'un geste agile et étudié, Mickey fit tournoyer le poignard dans les airs avant de le rattraper pour armer son tir.

Je tentais de maintenir Adam contre moi afin de lui épargner l'insupportable spectacle. C'est alors que, échappant à mon contrôle, le garçon courut vers Mickey avec une vélocité dont je ne l'aurais jamais cru capable. Au moment où ce dernier s'apprêtait à décocher le lancer, la créature se jeta sur lui, l'empêchant d'accomplir son geste de mort sur mon acolyte.

Lorsqu'il prit conscience de ce qui venait de se passer, Mickey demeura un court instant stupéfait. Puis, avec ses trois autres mains libres, il repoussa la petite masse de chair qui s'était agglutinée à lui.

Elle s'effondra sur le sol.

Adam était venu s'embrocher sur le fer du kandjar dont Mickey serrait toujours le manche.

Au même moment, une voix sonore s'éleva du palier.

— Plus personne ne bouge là-dedans !

C'était Latimer, revolver au poing, encadré de plusieurs policiers en tenue. Derrière eux, je reconnus les silhouettes de Stuart Dauncey et de Joey Brisbee, ce dernier affublé d'un casque en cuir comme en ont les aviateurs. Même Timothy Random ne manquait pas à l'appel. Outre son jonc habituel, il tenait une canne dans l'autre main, *ma* canne, celle que j'avais abandonnée au premier étage du Crestview Sanatorium.

Walter avait pris la mesure de la situation. Après avoir jeté son arme loin devant lui, il leva piteusement son bras valide vers le plafond. Mickey se débarrassa de son semi-automatique, puis il croisa ses bras les plus grands au-dessus de son crâne. Cependant, bien qu'il eût rangé avec une dextérité d'illusionniste ses membres surnuméraires sous le pan de son corset, il était toujours armé du poignard. Je m'apprêtais à en avertir Latimer, mais le détail n'avait pas échappé à l'inspecteur. Lorsque Mickey s'avisa de catapulter son kandkjar, une balle l'atteignit entre ses yeux exorbités.

Mickey tomba lourdement sur les genoux, puis, emporté par le poids de son crâne qui chavirait en arrière, il s'affala sur le dos, les quatre bras en croix.

Les hommes en uniforme pénétrèrent en hâte dans la pièce. Tandis que quelques-uns s'employaient à menotter Walter et que d'autres portaient secours à mon camarade, je me précipitai à l'endroit où le garçon était tombé.

La lame avait transpercé son sein gauche. Le sang qui s'écoulait de la blessure formait comme un nimbe écarlate.

Je soulevai délicatement sa nuque et l'appelai par son nom, dans l'espoir qu'il demeurait encore en lui une étincelle de vie.

Adam finit par entrouvrir les yeux, des yeux oblongs et d'une uniforme couleur verte. Sa bouche esquissa ce qui s'apparentait à un sourire en même temps que sa main cherchait de nouveau la chaleur de la mienne.

— Je ne suis pas celui qu'ils croient. Je ne suis pas… articula-t-il.

Avant qu'il eût achevé sa phrase, son corps fut traversé d'un spasme, puis sa tête versa sur le côté.

Avait-il raison de considérer qu'il n'était pas le premier représentant d'une nouvelle humanité ? En ce qui me concernait, je n'avais plus la moindre certitude. Tout ce que je pouvais affirmer, c'était que nous lui devions, James et moi, d'être toujours vivants.

Je levai le regard vers la fenêtre restée ouverte. On apercevait une multitude d'étoiles et, au milieu de cette portion de ciel, la lune à la rotondité parfaite. À cette heure, l'astre s'élevait loin au-dessus des montagnes.

Une étoile filante traversa la voûte céleste. Je me souvins de celle aperçue à la sortie de l'*Angels Club*, quatre nuits plus tôt, et il me sembla soudain que j'étais capable d'en saisir le sens, à l'une comme à l'autre. À quelque race qu'Adam appartienne, son âme était allée rejoindre celle de ses frères et sœurs d'infortune, Innes Crowrie, Anton Frazer et toutes ces créatures dont les corps dérisoires reposent dans un tombeau de verre et de formol.

Baissant la tête vers Adam, je fermai ses paupières avec déférence.

ÉPILOGUE

Margaret Ashterton et ses deux antiques coreligionnaires, Deirdre Longhurst et Maybelle Kempner, n'eurent pas les moyens d'opposer beaucoup de résistance aux forces de l'ordre, de même que la vingtaine de jeunes femmes du ventre desquelles était censé éclore un monde nouveau. Ces dames en déployèrent toutefois davantage que le Dr Sandorsky qui, dès qu'il prit conscience de la tournure des événements, abandonna le champ de bataille et tenta de trouver refuge dans un des magasins à provisions. Ce fut Elizabeth la plus pugnace d'entre tous, et pas moins de quatre policiers furent nécessaires pour avoir le dessus.

Au vrai, selon les explications du sergent Latimer, les seuls tirs que les policiers eurent à essuyer furent ceux de la sentinelle sur le chemin de ronde. En choisissant de bâtir le *castello* dans un site aussi retiré, Mrs Ashterton et sa clique avaient sans doute estimé qu'il n'était pas nécessaire d'en assurer outre-mesure la défense.

La blessure de James nécessitait qu'il fût examiné par un médecin, aussi le sergent autorisa-t-il les deux nains à le conduire en avion jusqu'à la clinique de Barstow. Cela se trouvait à plusieurs heures de route, mais ils y seraient vite rendus grâce au biplan. Pareillement, à la fin des opérations, il souscrivit à la proposition de Stuart de me ramener avec l'Oldsmobile jusqu'à un hôtel de la ville afin de prendre du repos et d'y retrouver nos camarades. Sur le chemin qui nous ramenait à la civilisation, Stuart eut donc le loisir de me narrer dans les grandes largeurs comment lui et ses coéquipiers nous avaient sauvé la mise.

Car il faut convenir d'un fait : Stuart Dauncey, Timothy Random et Joey Brisbee furent en la circonstance d'une efficacité redoutable. Comme je l'avais supposé, ils nous avaient attendu près d'une heure dans le hall du *Mayflower* et, passé ce délai, ils avaient mis le cap sur les monts Santa Monica, Stuart à bord de sa Buick noire, Random et Brisbee au volant d'une vieille Triumph quatre cylindres dont les pédales et le levier de vitesse avaient été ajustés à leur gabarit.

Parvenus à Agoura avant le coucher du soleil, cependant qu'ils cherchaient l'emplacement du Crestview Sanatorium, quelle ne fut pas leur surprise de voir débouler sur la nationale, d'une petite voie secondaire, notre coupé Oldsmobile conduit par une inconnue et escorté par un semi-remorque. Stuart et les nains n'eurent besoin que de quelques secondes pour se concerter. Le premier filerait le convoi tandis que les autres rendraient une visite au sanatorium du Dr Sandorsky.

Évidemment, de Dr Sandorsky il n'y avait point. En revanche, ils découvrirent ma canne en bois d'érable dans une pièce de la tourelle, ce qui constituait une preuve de notre passage en ce lieu, mais surtout du fait qu'il nous était arrivé quelque chose.

Stuart, de son côté, roula droit vers le désert où, lanternes éteintes, à la seule clarté de la lune, il suivit sans se faire remarquer l'Oldsmobile et le camion jusqu'à la clôture grillagée, à quelques encablures du *castello*.

Là, il décida de faire provisoirement machine arrière. Ayant rallié Barstow, la plus proche ville, aux premières lueurs du jour, il appela Random et Brisbee pour qu'ils se chargent de mettre le sergent Latimer au courant de la situation. À l'évidence, ceux-ci se montrèrent très convaincants. Latimer accepta de les accompagner toutes affaires cessantes jusqu'à l'aérodrome de Monrovia où ils embarquèrent à bord du biplan Airco que Brisbee avait l'habitude de piloter.

Pour le reste, on connaissait la suite, ou peu s'en faut : lors de leur premier survol de la zone, dans l'après-midi, ils avaient intercepté des signaux de détresse adressés grâce à un objet réfléchissant, et en avaient conclu que nous étions retenus prisonniers au sommet de la tour. Plutôt que de solliciter des renforts en provenance du comté de Los Angeles qui mettraient trop de temps à le rejoindre, Latimer avait mobilisé les hommes du shérif du comté de San Bernardino, ainsi qu'un contingent de ceux d'Inyo et de Kern, avec lesquels il avait livré l'assaut après la tombée de la nuit.

James quitta la clinique le lendemain matin. La balle avait entaillé le muscle antérieur droit et, s'il serait contraint d'utiliser durant quelques semaines une paire de béquilles, la blessure avait été jugée sans gravité. Dès sa sortie, nous filâmes tous au palais de justice de Los Angeles où nous étions attendus par Latimer et ce cher capitaine Chambers, mais aussi par le délégué du coroner et un représentant du procureur de district. Plusieurs heures durant, nous relatâmes l'affaire par le menu, et les officiels écoutèrent nos témoignages avec des mines où se lisaient tour à tour la stupeur et l'indignation. Heureusement, les fouilles opérées dans les annexes du château – en particulier la salle où étaient entreposés les machines à rayonnements ionisants et les bocaux contenant les fruits des expériences du Dr Sandorsky rapportés la nuit précédente du sanatorium – ne laissaient planer aucun doute sur la véracité de nos propos.

Puisque les événements avaient tourné en faveur de la force publique, sous la férule d'un de ses subalternes, le capitaine Chambers osa presque se montrer courtois. En fait, il escomptait tirer bénéfice du battage qui ne manquerait pas d'être fait autour de ce succès, mais, à son désappointement, le procureur ne fut pas de cet avis. Craignant un scandale touchant aux mesures de stérilisation forcée menées dans l'État de Californie, le *district attorney* exigea que ne fût donnée pour le moment aucune publicité à l'affaire. Notre départ étant fixé au mardi matin, il nous fut même octroyé la permission de quitter le pays à la date prévue, sous réserve de nous rendre disponibles pour le procès, qui n'était pas espéré avant plusieurs mois.

Dans l'attente d'un transfert vers San Quentin, Margaret Ashterton et les autres membres de la confrérie avaient été écroués dans les geôles de la prison du comté, au dernier étage du palais, où ils se retranchèrent dans un complet mutisme, refusant de répondre à toutes les questions.

Le corps d'Adam, lui, avait été transporté par un fourgon de la police du comté de San Bernardino. Une autopsie ayant été ordonnée, il fut pris en charge dès son arrivée à la morgue centrale.

Latimer nous divulgua le contenu du rapport du Dr Merchant, même si les conclusions n'étaient guère éclairantes : l'examen révélait de multiples aberrations anatomiques que, dans l'incapacité de déterminer si elles avaient été causées par des mutations affectant à grande échelle le matériel génétique du sujet, le médecin se bornait à considérer comme des « distorsions hasardeuses » survenues durant le développement prénatal.

Quoi qu'il en fût, et quel que fût le mystère de sa conception, je reste plus que jamais persuadé qu'Adam était un être à l'intelligence et aux facultés psychiques exceptionnelles. Dès notre enfermement dans le *castello*, il avait « senti » que nous étions de son côté, que Mrs Ashterton et les siens risquaient nous faire du mal et, surtout, que ces derniers œuvraient à l'exécution d'un projet dont il était la clef de voûte. Sandorsky avait-il mis au point une formule capable de reproduire à l'infini des êtres à sa ressemblance ? Adam était-il réellement une préfiguration du futur de notre espèce ? Jusqu'à mon dernier souffle, le souvenir de cet enfant à l'apparence si déroutante, qui s'était sacrifié pour la vie de deux inconnus, ne s'effacera jamais.

Après l'autopsie, la dépouille d'Adam fut réclamée par le Bureau des services sanitaires. Quelques mois plus tard, en réponse à l'une de mes nombreuses requêtes, on me laissa entendre que le corps était désormais propriété de l'administration fédérale et avait été confié aux chercheurs du laboratoire de Cold Spring Harbor[1]. De même, alors que nous nous

1. La « Station pour l'étude expérimentale de l'évolution », basée à Cold Spring Harbor, à Long Island, s'était spécialisée dans les recherches sur la génétique. Placée sous la dépendance

attendions à être cités comme témoins, James et moi, nous ne reçûmes aucune convocation pour le procès. Celui-ci, repoussé à trois reprises, finit par se tenir à huis clos durant l'été 1940, sans presque aucun écho dans la presse, et la nouvelle du transfert en janvier 1941 du Dr Marcus Sandorsky dans un établissement de l'État de New York – à quelques miles de Cold Spring Harbor – occupa une ligne dans les journaux.

En ce qui concernait Mickey, pas besoin de soumettre Margaret Ashterton à une injection de scopolamine pour l'obliger à parler. Le réseau de connaissances de Random et Brisbee s'était avéré encore une fois on ne peut plus efficient. Avant même de se lancer à notre secours, ils avaient appris, par l'intermédiaire d'un contact dans l'Oregon, que son nom était Mickey Glover. Il avait travaillé au début des années 1920 dans un *freak show* de la région de Portland avant d'être recruté en mars 1925 au service d'une riche sexagénaire. S'agissait-il de Margaret Ashterton ou d'une de ses affidés ? Dans sa quête du premier représentant de la nouvelle humanité avait-elle d'abord jeté son dévolu sur un prodige tel que Mickey avant de le rétrograder à un rôle moins glorieux ? Quoi qu'il en soit, personne ne pouvait contester que sa « particularité » était d'une rareté insigne. De retour à Londres, dans la salle de lecture du British Museum, je n'ai trouvé en tout et pour tout que deux références à un authentique homme à quatre bras : la première dans un ouvrage du XVIIe siècle signé du médecin danois Thomas

du puissant Institut Carnegie, la station et l'une de ses unités, l'Eugenics Record Office, eurent un rôle prépondérant dans la politique eugéniste des États-Unis. (*N.d.É.*)

Bartholin, l'autre dans le célèbre *De monstris* de l'anatomiste suisse Albrecht von Haller, daté de 1751.

Pour Walter, le service de l'identification du bureau du shérif nous instruisit que son nom complet était Walter Radzinowicz. Il avait été arrêté de nombreuses années auparavant pour attaques à main armée et autres faits de violence. Quant à savoir si son anatomie recelait une déformation aussi discrète qu'incongrue, la chose ne nous fut pas communiquée.

James et moi passâmes l'après-midi du dimanche dans la suite du *Mayflower* à organiser notre départ. En début de soirée, cependant, j'eus à me soumettre à une obligation à laquelle il m'était impossible d'échapper, Timothy Random ayant usé de tout son entregent pour organiser à mon attention un rendez-vous avec le Dr Peerless. Au reste, il serait malhonnête de ma part de me plaindre de cette initiative. Le Dr Peerless et Nancy, son assistante – tous deux si minuscules que j'eus l'impression, pendant qu'ils s'échinaient à débloquer sur tout mon corps mes nœuds énergétiques, d'être un nouveau Gulliver échoué sur l'île de Lilliput –, se révélèrent d'une efficacité redoutable. C'est bien simple, au sortir de leur cabinet, je me portais comme un charme. Nonobstant le fait que je rechignais à me délester de ma canne pour des raisons purement esthétiques, j'aurais pu dans la minute la remiser au placard.

L'après-midi du lundi fut occupé par la cérémonie d'enterrement d'Innes Crowrie et d'Anton Frazer, que les dirigeants de la Ligue pour l'émancipation des nains avaient trouvé le temps d'organiser. Ils avaient convié au Rosedale Cemetery, dans Washington Boulevard, plusieurs de leurs camarades de petite taille, parmi lesquels Ned et son assistante, mais aussi tout un tas de phénomènes humains dont les employés de l'*Angels Club*. Si Eileen, la plantureuse femme à queue, ne daigna pas faire le déplacement, son mari Sam Llewellyn pointa bel et bien le bout de son nez, dans un costume rayé aux plis impeccables. Manifestement, ni lui ni les deux propagandistes ne se tenaient rigueur des coups bas distribués ces dernières semaines.

L'absence à regretter était celle de May Tomasso, la seule famille que nous connaissions à Innes. Il avait pourtant été prévu de la faire venir, mais, quand nous nous étions présentés à son bungalow, nous n'avions qu'*in extremis* évité les griffades et les morsures.

La cérémonie fut simple, digne et pleine d'émotions. Je ne crois pas me tromper en affirmant que Los Angeles avait rarement connu de funérailles célébrées devant une assemblée aussi hétéroclite. Jusqu'au prêtre, une connaissance de Random et Brisbee, dont je fus un peu long à constater qu'il tenait son missel entre deux mains aux doigts palmés.

Après les obsèques, nous avions prévu d'assister à la procession annuelle de *Nuestra Señora de Guadalupe*, dans Olvera Street, puis d'aller dîner chez *Little Joe's*, la meilleure table italienne du centre-ville. Mais, devant la grille du cimetière, alors que les groupes finissaient de se disperser, Stuart nous apostropha d'un air survolté qui augurait d'un subit changement de programme. Il était encadré par ses nouveaux inséparables complices, ainsi que par un troisième nabot dont les fins cheveux blonds et le visage d'éternel enfant me disaient vaguement quelque chose.

— Hé, Andy, Jim ! Laissez-moi vous présenter le « grand » Harry Earles, la vedette de *La Monstrueuse*

Parade, le chef-d'œuvre de Tod Browning. Harry interprète en ce moment un Munchkin dans *Le Magicien d'Oz*. Et vous savez quoi ?

— Non.

— Browning organise une fête privée chez lui ce soir pour célébrer le contrat que la MGM s'est enfin décidée à lui faire signer[1]. Harry nous propose de l'accompagner. Il n'y aura que du beau linge !

Et c'est ainsi que nous passâmes la dernière soirée de notre séjour californien dans la magnifique demeure de style Tudor du réalisateur, sise au 808 North Rodeo Drive, sur un carré de terrain face au *Beverly Hills Hotel*.

Étaient présents à cette fête nombre des acteurs fétiches de Tod Browning, en tête desquels Lionel Barrymore et Bela Lugosi. Celui-ci, qui avait travaillé avec Browning sur *Dracula* et *La Marque du vampire*, était toujours occupé par le tournage du *Fils de Frankenstein* pour la Universal. À ce titre, il était venu accompagné de ses partenaires, Boris Karloff et Basil Rathbone, qui arboraient une élégance vestimentaire toute britannique.

Je devisai une grande partie de la soirée avec ce dernier du personnage de Sherlock Holmes, qu'il allait prochainement incarner à l'écran, mais aussi et surtout de la guerre qui se préparait. Il avait lui-même été mobilisé en 1916, son frère John Rathbone avait trouvé la mort en France, et la situation sur le Vieux Continent le préoccupait au plus haut degré.

1. Il s'agit de *Miracles à vendre*, d'après le roman de Clayton Rawson. Tourné après deux ans d'inactivité forcée pour son metteur en scène, le film sortit en août 1939 et fut un échec commercial. Browning décida quelques semaines plus tard, à l'âge de cinquante-neuf ans, d'abandonner le cinéma. (*N.d.É.*)

James ne savait plus où donner de la tête. Il lui suffisait de promener ses béquilles autour de la piscine pour croiser Jean Harlow en conversation avec Conrad Nagel, Maureen O'Sullivan, qui avait laissé à la maison le seyant bikini de Jane, Olga Baclanova, l'odieuse Cléopâtre dans *La Monstrueuse Parade* et la non moins perverse duchesse Josiana dans *L'Homme qui rit*, ou encore Joan Crawford et Elizabeth Allan.

Bien que notre petit groupe eût reçu des autorités la consigne stricte de ne laisser filtrer aucun détail sur l'affaire, j'émettais quelque réserve sur l'aptitude de mes camarades à demeurer discrets. À plusieurs reprises, je les aperçus dans le jardin tenir leur auditoire en haleine et recueillir d'exubérantes marques d'admiration. Peu avant le terme de la soirée, Tod Browning lui-même, en état d'ébriété avancé malgré la vigilance d'Alice, sa bienveillante épouse, réclama le silence afin de porter un toast à la Lune, au Soleil et au prochain Messie, ainsi qu'à la Californie qui comptait plus de cinglés que n'importe quel autre endroit sur cette fichue planète.

Le lendemain, mardi 13 décembre, sonna l'heure du départ. Le soleil était à peine levé, mais nos amis, bien qu'ils n'eussent pas tout à fait récupéré des excès de la veille, avaient mis un point d'honneur à nous accompagner jusqu'à Glendale. L'appareil de l'American Airlines décollait à sept heures tapantes, et l'arrivée à New York était prévue le mercredi matin, à six heures moins dix. Ensuite, c'était cette fois à bord du *Queen Elizabeth* que nous traverserions l'Atlantique.

Dans le hall de l'aérogare, tandis que les haut-parleurs réitéraient l'annonce de l'embarquement,

James et moi saluâmes avec effusion Stuart Dauncey, Timothy Random et Joey Brisbee.

Au moment de les quitter, alignés en rang sous le panneau des départs, dans leur trench-coat de même teinte grise et la tête ornée d'un feutre mou comme s'ils s'étaient passé le mot, je ne pus m'empêcher de m'esclaffer.

— Qu'est-ce que vous attendez pour ouvrir une agence de détectives, tous les trois ? D'ici quelques années, pour peu que vous publiiez le récit de vos exploits, la Cité des Anges aurait enfin ses personnages de durs à cuire.

— Ah ça ! enchérit James. Un privé rouquin et deux courts sur pattes, c'est vrai que ça aurait de l'allure.

— Vous ne croyez pas si bien dire, rétorqua le journaliste en adressant une œillade aux deux autres. Mais, pour ce qui est d'un héros estampillé Los Angeles « pur jus », il se pourrait que vous entendiez parler de lui plus tôt que vous ne l'imaginez.

— Comment donc ?

— L'attachée de presse des éditions Knopf, à New York, a expédié aux grands journaux du pays les épreuves montées d'un roman à paraître début février. Garry Bennett, de la rubrique littéraire, m'en a confié un exemplaire que j'ai terminé cette nuit en rentrant de la soirée chez Browning. Eh bien, si tu veux mon avis, c'est absolument du tonnerre !

— Ho, ho ! Et qui est l'heureux auteur ? fis-je.

Stuart sortit de sa musette un ouvrage en tout point similaire à ceux destinés à la vente, excepté que le papier était de moins bonne qualité et la couverture façonnée dans un carton trop souple.

— « *Le Grand Sommeil*, par Raymond Chandler », lus-je tout haut.

J'ouvris le livre. Après l'avoir feuilleté rapidement, je tombai sur le rabat de la quatrième de couverture. Celui-ci affichait en vignette la photo d'un homme aux cheveux poivre et sel et aux lunettes rondes, une pipe en épi de maïs coincée au bord des lèvres.

— Hé, mais je connais ce type ! m'exclamai-je en reconnaissant celui que j'avais croisé si souvent à la bibliothèque centrale[1].

— Considère ceci comme mon cadeau de départ, Andy. Et souviens-toi ! L'époque a changé. C'est ici, à Los Angeles, que les privés ont désormais leur Terre promise. Je parie vingt tickets que vous nous reviendrez vite, Jim et toi. Vingt tickets, tu m'entends ?

1. Raymond Chandler, alors âgé de cinquante ans, habitait avec son épouse Cissy à deux pas de la Los Angeles Public Library. Lorsque je rencontrai de nouveau l'écrivain quelques années plus tard, il me confia qu'à l'époque de la parution de son premier roman, sur le succès duquel il avait tout misé, il allait chaque jour chasser ses angoisses dans les travées de la bibliothèque. (*N.d.A.*)

TABLE

MIXTE
Papier issu de
sources responsables
FSC® C003309

10/18, une marque d'Univers Poche,
est un éditeur qui s'engage pour
la préservation de son environnement
et qui utilise du papier fabriqué à partir
de bois provenant de forêts gérées
de manière responsable.

Impression réalisée par

BRODARD & TAUPIN

La Flèche (Sarthe), 3008008
Dépôt légal : janvier 2015
X05888/01

Imprimé en France